KB181207

볼프강 보르헤르트
문학의 이해

볼프강 보르헤르트 문학의 이해

© 이관우, 2020

1판 1쇄 인쇄__2020년 1월 20일
1판 1쇄 발행__2020년 1월 30일

지은이__이관우
펴낸이__홍정표
펴낸곳__작가와비평
        등록__제2018-000059호
        이메일__edit@gcbook.co.kr

공급처__(주)글로벌콘텐츠출판그룹
        대표__홍정표 이사__김미미 편집__김봄 이예진 권군오 홍명지 기획·마케팅__노경민 이종훈
        주소__서울특별시 강동구 풍성로 87-6(성내동) 전화__02) 488-3280 팩스__02) 488-3281
        홈페이지__http://www.gcbook.co.kr

값 15,000원
ISBN 979-11-5592-238-5 93850

Wolfgang Borchert

볼프강 보르헤르트
문학의 이해

이관우 지음

작가와비평

머리말

볼프강 보르헤르트(Wolfgang Borchert)라는 이름은 많은 사람들에게 퍽 생소하게 들릴 것이다. 그도 그럴 것이 그는 2차 세계대전에 참전했다 얻은 병마에 시달리다가 스물여섯 꽃다운 청춘의 나이로 삶을 마감해야 했으며, 따라서 그가 이 땅에서 문학적 삶을 이어간 것은 불과 2년이라는 짧은 기간에 불과했기 때문이다.

볼프강 보르헤르트는 1921년 북부 독일의 항구도시 함부르크에서 태어났다. 그는 뛰어난 문학적 감수성으로 10대 중반에 서정시들을 쓰기 시작하여 후반에는 드라마 습작품을 썼으며, 연극에 심취하여 극단에서 직접 무대에 오르기도 하는 등 일찍부터 문학예술을 향한 미래의 꿈을 키워 나갔다. 그러나 전쟁은 그의 꿈을 무자비하게 깨뜨리고 그의 청춘은 물론 삶 자체를 앗아가는 결과를 낳았다. 그는 독일이 일으킨 제2차 세계대전의 희생물이 된 것이다.

19세 때 전선으로의 소집명령을 받은 그는 러시아의 혹한 속에서 전쟁의 비인간성에 고통 받다가 육신을 좀먹는 심한 질병을 얻는다. 야전병원에서 치료를 받던 그는 양심의 목소리를 내다가 고발되어 처참한 감방생활을 체험한다. 질병과 고독감, 부조리한 세계에 대항할 수 없는 무력감에 시달리며 병원과 감방과 전선을 오가야 했던 그는 마침내 전쟁이 끝나자 몸과 마음이 깡그리 망가진 채 고향 함부르크로 귀향한다.

고향의 품은 따뜻했으나 그의 병든 육신은 그 품안에서 어릴 적부터의 꿈이었던 창작의 나래를 마음껏 펼치는 것을 방해했다. 악화된 간질환은 진실과 양심을 향해 펜을 잡은 그의 손을 흔들리게 했다. 그러나 그는 죽음을 예감하면서 더 강한 삶에의 의지, 창작에의 열의를 불태웠다. 그는 부모의 간병을 받으며 병상에서 세상을 감동시킨 드라마 ≪문 밖에서≫를 완성했고, 많은 단화들을 썼다. 모두가 전쟁과 전쟁의 비인간성을 고발하는 처절한 절규였다.

병세가 극도로 악화된 그는 주변의 도움으로 스위스로 옮겨져 치료를 받는다. 그는 스위스행이 조국과 부모와 친구들과의 잠깐 동안의 이별이길 소망했었을 것이지만 그것은 그들은 물론 자신의 삶과의 영원한 이별이 되었다. 낯선 이국땅에서 그는 찬바람이 부는 늦가을 저세상으로 영원히 떠나갔다. 그가 전쟁터에서 귀향한 지 2년 반 만이었고 그의 나이 스물여섯 살 때였다.

보르헤르트가 낯설게 여겨질 독자들을 위해 그의 생애를 간략히 정리해 보았는데, 한마디로 그는 전쟁이 낳은 불운한 작가였으며 자신과 같은 전쟁세대 젊은이들의 절망과 분노를 소리 높여 대변했고, 전쟁의 부조리성과 비인간성, 그 책임과 진실의 문제를 두려움 없이 끌어내어 고발한 용기와 양심의 작가였다.

이 책에서는 우선 다소 생소한 작가임을 고려하여 보르헤르트의 생애와 창작활동에 대해 연대기적으로 비교적 상세하게 살펴보았다. 또한 한 귀향병을 내세워 전쟁의 부조리함과 전후 독일의 참상을 적나라하게 펼쳐 보임으로써 독일은 물론 세계 여러 나라의 주목을 받았던 그의 대표작 ≪문 밖에서≫를 집중적으로 분석했다. 또 그가 하인리히 뵐과 함께 독일 전후 단화의 대표적 작가로 인정되는 만큼 주요 단화 7편을 선정하여 그 내용과 형식, 시대상황과의 연관성 등을 중심으로 분석, 고찰해 보았다. 아울러 전쟁과 전후사회를 배경으로 하고 있는 그의 작품의 소재적 특징과 작품 전반을 관통하고 있는 독특한 언어기법 및 표현양식에 대해 총체적으로 살펴보았다.

한편 부록으로 실은 '볼프강 보르헤르트'는 보르헤르트의 절친한 고향친구이자 작가인 베른하르트 마이어-마비츠가 그를 추모하며 쓴 글로 가장 가까이에서 바라 본 보르헤르트에 대한 일대기인 동시에 그의 작품세계 및 문학관에 관한 압축된 해설이라 할 수 있다. 이 글은 보르헤르트의 삶과 문학을 진솔하고 감동적으로 응축하여 서술하고 있어 일반 독자에게 읽혀질 가치가 있다고 판단되어 우리말로 옮겨 보았다.

아무쪼록 이 보잘 것 없는 책이 그다지 잘 알려져 있지 않은 작가 보르헤르트와 그의 문학을 우리에게 좀 더 가까이 접근시키고 폭넓게 이해시킬 수 있는 작은 역할이나마 할 수 있게 되길 기대한다.

2020년 1월
저자 이관우

차례

제1편
보르헤르트의 생애와 창작활동

제1장
가계와 습작시절

볼프강 보르헤르트는 1921년 5월 20일 함부르크에서 태어나 1947년 11월 20일 26세로 요절했다. 그가 태어나 유년시절을 보낸 북부 함부르크의 에펜도르프는 풀스뷔텔과 올스도르프 사이를 굽이돌아 엘베강과 합류하는 알스터강의 서쪽에 놓여 있는데, 이곳이 바로 보르헤르트가 자신의 단화 ≪부엌시계≫에서 "천국 (Paradies)"으로 부르고 있는 고향마을이다.

그의 아버지 프리츠 보르헤르트(1890~1959)는 함부르크-에펜도르프의 한 초등학교 교사였는데, 륌코르프에 따르면 그는 "소심한 사람이었으며, 조용하고, 참을성 있고, 약간 폐쇄적이면서 고도의 감수성을 지녔다"[1]고 한다. 메클렌부르크의 금광업 가문의 혈통을 이어받은 아버지는 함부르크 남동쪽에 위치한 작은 마을 키르헨베르더에서 교사이자 오르간연주자로 활동했으며, 1914

---

[1] Peter Rühmkorf, Wolfgang Borchert in Selbstzeugnissen und Bildnissen, Hamburg 1961, S. 7: "ein zurückhaltender Mann, leise, duldsam, ein wenig verschlossen und von hoher Sensibilität"

년 그곳에서 교사의 딸인 헤르타 잘코프와 결혼했다. 소심한 성격의 아버지는 아들 보르헤르트가 죽은 5개월 후 작가 카알 뷔르츠부르거에게 보낸 편지에서 아들을 먼저 보낸 자신의 심경을 다음과 같이 고백하고 있다.

(…) 우리는 양친을 땅에 묻었는데, 그들은 모두 길고 충만한 삶을 살고 갔다. 우리는 그들의 묘 옆에 서서 우리가 생성과 소멸이라는 자연의 질서 속에 온전하게 존재하고 있음을 깨달은 적이 있다. 그러나 이제 이러한 질서가 어긋나게 되니 의미를 부여하기가 힘겹다. (…) 27년 전 아름다운 5월의 어느 날 밤 그 아이, 우리의 셋째가 태어났을 때는 얼마나 경이로 가득 찬 시간이었던가!2)

아버지는 독자인 보르헤르트를 '셋째'라 불렀는데, 그가 아버지와 어머니의 특성을 보완하여 한 몸에 담아 태어났다는 의미에서였다. 보르헤르트는 어머니로부터 열정과 감수성을, 아버지로부터는 참고 견디는 능력을 이어 받았다. 아버지는 보르헤르트의 문학에 있어서 제일가는 청자이자 비평가였으며, 아들의 병환 중에 이루어진 작품들을 타자기로 옮겨 쳐서 인쇄를 완료하기도 했다.

그러나 미학적으로 이루어진, 참고 견디는 교육원칙을 고수하는 아버지보다는 어머니가 훗날 추억 속에서 천국으로 여겨진 보

---

2) Helmut Gumtau, Wolfgang Borchert, Colloquium Verlag, Berlin 1969, S. 12f.: "(…) wir haben unsere Eltern begraben, sie hatten alle ein langes, erfülltes Leben hinter sich, wir standen an ihren Gräbern und fanden uns doch in der natürlichen Ordnung des Werdens und Vergehens geborgen. Aber es ist schwer, den Sinn zu deuten, wenn es gegen diese Ordnung geht. (…) Wie war die Zeit voller Wunder, als uns vor siebenundzwanzig Jahren in einer schönen Mainacht das Kind geboren wurde, der Dritte!"

르헤르트의 소년시절에 더 강한 영향을 미쳤다. 어머니는 친숙한 시골 고향의 사랑스런 추억을 결코 극복할 수 없었고, 대도시(함부르크)는 그녀에게 근본적으로 언제나 낯선 상태로 머물렀으며, 결코 완전하게 익숙해질 수 없었다. 이것이 그녀로 하여금 시골생활과 대도시생활 간의 괴리를 감상적이면서도 코믹하게 그린 짧은 이야기들을 쓰도록 이끌었다. 그녀의 "문학적으로 승화된 도시도피"3)는 신문들과 저지독일어 잡지들로 하여금 그녀에게 주목하도록 했고, 〈크빅보른(Quickborn)〉과 〈모더슈프락(Moodersprak)〉에는 그녀의 저지독일어로 된 산문들이 발표되었다. 그녀는 산문 모음집인 〈쥔로스(Sünnroos)〉를 발간했으며, 라디오방송을 위한 작품도 썼다. 향토여류작가로서 그녀는 많은 사람들로부터 호평 받았다.

보르헤르트의 유년 및 소년시절은 장래의 작가를 예견할 수 있는 어떤 특징도 내보이지 않고 있다. 그는 1928년부터 1932년까지 초등학교를 마친 다음 함부르크-에펜도르프의 실업고등학교를 다녔다. 그의 아버지와 친척들은 훗날 추억 속에서 그를 건강상 허약함에도 불구하고 발랄함과 익살스러움을 띤 대체로 쾌활한 소년으로 묘사했다. 무엇보다도 그는 아버지가 이야기해 주는 것을 즐겨 들었다. 그는 형제자매가 없었으므로 이웃아이들이 놀이동무가 되었는데, 그 가운데에는 특히 그의 사촌 카알하인츠 코르스반트(Carlheinz Corswandt)도 있었다. 그러나 학교교육은 보르헤르트의 적성을 존중하지 않음으로써 자라나는 보르헤르트를 괴롭혔다. 실제로 보르헤르트는 작품 ≪우리의 선언≫(1947)에서 "랑에마르크와 스탈린그라드 사이에는 수학시간만이 놓여

---

3) Ebd., S. 7: "literarisch sublimierte Stadtflucht"

있었다."4)라고 서술함으로써 천편일률적이며 지루한 동시에 전쟁을 준비하는 교육에 대해 비난하고 있다. 보르헤르트는 학교교육의 틀을 뛰어 넘어 독서와 개인적 활동을 통해 필요한 지식을 얻어 나갔다. 어머니의 설명에 의하면 그는 자주 새벽 3시가 되어서야 강연회로부터 돌아왔다는 것이다.

1938년 실업고등학교 졸업을 앞두고 그의 최초의 시들이 〈함부르거 안차이거(Hamburger Anzeiger)〉에 발표되었다. 그것들은 아직 훗날의 보르헤르트적 독창성을 드러내지는 않았는데, 그의 후원자로서 어머니의 친구이며 연극배우이자 방송인 겸 여류작가인 알리네 부스만(Aline Bußmann)의 영향을 받았으며, 형식상 아주 인습적이었고 문학적 표본들을 모방했다. 횔더린과 릴케는 이따금 그가 존경하는 표본이었으며, 1940년 여름 무렵에는 추방된 표현주의자들도 그의 표본이 되었다.

1938년 12월 보르헤르트는 실업고등학교를 졸업했다. 그는 한 음악대에서 플루트 연주자가 되어 국가청년단의 복무 압력에서 우선은 벗어날 수 있었다. 그 후 그의 병약성이 그를 도왔다. 당시 그를 지배한 것은 속박되지 않은 자유에의 사랑이었다. 그의 소망은 연극배우가 되는 것이었다. 반면에 그의 양친은 견실한 직업을 요구하여 결국 그로 하여금 서점원이 되도록 했다. 1939년 4월 1일 보르헤르트는 하인리히 보이젠 서점에 견습사원으로 들어갔다. 서점원 생활은 문학적인 자기수련을 위한 좋은 기회였다. 그곳에서 그는 고트프리트 벤의 시들을 접했고, 릴케의 초기 서정시들로부터 형식요소들을 배웠다. 횔더린 또한 젊은 보르헤르트에게 큰

---

4) Wolfgang Borchert, Das ist unser Manifest, in: Das Gesamtwerk, Rowohlt Verlag 1975, S. 313: "Zwischen Langemarck und Stalingrad lag nur eine Mathematikstunde."

영향을 미쳤는데, 무엇보다도 ≪휘페리온≫을 통해서였다. 18세의 보르헤르트는 편지와 운문들 속에서 끝없이 제어되지 않은 채 표현되는 아직 완숙치 못한, 불안정한 감수성을 드러냈다.

　서점원으로서의 활동만으로는 속박받지 않는 행동욕구를 결코 충족시키지 못하자 보르헤르트는 남몰래 연극배우이자 후일 함부르크 〈실내 극단(Theater im Zimmer)〉의 설립자인 헬무트 그멜린(Helmuth Gmelin)에게서 연극수업을 받았다. 그는 뜻이 같은 친구들과 모여 문학토론의 밤을 열었으며, 거기에서 당시 엄격히 금지되었던 표현주의적이며 독특한 시들이 낭독되었다. 1940년 4월에 그는 금지된 시를 소지함으로써 처음으로 비밀경찰과 충돌하여 4월 19일부터 20일까지 경찰서에 구금되었다. 그의 커다란 자필로 된 편지들 속에 등장하는 "리케 사랑"이 본래는 "릴케 사랑"을 뜻한다는 것이 밝혀지자 그에게는 도덕적 잘못을 들어 수치스런 비난이 가해졌다. 보르헤르트는 그의 양친도 이미 정치적으로 밀고되었으므로 신중한 태도를 견지해야만 되었다. 그러나 그의 알림욕구는 그에게 요구되는 주의와 조심성을 불가능하게 했다. 여류 연극배우 이조트 킬리안이 1948년 4월 18일자 〈베를리너 차이퉁〉에 발표한 글은 당시 보르헤르트의 문학활동의 일면을 보여 주고 있다. 보르헤르트보다 두 살 아래인 그녀는 1940년에 처음으로 보르헤르트를 알게 되었다며 다음과 같이 밝히고 있다.

　　우리는 초연들을 모두 관람했고 함께 읽고 공부했는데 그(=보르헤르트: 저자 주)를 통해서 이 황량한 시대 속에서 문학이 무엇인지가 처음으로 내게 떠올랐다. 당시에 우리는 하이네, 하임, 슈타들러, 트라클과 함께 셰익스피어와 다른 고전작가들도 읽었다. 우리는 저녁모임을 마련하여 고등학생들, 대학생들과 예비 연극배우들이 함께 둘러앉아

금지된 문학작품들을 낭독하고 토론을 벌였다.[5]

초기 서정시에서 보르헤르트는 역량 있는 습작생이었다. 그의 환상력은 고전주의로부터 보들레르와 베를렌을 거쳐 최신의 괴기시에 이르는 광범위한 작용에 민감하게 반응하여 초기의 풋내기 시들은 강한 인상들 및 익살들과 혼합되었다. 함부르크 〈실내극단〉의 여단장 게르다 그멜린은 그녀의 부친(1959년 사망)이 남긴 유품 속에서 우연히 보르헤르트의 습작 드라마가 담긴 노트를 발견했다. 낡은 묶음으로 된 이 노트에는 90쪽 분량의 내용이 타이핑되어 담겨 있었는데, 겉표지와 안에는 "나의 스승 헬무트 그멜린에게(für meinen Lehrer Helmuth Gmelin)"라는 문구와 함께 1940년으로 연도가 표기되어 있었고, 제목은 《그란벨라. 검은 추기경. 드라마적 시(Granvella. Der schwarze Kardinal. Dramatisches Gedicht)》로 되어 있었다. 막마다 6개의 장을 지닌 3막으로 된 이 작품의 모티브와 인물들은 본질적으로 실러의 《스페인 정권에 의한 네덜란드연방의 몰락사》와 일치하고 있다. 보르헤르트는 메켈른의 대주교 그란벨라를 실러가 스페인의 천재적인 신분상승자 필립 2세에 부여한 것과 동일한 성격으로 그리고 있다. 실러는 잠재된 우월감이 그란벨라로 하여금 사람들을 멸시하도록 했다고 쓰고 있다. 실러와 마찬가지로 보르헤르트도 그란벨라의 오만과 소외를 그리고 있다. 실러는 추기경이 엄청난 신분에도 불

---

5) Helmut Gumtau, a.a.O., S. 17f.: "Wir besuchten jede Premiere, lasen und arbeiteten zusammen, und durch ihn ging mir in dieser geistfremden Zeit zum erstenmal auf, was Dichtung ist. Heine, Heym, Stadler und Trakl lasen wir damals, aber auch Shakespeare und andere Klassiker. Wir arrangierten Abende, an denen wir im Kreise von Schülern, Studenten und werdenden Schauspielern verbotene Literatur rezitierten und diskutierten."

구하고 만인의 증오와 경멸을 받는 것을 묘사하는데, 보르헤르트의 그란벨라도 "모든 위대한 것은 결국 고독하다"고 고백한다. 그란벨라는 파멸하고 왕으로부터 해임되는데, 마지막에 왜곡된 히틀러전쟁의 의미로부터 나오는 다음과 같은 보르헤르트의 말이 이어진다.

또한 투쟁은 무엇을 위한 것인가? 조국? 모두가 자신의 권리를 내세우고 자신의 아궁이를 지키며 자신의 행복을 위해 싸운다는 - 이 사소한 목표를 모두가 잘 알고 있으면서도 그들의 이기적인 목적을 드러내려 하지 않으며, 그리하여 그들은 조국을 위해서라고 말한다!6)

실러의 작품 속에서도 다음과 같이 유사하게 묘사되고 있다.

귀족과 평민, 평신도와 성직자가 이 공동의 적들에 대항하여 함께 나아가고 모두가 사소한 자기이익을 위해 싸우는 동안 애국의 어마어마한 목소리가 울려 퍼지는 듯하다.7)

고등학교 시절의 첫 시들이 〈함부르거 안차이거〉에 발표된 수년 후 보르헤르트와 어머니 사이에 주고받은 편지가 이 신문의 문예편집자 후고 지이커에 의해 입수되어 전쟁이 끝난 후 〈함부

---

6) Helmut Gumtau, a.a.O., S. 21: "Und wofür der Kampf? Vaterland? Wenn jeder seine eignen Rechte vertritt, seinen eigenen Herd verteidigt und für sein eignes Wohl kämpft - und in diesem kleinen Ziel sich alle finden, aber ihren selbstsüchtigen Zweck nicht verraten wollen, so nennen sie es Vaterland!"
7) Helmut Gumtau, ebd., S. 21: "Adel und Volk, Laien und Priester, treten gegen diese gemeinschaftlichen Feinde zusammen, und indem alles für einen kleinen Eigennutz kämpft, scheint eine furchtbare Stimme des Patriotismus zu schallen."

르거 프라이에 프레세〉에 실렸다. 이 편지들 외에도 하거-부스만 부부와 몇몇 친구들에게 보낸 편지들도 있어 보르헤르트의 생애 파악을 위한 중요한 자료가 되고 있다.

보르헤르트는 서점원으로서의 직업에 만족을 느끼지 않았고, 온갖 수단을 다해 힘이 부칠 정도로 연극배우가 되기 위한 수련에 몰두했다. 1940년 말에 그는 제국연극협회의 자격시험에 응시하여 낙방할 것으로 믿었으나 놀랍게도 3주 후 자격증을 얻고 1941년 3월 뤼네부르크의 〈오스트하노버 극단〉에 고용되었다. 양친은 마지못해 그를 내보냈다. 뤼네부르크에서의 수개월은 그러나 그에게 있어 의미 깊은 기간이었는데, 여기에서 비로소 그는 연극 및 자신의 조건들에 대한 정확하고 현실적인 관계를 발견했던 것이다. 그는 이전에 품었던 높은 꿈들을 포기해야만 했으며, 위대한 비극 역이나 소망했던 햄릿 역을 맡을 기회를 갖지 못했다. 그 작은 유랑극단은 당시의 코메디물들을 공연하여 보르헤르트는 매일 저녁 장소를 옮겨가며 주역을 맡느라 분주했다. 5월에 그 유랑극단은 벨기에로 장소를 옮겼다. 이와 동시에 보르헤르트는 징집명령을 받았다.

제2장
전쟁체험과 투옥생활

제2차 세계대전이 한창이던 1941년 6월 중순부터 보르헤르트는 바이마르-뤼첸도르프에 있는 한 전차통신단에 들어가게 되었다. 그는 가혹한 훈련과 상관들의 야만성, 굴욕적인 교육과 동료들의 경직성 아래에서 심한 고통을 겪었으나 자신만은 이에 굴복당하지 않겠다고 굳게 다짐했다. 8월에 보르헤르트는 서정적 스케치 ≪꽃(Die Blume)≫을 지이커에게 보냈는데, 지이커는 평소 보르헤르트에게 산문을 써 볼 것을 권유해 왔었다. 보르헤르트는 이 작품을 "상실된 삶의 이야기"로 지칭하면서 일간신문에 적합한지 의문을 가졌다. 이 작품은 보르헤르트가 죽은 후 1947년 11월 26일자 〈함부르거 프라이에 프레세〉에 실렸는데, 그는 여기에서 전쟁과 혼돈과 죽음의 한가운데에서 신과 사랑에 대한 의문을 제기하고 있다.

전차통신단에서의 무선통신병 교육을 모두 마친 보르헤르트는 곧장 동부전선에 배속되었다. 비테프스크에서 잠시 대기한 다음 그의 부대는 클린-칼리닌 지역에 배치되었다. 전쟁은 혹독한 추위 속에서 펼쳐졌으나 독일군은 이에 대해 완전히 무방비 상태였다. 11월 16일에는 모스크바를 향한 독일의 제2차 총공격이 시작되었다. 공격대는 모스크바 전방 30㎞까지 진격해 들어갔다. 제9군단은 칼리닌 남동쪽에서 격파당하여 북쪽으로부터 모스크바를 포위하고자 시도했다. 그러나 11월 말에 시베리아로부터 지원된 새로운 예비대들로 소련의 반격이 시작되었다. 독일의 공격은 패배로 이어졌고, 영토의 손실은 물론 독일의 승리에 대한 무조건적인 믿음이 흔들리게 되는 결과를 낳았다. 독일군은 혹심한 고난을 겪었으며 동사자 수가 부상자 수를 능가하기도 했다.

어느 날 보초근무 중 보르헤르트는 왼손에 부상을 입고 가운데 손가락을 잃었다. 그의 설명에 따르면 참호 속에서 갑자기 한 러시아군이 그의 앞에 나타났다는 것이다. 사격을 하기에는 너무 근접되어 있던 그 러시아군이 그에게 달려들자 서로 뒤엉켜 싸우다가 보르헤르트의 총에서 총알이 발사되었던 것이다. 독일군들이 달려올 것을 두려워 한 그 러시아군인은 보르헤르트에게 악의를 품고 있던 상사에게로 도망쳐 가서 보르헤르트가 스스로 자해를 가했다고 덮어 씌웠다. 그러나 좀 더 높은 상관들은 그 말을 믿지 않고 신중하게 처리했다. 보르헤르트는 한 야전병원에 옮겨졌는데, 디프테리아와 황달증세가 일어나자 슈봐바하(Schwabach)의 병원으로 이송되었다. 여기에서 거의 회복되었을 때 그는 체포되어 뉘른베르크 미결감으로 옮겨졌다. 그에 대한 고발장은 그가 군복무를 회피하기 위해 스스로 왼손을 절단했다고 주장했다. 그는 그러는 동안 나치체제와 그 권력자들 및 그들이 일으킨 전쟁에 반대하는 자신의 명백한 입장을 밝힌 금지된 내용의 편지들을 씀으로써 더욱 고통을 당했다. 그 고발사건의 판결은 적전에서의 도주와 동일하게 인정되어 사형이 아니면 무죄로 내려질 수밖에 없었다. 보르헤르트가 독방에서 3개월을 기다린 끝에 1942년 7월 31일에 재판이 열렸다. 그에게는 관선변호인 외에 또 한사람의 변호인을 선임할 수 있도록 허용되었다. 그리하여 연극배우 알리네 부스만의 남편인 함부르크의 변호사 하거 박사가 변호를 맡았다. 이때의 재판기록들은 1943년 공습에 의해 멸실되었다. 하거 박사의 회상에 의하면 고발한 군 당국자들에 의해 총살형이 청구되었으나 전쟁법원은 아량과 호의를 보였다고 한다. 그의 나치체제에 반대하는 독설적 발언들에도 불구하고 법원은 그의 진술을 신뢰하고 그에게 무죄를 선고했다. 그런 다음 "국가를 위태롭게 하는" 발언들로 인해 그는 몇 주일 후 4개월의 징역형을 선고받았는데, 자신과 변호인의 청원에 의해 6주의 구금 후 전선방위로 형이 감경되었다. 뉘른베르크 미결감에서의 고난에 찬 수감체험은 전후에 발표된 산문 ≪민들레꽃≫(1946)에서 그려지고 있다.

1942년 10월 말에 보르헤르트는 이전에 복무했던 연대의 보충대대에 소속되어 자알펠트와 예나에서 몇 주일을 보냈다. 11월 말에 그는 보충대대와 함께 러시아로 옮겨갔다. 트로페즈를 공략하기 위한 격렬한 전투에 그는 비무장의 전령으로 참가했다. 1942년 12월 말에 그는 두 발에 동상이 걸려 야전병원으로 이송되었다. 거기에서 다시 열병과 황달증세를 보이자 그는 발진티프스로 의심받아 스몰렌스크 전염병원으로 옮겨졌는데, 그곳에서 그는 창밖을 통해 700명의 발진티프스 사망자들의 무덤을 바라볼 수 있었다. 병사들을 죽음으로 이끄는 종착지인 스몰렌스크 전염병원에서 인간이 얼마나 기계적으로 죽어 가는지는 그의 유명한 단화 ≪이번 화요일에≫(1947) 속에 잘 그려져 있다. 그곳에서 의사발진티프스가 확인되지 않자 그는 라돔과 민스크를 거쳐 하르츠의 하이마트병원으로 옮겨졌다.

서서히 건강은 회복되었고, 1943년 7월에 그는 다시 예나에 있는 보충대대의 위수대에 배속되었다. 그해 7월 24일과 25일 밤 그의 고향 함부르크는 전대미문의 엄청난 폭격을 받아 열흘 동안 도시 대부분이 화염에 휩싸였고, 25만여 채의 집들이 폐허로 변했다. 다행히 보르헤르트의 양친은 그 공포의 날들 동안 여행 중이었고 알스터도르프의 집도 파괴되지 않았다.

보르헤르트는 8월에 긴 휴가를 얻어 공습으로 절반은 파괴된 함부르크에 갔다. 거기에서 그는 처참한 파괴의 장면을 목격했는데, 그것은 러시아전선에서의 혹한 속 전쟁과 감옥생활에 이어 그의 성숙한 작품을 결정짓는 세 번째 체험이 되었다. 고향 함부르크에서 그는 자작시들을 가지고 지하주점과 작은 카바레 무대에 출연하여 낭송했다.

11월에 그가 다시 예나로 돌아갔을 때 또다시 열병과 간장병이 발생했다. 그는 복무불능으로 전역되어 한 전선극장에 배치될 예정이었다. 그러나 전역 하루 전에 그는 또다시 체포되었는데, 몇몇 동료들이 제국공보상 괴벨스를 패러디한 정치적 농담을 이유로 그를 밀고했기 때문이었다. 그는 이미 정치적인 전과가 있었기 때문에 가혹한 형벌과 함께 죄수대로 보내질 처지에 있었다. 그리하여 그는 좋은 소행증거들을 수집하는 데 진력했고 예심을 맡은 군재판관은 잠정적으로 그의 석방을 결정했다.

그러나 1944년 1월 그는 다시 구속되어 예나로부터 베를린의 레르터가에 있는 미결감으로 이송되었다. 그는 이 완전히 낡아버린 구치감방에서 재판을 기다리며 9개월을 보냈다. 그것은 무시무시한 공포의 기간이었다. 수감자들은 끝없이 격렬해지는 공습에 대한 아무런 방책도 없이 감방 안에 갇혀 있을 뿐이었다. 의료상의 배려는 생각할 수 없을 만큼 열악했고 감방의 위생상태는 원시적이었다. 게다가 7월 20일의 반체제폭동 이후에는 형벌의 강화가 예견되었다. 그리하여 다시 함부르크의 변호사 하거 박사가 변호를 맡았다. 재판은 마침내 1944년 9월 4일에 열렸다. 보르헤르트에게 호의적인 몇몇 진술들이 매우 유리하게 작용했다. 무엇보다도 이전에 한 하사관이 내보였던 풍자를 보르헤르트가 연극배우로서의 재능을 과시하기 위해 다시 한 번 행했을 뿐이라는 주임상사의 진술이 중요한 역할을 했다. 그는 동료들과 많은 오락공연들을 했으나 결코 악의적이거나 파괴적인 정치적 풍자는 하지 않았다는 것이었다. 다른 동료들도 이러한 진술을 증명해 주었다. 특히 슈툼 중위에 의한 전선에서의 그의 행동에 대한 좋은 평가와 부대의 추천에 의해 그가 전차전휘장과 메달을 수여받은 사실은 그에게 많은 도움이 되었다. 그리하여 그는 당시 상황으로는 매우 관대한 판결인 "방위력 훼손으로 인한 미결감 기간 5개월을 포함한 징역 9개월"[1]을 선고받고 남은 형기 4개월조차 방위임무를 위해 유예되었다.

이 무렵 보르헤르트는 운문들로 자신의 독특한 형식을 발전시켜 나갔다. 그는 많은 시들을 썼지만 남아 있는 것이 얼마 되지 않음으로써 쉽게 서정시인으로 인정받지 못하고 있다. 그는 연작시들과 짧은 시들을 자주 양친과 친구들에게 보내곤 했는데, 도중에 일부는 분실되기도 했다. 또한 그 자신이 많은 시들을 없애 버리기도 했다. 1946년에 발간된 ≪전집≫ 속에는 함부르크를 중심으로 한 14편의 시를 모은 "가로등, 밤 그리고 별"이 실려 있는

---

1) Karl Brinkmann, Wolfgang Borchert. Drauβen vor der Tür und andere Erzählungen, C. Bange Verlag, S. 8: "wegen Zersetzung der Wehrkraft neun Monate Gefängnis unter Anrechnung von fünf Monaten Untersuchungshaft"

데, 여기에서 그는 "나는 밤바람 속에서 등대가 되고 싶다"[2]를 주제로 앞세우고 있다. ≪전집≫ 속에는 이 시들 외에 15편의 유고 시들도 담겨 있다. 1958년에 크리스타 우어반은 이 시들 외에도 1947년 이후 독일어 신문들과 잡지들에 실린 보르헤르트의 시 42편의 제목을 알린 바 있다.

---

2) Wolfgang Borchert, Das Gesamtwerk, a.a.O., S. 5: "Ich möchte Leuchtturm sein in Nacht und Wind."

제3장
귀향과 작품활동

　　＊＊＊＊＊

　　＊＊＊

　　＊

　　이제 보르헤르트에게 전선방위는 더 이상 찾아오지 않았다. 그는 예나의 예비대대에서 평온하게 몇 개월을 보냈다. 1945년 초 그의 부대는 마인강 남쪽 전투에 투입되었다. 그러나 장교들이 이동 도중 도주해 버림으로써 나머지 부대원들은 프랑크푸르트 근교에서 프랑스군에 체포되었다. 보르헤르트는 체포에서 벗어나 도주했다. 그는 고향 함부르크를 향해 끝없이 고달픈 600㎞의 긴 행군을 강행했다. 그는 농부들에게서 평복을 얻어 입고 짚더미나 들판에서 잠을 자고 굶주렸다. 베스트팔렌의 한 저택은 그를 호의적으로 받아들여 그를 전쟁이 끝날 때까지 기꺼이 보호해 주고자 했다. 그러나 향수는 질병에도 불구하고 그의 발길을 재촉했고, 5월 10일 마침내 그는 함부르크의 양친 품에 안겼다.

　　악화되어 가는 병에도 불구하고 전쟁에서 귀향한 보르헤르트는 새로운 계획들에 착수했다. 그는 연극인 친구들과 함께 알토나 거리의 한 뒤뜰에 실내극장 〈코메디(Die Komödie)〉를 세웠다.

그 극장은 한 달 반 동안(11월 1일부터 12월 15일까지) 유지되었으나 보르헤르트는 더 이상 그곳에서 활동할 수 없었다. 그는 젊은 유랑자로서 9월에 카바레 〈항구의 마도로스〉에 출연했다. 11월에는 그의 이전의 연극 스승인 헬무트 그멜린이 함부르크 연극관에서의 레싱의 ≪현자 나탄≫ 공연에 그를 조연출자로서 끌어들였다. 그러나 그의 건강상태는 모든 계획과 활동을 불가능하게 했다. 1945년 겨울부터 그는 자리에 눕게 되었다. 처음에 그는 에펜도르프 병원에 입원했다. 의사들은 그의 질병 앞에서 치료는커녕 어떤 병인지 진단조차 할 수 없는 무력한 상태였다. 그리하여 보르헤르트는 서둘러 엘리자베트 병원으로 옮겼으나 거기에서도 그의 질병을 잘 알아내지 못했다. 바젤에서 비로소 병리학자 베르데만 교수에 의해 그의 질병의 원인이 밝혀졌다. 보르헤르트는 지금까지 추측되어 온 간장염을 앓고 있는 것이 아니라 기질적으로 지나치게 예민한 간장을 지니고 있는데 그것이 지속적인 영양결핍에 의해 기능이 정지되었다는 것이었다.

　병원에서 보르헤르트는 새로이 작가활동을 시작했는데, 이때 비로소 그의 작가로서의 특성을 나타내는 작품들이 이루어졌다. 1946년 1월 21일 그는 아무런 준비 없이 단숨에 1942년 당시의 감옥생활 체험을 형상화한 단편 ≪민들레꽃≫을 썼다. 그는 이 작품과 함께 돌연 온갖 아류들을 내던져 버리고 산문형태 속으로의 본질적 체험들의 객관화라는 새로운 양식과 언어를 창조했다. ≪민들레꽃≫은 14쪽 반 정도의 짧은 분량에도 불구하고 보르헤르트의 작품 중 드물게 줄거리의 폐쇄성을 이루어 노벨레에 가깝다. 여기에서는 모든 행동의 가능성을 빼앗긴 감방 속 주인공이 고립의 공포와 싸워 나가는 처절한 모습이 그려져 있다.

　≪민들레꽃≫과 함께 작품활동의 최고 전성기가 시작되었는데,

1946년 부활절에 보르헤르트는 알리네 부스만에게 자신이 어마어마하게 많은 작품을 써 가련한 아버지가 타자로 칠 수 없을 정도라고 알렸다. 그는 이따금 시도 썼지만 본질적인 표현 형태는 산문이었는데, 1946년과 1947년에 60편에 이르는 단편들과 방송극 ≪문밖에서≫를 썼다. 그의 질병은 이 같이 창작을 촉진시켰지만 한편으로는 참을 수 없는 장애가 되기도 했다. 그는 이따금 열이 너무 높아 편지조차 쓸 수 없을 정도였으며, 알리네 부스만에게 보낸 1946년 5월 28일자 편지에서는 "손에 든 책이 너무 무거운"[1] 상태가 되었음을 알리고 있다.

1930년대부터 보르헤르트 집안과 인연을 맺어 온 작가 베른하르트 마이어-마비츠(1913년생)의 조언과 격려는 보르헤르트에게 큰 힘이 되었다. 마이어-마비츠는 1946년 봄 보르헤르트와 함께 자동차로 엘베강을 따라 여행을 하면서 전시장에서 바를라하와 에밀 놀데의 미술품들을 관람했고, 베델에 있는 바를라하의 생가도 방문했다. ≪엘베강≫은 이 여행에서 받은 엘베강의 인상을 바탕으로 고향의 세계를 열정적으로 표현한 작품이다. ≪민들레꽃≫에 이어 쓰인 것으로 여겨지는 ≪함부르크≫ 역시 고향의 낙천적 세계를 그린 작품으로 1946년 말 마이어-마비츠에 의해 출간된 작품집 ≪함부르크, 강가의 고향≫ 속에 첫 작품으로 수록되었다.

이무렵 다시 건강해지고자 하는 의지가 보르헤르트를 지배했다. 그는 기적의 약 페니실린에 모든 희망을 걸었다. 1946년 부활절에 그는 병원에서 퇴원하여 집으로 돌아왔다. 그가 희망에 가득 차 있는 반면 의사들은 그의 양친에게 그의 질병은 그를 죽음

---

1) H. Gutmann, a.a.O., S. 47: "das Buch in der Hand zu schwer"

으로 이끌 것이며 최선의 경우 죽음이 연기될 수 있을 뿐이라고 알렸다. 비록 기대되는 건강의 회복은 이루어지지 않았지만 보르헤르트는 자신의 믿음을 포기하지 않았다. 병환 중에도 그는 쉬지 않았다. 1946년 말까지 그는 24편의 산문을 썼다. 1946년에는 1940년부터 1945년까지의 시들을 담은 시집 ≪가로등, 밤 그리고 별≫도 나왔다. 이듬해에는 산문모음집 ≪민들레꽃≫이 뒤를 이었다. 1947년 1월 11일에 보르헤르트는 아버지에게 특별한 생신 선물을 했는데, 그것은 ≪이번 화요일에≫라는 제목을 단 노트였다. 그 안에는 그가 정성어린 필체로 쓴 전후의 황폐한 상황을 그린 단화인 ≪밤에는 쥐들이 잠잔단다≫, ≪빵≫, ≪어둠 속의 세왕≫이 담겨 있었는데, 아버지는 아들이 죽은 다음 인쇄되어 나온 후에야 이 작품들을 읽었다. 이 작품들 속에서는 믿음이 파괴된 세대의 희망과 사랑이 적절한 형식으로 그려져 있다.

1946년 가을에(1947년 1월이라는 설도 있음) 그는 1주일 만에 드라마 ≪문 밖에서≫를 썼는데, 이 작품은 곧바로 2월 13일에 한스 크베스트에 의해 방송극으로 방송되어 독일은 물론 벨기에, 네덜란드, 스웨덴에서까지 청취되었다. 이 작품은 서사극과는 반대로 관객을 염두에 두지 않은 채 모든 장면을 지배하면서 자신의 처절한 상황과 운명을 토로하는 버림받은 귀향병의 독백으로 대부분이 이루어져 있다. 따라서 보르헤르트는 이 작품의 부제를 "어떤 극장도 공연하려 하지 않고 어떤 관객도 보려고 하지 않을 작품"이라고 달았다. 그러나 방송극으로 방송된 후 작가의 예상과는 반대로 엄청난 반향이 일었다. 공감을 표하는 열렬한 내용의 편지들이 앓고 있는 보르헤르트에게 날아왔으며 몰려드는 기자들과 방문자들은 투병중인 그에게 방해가 될 정도였다. 재미있는 일은 공교롭게도 이 작품이 첫 방송된 시간에 보르헤르트의 거주지

역에 정전이 되어 작가 자신은 정작 방송을 듣지 못했다는 것이다.

≪문 밖에서≫의 대성공으로 인한 기쁨과 함께 보르헤르트의 병세는 점점 절망상태로 악화되었는데, 1947년 6월 8일자 지이커에게 보낸 편지에서 보르헤르트는 단 한 편의 이야기도 쓸 수 없을 듯하며 계단을 오를 수 없을 정도라고 썼다. 에른스트 슈나벨을 비롯한 친지들은 치료를 위해 보르헤르트를 스위스로 옮기는 절차를 취하기 시작했는데, 비자가 발급되고 보르헤르트가 스위스행 길에 오르게 되기까지는 가을이 되어야 했다. 깊어 가는 병세에도 불구하고 보르헤르트는 1947년 여름까지 문학적 창작의 절정에 올라 9월까지 계속하여 24편의 단편을 썼는데, 그중 19편은 그 해에 모음집 ≪이번 화요일에≫ 속에 담겨 출간되었다.

유난히도 추운 1946/47년 겨울은 병든 보르헤르트를 무척 괴롭혔다. 난방용품은 구비되지 않았고, 도울 수 있는 한 친구들이 도와주었으나 한계가 있었다. 1947년 초에는 회복되는 듯하여 큰 희망을 주기도 했다. 출판업자 고베르츠, 오프레히트, 로볼트와 함부르크방송국의 에른스트 슈나벨은 보르헤르트를 스위스로 옮겨 요양시키고자 했다. 그러나 관료적인 행정상의 어려움이 외국으로의 여행을 지연시켰다. 하지만 ≪문 밖에서≫의 성공적인 방송은 큰 반향을 일으켰다. 함부르크 실내극단이 그 연극을 공연하기로 했으며, 출판업자들은 너나없이 주목하게 되고 한 신생 영화사는 그 작품으로 첫 영화를 제작하고자 했다. 그러나 보르헤르트의 건강상태는 나날이 악화되어 갔다. 스위스로의 이송은 우선은 생각할 수도 없었다. 이따금 열이 내렸을 뿐 유난히도 무더운 7월은 환자 보르헤르트를 괴롭혔다. 보르헤르트는 자신이 모든 희망을 걸고 있는 스위스에서의 요양이 여전히 지연되고 있음에도 큰 고통을 받았다.

제4장
스위스에서의 요양과 죽음

• • • • •

• • •

•

마침내 1947년 9월 22일 모든 난관은 극복되고 어머니의 배웅 속에 보르헤르트는 침대차에 누워 갈망하던 스위스 요양 길에 올랐다. 국경역 바일에서 그는 어머니와 작별해야 되었다. 바젤에서 그를 맞은 출판업자 고베르츠는 그를 가톨릭계의 클라라병원에 입원시켰다. 스위스에서의 생애 마지막 두 달 간의 삶에 대해서는 그를 도운 친구들의 입을 통해 전해졌는데, 함부르크 태생의 여인 프리다 랑에-두들러는 보르헤르트가 바젤 교외의 병원 4층 200호실에 있었으며, 무더운 여름 함부르크에서 열병을 앓던 그를 괴롭혀 온 경련이 다시 그에게 엄습했다고 밝혔다. 그는 극도로 예민해져 있었으며, 참을성 없고 이해하기 어려운 방언을 사용하는 사람들 가운데에서 고통을 당했다. 랑에-두들러를 통해 알게 된 독일인 추방대학생 게오르크 비어는 보르헤르트를 새로운 친구들과 접촉토록 했는데, 그들 중에는 바젤에서 신학을 공부하고 운송회사에 근무하면서 간간이 번역도 하던 마르틴 프리

이트리히 코르데스(Martin Friedrich Cordes)도 있었다.

　보르헤르트에게는 모든 희망이 스위스 체류에 달려 있었으나 며칠 후에 곧 향수가 그를 압도했다. 바젤에는 아는 사람이라곤 아무도 없었으며, 그는 집에 편지를 부칠 수 있는 돈조차 갖고 있지 않았다. 어느 날 밤 보르헤르트는 세면대야를 찾기 위해 일어나다가 쓰러졌다. 도와달라는 오랜 외침 끝에 간병인이 달려 왔는데, 그는 독일인에 대한 적대감에 보르헤르트에게 "당신 도대체 이곳 스위스에서 무얼 하려는 거요? 당신 나라 독일로 돌아가지 않겠소?"라고 호통을 쳤다. 보르헤르트는 쓰러진데다가 흥분한 결과 심한 간장출혈을 다시 일으켰다. 증세는 악화되어 경련이 일어났고, 몇몇 추방자들이 그를 방문하여 기분전환을 시켰다. 그들 가운데에는 마르틴 코르데스도 있었다. 그는 자신이 번 얼마 안 되는 돈으로 면도할 돈조차 없는 의지할 곳 없는 보르헤르트를 도왔다. 병원의 이발사는 이전에 함부르크를 방문한 적이 있었는데 그곳이 마음에 들었다는 이유로 보르헤르트에게 1주일에 한 번씩 무료로 이발을 해 주었다. 코르데스는 보르헤르트를 돌보도록 다른 친구들을 부추겼다. 보르헤르트에게 특별한 기쁨을 안겨준 것은 ≪문 밖에서≫를 잘 알고 있던 카알 추크마이어의 편지였다. 보르헤르트는 11월 16일에 즉시 그에게 답장을 보냈다. 그러나 보르헤르트는 생의 종말을 향하고 있었다. 11월 18일에 또다시 심한 출혈이 일어나 더 이상 가라앉지 않았다. 보르헤르트는 11월 19일에는 점차 의식이 흐려지다가 완전한 무의식 상태를 맞았고, 20일 오전 9시에 숨을 거두었다. 그가 죽은 지 22시간 후 함부르크 실내극단에서는 그의 드라마 ≪문 밖에서≫가 막이 올랐으며, 그 후 이 작품은 독일의 모든 무대들에 올려져 세계문학 속으로 빨려 들어갔다. 보르헤르트 자신은 작품의 출판을 보지 못했다. 그의 마지막 단편들은 작품집 ≪5월에, 5월에 뻐꾸기는 울었다≫와 ≪민들레꽃 이야기들≫ 속에 실려 그가 죽은 후 1948년에 출간되었다. 1949년에는 그의 친구 베른하르트 마이어-마르비츠가 함부르크의 로볼트출판사에서 ≪전집≫을 발간했다.

보르헤르트는 1948년 스위스로부터 고국 땅 함부르크의 올스도르프 묘지에 옮겨져 잠들고 있다.

제2편
특징적 작품세계

제1장
소재 및 배경

●●●●●

●●●

●

    보르헤르트 작품에서의 소재와 장소 및 인물은 제한되어 있다. 그의 산문들은 전쟁과 전쟁으로 손상된 전후시대, 감옥, 러시아의 겨울전선을 주무대로 하고 있으며, 자주 시적으로 미화된 고향 함부르크를 배경으로 삼고 있다.

    그의 작품은 주로 남자들로서 이 세상에서 버려진 자들을 다루며 고독과 은근한 우정, 죽음을 다룬다. 또한 이따금 흐릿한 성적인 충동을 다루는데, 그것은 여자들을 대하는 행동 속에서 미숙하고 소극적인 동시에 오만방자하게 표출된다. 작품 속에서 자주 반복되어 나타나는 모티브들은 다양한 대립물들로 연결되어 있다. 버림받음과 승승장구, 배척됨과 보호받음, 고향을 떠나 있음과 귀향에의 갈망, 거리와 집, 전쟁과 평화 등이 그것으로 이것들은 보르헤르트의 모든 작품들에 기본적인 긴장을 부여하고 있다.

    고향집은 종종 '어머니'와 '독일'이라는 말로 신성시되어 그 음조는 히틀러소년단의 노래에 나오는 어머니 및 조국 숭배를 연상케

한다. 이 고향집은 그러나 온전히 도달될 수 없는, 떠나 있어 갈망하는, 혹은 잃어버린 집으로 등장한다. 그리하여 ≪부엌시계≫에서 폭격을 당한 주인공은 "이제, 이제야 나는 그곳이 천국이었다는 것을 알겠어요."[1]라며 고향집을 지상최대의 낙원으로 여기지만 그것은 이제 사라져 버린, 도달될 수 없는 곳임이 드러난다.

무엇보다도 전쟁과 감옥생활의 체험은 보르헤르트의 산문들의 본질적 소재를 이루는데, 특히 러시아 전선에서의 1941~42년과 1942~43년 겨울의 혹독한 체험은 전후에 쓰인 그의 산문들 속에 적나라하게 반영되고 있다. ≪예수는 더 이상 함께 하지 않는다≫(1946)에서는 자신의 몸으로 시체들을 묻을 구덩이의 크기를 재는 일을 하는 한 병사의 참담한 심리상태가 그려진다. 이 작품에서 자주 나타나는 '눈(Schnee)'이라는 어휘는 다른 산문들에서도 보르헤르트의 겨울전쟁 체험에서 비롯된 주도모티브로서 반복적으로 다양하게 등장한다. ≪내 창백한 형≫(1947)에서는 다음과 같이 묘사된다.

그러나 눈은 짐승의 눈과 같이 새롭고 깨끗했다. 어떤 눈도 이 일요일 아침의 눈만큼 그렇게 흰 적은 없었다. 어떤 일요일 아침도 그렇게 깨끗한 적은 없었다. 세상, 이 눈 덮인 일요일의 세상이 웃고 있었다. 그러나 어느 곳엔가 얼룩이 보였다. 그것은 구부린 채 배를 깔고 눈 속에 누워 있는 제복을 입은 한 사람이었다.[2]

---

1) W. Borchert, Die Küchenuhr, a.a.O., S. 203: "Jetzt, jetzt weiß ich, daß es das Paradies war."

2) W. Borchert, Mein bleicher Bruder, in: Das Gesamtwerk, a.a.O., S. 175: "Aber der Schnee war neu und sauber wie ein Tierauge. Kein Schnee war jemals so weiß wie dieser an diesem Sonntagmorgen. Kein Sonntagmorgen war jemals so sauber. Die Welt, diese schneeige Sonntagswelt, lachte. Aber irgendwo gab es dann doch einen

여기에서의 눈은 "거의 푸른", "청녹색의", "아주 무시무시하게 흰" 것으로 그려지고 있다. 한 병사가 낯선 땅에서 눈 속에 묻혀 죽어 있는 ≪라디≫에서의 눈은 "외친다(schreit)"고 표현되어 있다. 쥐죽은 듯한 정적이 참을 수 없는 것이 되는 단화 ≪많고 많은 눈≫(1947)에서는 한 기관총사수가 공포를 쫓아내기 위해 42도의 혹한 속 2월에 시기에 걸맞지 않은 캐롤을 부르는데, 이 노래는 한 상사에게서 평화의 축제에 대한 환각을 일으킨다. ≪네 명의 병사≫에서는 저격병들 중 한 사람이 공포 때문에 비록 증오하는 총이지만 그것을 꼭 붙잡는데, "위쪽에서는 밤새 광란의 죽음이 외쳐댔다. 그것은 검푸르게 눈을 갈라놓았다. 그러자 그들은 다시 찡그렸다. 그리고 그들은 발코니를 올려다보았다. 그러나 발코니는 아무것도 약속하지 않았다."[3]로 묘사된다. 공포와 추위, 쓸쓸한 죽음과 눈은 보르헤르트의 전후 산문에서 절규 및 침묵과 함께 주도적으로 등장하는데, ≪밤꾀꼬리가 노래한다≫(1947)에서는 공포에 대해 거창한 연설을 즐겨 하던 철학적인 병사 팀이 "역겨울 만큼 창백한(widerlich blaß)" 하얀 눈 속에서 죽은 채로 발견된다. 팀은 철모를 쓰지 않고 보초에 나갔기 때문이지만 철모를 썼더라도 그는 공포를 막아 줄 아무것도 없었기에 죽었을 것이라는 짐작을 하게 한다.

≪문 밖에서≫ 또한 전쟁의 체험으로부터 이루어진 작품으로 보르헤르트가 친구인 조각가 쿠르트 베크만(Curt Beckmann)이라는 이름을 따라 설정한 주인공 베크만 하사의 처절한 정신적 상

Fleck. Das war ein Mensch, der im Schnee lag, verkrümmt, bäuchlings, uniformiert."

3) W. Borchert, Vier Soldaten, in: Das Gesamtwerk, S. 171: "Und oben kreischte ein wütender Tod durch die Nacht. Schwarzblau zerriß er den Schnee. Da grinsten sie wieder. Und sie sahen die Balken über sich an. Aber die Balken versprachen nichts."

황을 묘사하고 있다. 3년간의 전쟁으로부터 누더기 군복을 걸친 채 만신창이가 되어 돌아온 베크만은 세상을 단지 괴기스런 방독면안경을 통해서만 바라볼 수 있으며, 스스로를 "전쟁으로부터 나온 유령"[4]으로 여긴다. 이 작품에서는 '문 밖에서'라는 제목 자체가 모든 것을 함축하고 있는데, 그것은 안주와 희망이 파괴되어 버린 사람들의 상황을 암시하고 있다. 점점 더 고통을 주는 일련의 사람들과의 만남에서 베크만은 등 뒤에서 가차 없이 닫혀 버리는 문 앞에 서 있게 된다. 그는 죽지 않는 대신 텅 빈 내장과 꽁꽁 언 발로 거리 위에 서 있곤 하는 것이다.

그러나 이 작품은 물음이자 도발이지 결코 허무주의적 선언이 아니다. 이와 관련하여 1947년 2월 27일 보르헤르트는 함부르크의 막스 그란츠 박사에게 다음과 같이 쓰고 있다.

우리 모두는 '문 앞에' 서 있는 것이 아닐까요? 영적으로, 정신적으로, 직업적으로? 베크만은 마지막에 엘베강 속으로 뛰어 들지 않습니다. 그는 대답을 얻기 위해 외칩니다! 그는 신에 대해 묻습니다! 그는 사랑에 대해 묻습니다! 그는 옆 사람에 대해 묻습니다! 그는 이 세상의 삶의 의미에 대해 묻습니다! 그런데 그는 대답을 얻지 못합니다. 어떤 대답도 존재하지 않습니다. 삶 자체가 대답인 것입니다. 아니면 당신은 어떤 대답을 알고 계십니까?[5]

---

4) W. Borchert, a.a.O., S. 114: "Gespenst aus dem Krieg"
5) Akzente 1955, S. 118f.: "Stehen wir nicht alle 'vor der Tür'? Geistig, seelisch, beruflich? Beckmann geht am Ende nicht in die Elbe. Er schreit nach Antwort! Er fragt nach Gott! Er fragt nach der Liebe! Er fragt nach dem Nebenmann! Er fragt nach dem Sinn des Lebens auf dieser Welt! Und er bekommt keine Antwort. Es gibt keine. Das Leben selbst ist die Antwort. Oder wissen Sie eine?"

제2장
언어 및 표현양식

●●●●●

●●●

●

　보르헤르트는 시대상황을 정확히 반영할 수 있는 문학을 위해 자신의 체험과 세계관으로부터 직접적인 입장을 견지했다. 그리하여 그는 "목이 쉬도록 흐느끼는 뜨거운 감정"[1]의 형상화를 요구하면서 모든 객관화된 괴리를 거부했다. 보르헤르트는 오로지 있는 그대로의 진실만을 묘사하는 것을 작가적 과제로 여겼으며, 이미 과거사가 되었건 아직 현존하는 것이든 간에 왜곡되지 않은 실체적 진실을 파악하여 형상화하는 것을 문학적 신조로 삼았다. 그는 이 같은 작가적 신조와 함께 육체적 고통을 받거나 죄책감과 같은 정신적 고통을 겪는 인간의 고난에 찬 경험들, 즉 파괴된 세계에서의 피조물적 불안과 존재의 고통을 문학의 중심점이 되도록 이끌었다.

　보르헤르트가 릴케와 횔더린을 거부한 것은 그가 천재적인 문

---

1) W. Borchert, Das ist unser Manifest, in: Ders., Das Gesamtwerk, a.a.O., S. 310: "heiße n heiser geschluchzten Gefühls"

학적 재능을 지닌 세기의 전형들과 거리를 둔 대신 시대상황에 적합한 독자적인 표출방식을 찾고자 했음을 분명히 해 주고 있다. 물론 릴케는 보르헤르트의 초기 서정시의 습작에 있어서 동경의 대상이기는 했으나 언어와 감정상 릴케는 근본적으로 보르헤르트와는 배치되었다. 그는 단순히 릴케를 패러디하는 것을 통해서만 횔더린을 완강히 거부하고 릴케적인 독일적 심장을 극복하고자 했던 것은 아니다. 그는 릴케적인 운율규칙과 형상들을 근본적으로 전혀 문체화 시킬 수 없는 것들, 즉 두운기법과 음악적인 화음에 적용하고 있다. 그리하여 보르헤르트의 "새로운 조화론"2)에 대한 갈망은 모든 전통을 거부하는 완전히 새로운 시작에의 욕구를 나타내 주고 있다. 따라서 보르헤르트 문학에 있어서 어휘선택, 문체, 형상화 등 형식적인 요소들은 전통적으로 내려오는 요소들을 완전히 깨뜨리고 있다. 그는 다음과 같이 표명하고 있다.

그렇다, 우리의 사전 그것은 아름답지 않다. 그러나 두텁다. 또한 그것은 냄새를 풍긴다. 화약과도 같은 쓴 냄새를. 퇴비와도 같은 신 냄새를. 똥과도 같은 지독한 냄새를. 그리고 전쟁터와 같이 소란스럽다. 그리고 우리는 우리의 예민한 독일적 릴케심장을 뛰어 넘은 것에 대해 오만하게 자랑한다.3)

---

2) Ebd., S. 310: "eine neue Harmonielehre"
3) Ebd., S. 312: "Nein, unser Wörterbuch, das ist nicht schön. Aber dick. Und es stinkt. Bitter wie Pulver. Sauer wie Steppensand. Scharf wie Scheiße. Und laut wie Gefechtslärm. Und wir prahlen uns schnodderig über unser empfindliches deutsches Rilke-Herz rüber. (⋯)"

이 같은 표명으로 그는 단지 일상적인 어휘뿐만이 아니라 형상화하려는 대상들에게 적합하다면 가장 추하고 역겨운 비속어의 영역에까지도 파고들고 있음을 고백하고 있다. 그는 사물을 우회적으로 부르지 않고 직접적으로 이름으로 지칭함으로써 완벽한 명백성에 도달하기 위해 노력했다. 이와 관련하여 그는 다음과 같이 말하고 있다.

우리는 훌륭한 문법을 지닌 작가들을 필요로 하지 않는다. 훌륭한 문법에 이르기에는 우리에게 인내심이 결여돼 있다. 우리는 목이 쉽게 흐느끼는 감정을 지닌 작가들을 필요로 한다. 큰 소리로 분명하고 충분하게 아무런 접속사를 사용하지 않고 나무를 나무라 말하고 여편네를 여편네라 말하며 예와 아니오를 말하는 그런 작가들을. 우리는 세미콜론을 사용할 시간이 없으며 조화는 우리를 나약하게 만들고 침묵의 조용한 삶이 우리를 압도하고 있다.[4]

이같이 언어형상화에 있어서 그는 간결하고 짧은 것을 선호한다. 중요한 표현은 단조로운 리듬으로 된 단순한 반복을 통해 그 의미를 뚜렷하게 부각시키고 있으며, 추상적인 관찰이나 표현은 철저히 배격한다. 문장구성은 세미콜론의 배제와 단순한 기본형식으로서의 문법에만 의지한다. 접속사의 사용도 표현의 직접성을 해치기 때문에 배제된다.

이상과 같은 보르헤르트적 표현양식은 배후를 암시하는 추상

---

4) Ebd., S. 310: "Wir brauchen keine Dichter mit guter Grammatik. Zu guter Grammatik fehlt uns Geduld. Wir brauchen die mit dem heißen heiser geschluchzten Gefühl. Die zu Baum Baum und zu Weib Weib sagen und ja sagen und nein sagen: laut und deutlich und dreifach und ohne Konjunktiv. Für Semikolons haben wir keine Zeit und Harmonien machen uns weich und die Stilleben überwältigen uns."

적 형상화를 허용하지 않으며 광범위한 작품 구성 또한 불가능하게 한다. 실제로 그의 산문은 전적으로 단화들이나 단화들을 토대로 한 짧은 단편류들로 이루어져 있다. 보르헤르트의 짧은 작품들은 새로운 시작을 향한 강렬한 의지를 나타내고 있으나 그의 삶과 마찬가지로 그것들 또한 부조화적이며 조각나 있다.

전쟁의 체험은 보르헤르트를 작가로 만들었다. 이렇게 이루어진 작품들은 언어, 테마, 형식에 있어서 다양한 전형들에 종속되어 결코 본질적인 작가적 재능을 드러내지 않은 초기의 시들과는 더 이상 공통되지 않았다. 이제 그는 새로운 문체를 발전시키는데, 비록 표현주의로부터 비롯되었지만 섬뜩하며 거칠고 자주 다듬어지지 않은 일상언어가 작품 속에서 보편화되었다. 보르헤르트의 작품들은 급속하게 쇠약해지는 육체와의 거대하고 강력한 투쟁 속에서 힘겹게 이루어졌다. 그는 오래도록 형식을 찾고 다듬을 시간이 없었다. 그가 비록 언제나 회복될 것이라는 희망을 견지했으나 그의 몸 안에는 이른 죽음의 예감이 존재하고 있었던 것이다. 그렇지만 그의 작품이 무형식이지는 않다. 그는 병사들의 은어와 일상언어로부터 그에게만 국한되어 머물며, 모방될 수 없는 독특한 문체를 형성했는데, 그에게는 예술적 표현의지와 언어가 하나였기 때문이다. 그에게 있어서 특징적인 것은 다음과 같이 자주 관사와 주어가 빠지는 군대식 표현방식과 같은 간결한 서술양식이다.

Sieht aus, als ob er Uniform an hat. Ja, einen alten Soldatenmantel hat er an. Mütze hat er nicht auf.

- ≪문 밖에서≫, S. 103

립코르프는 그의 '조화론(Harmonielehre)'을 "맞춤재단된 불균형의 미학(maß geschneiderte Ästhetik der Disproportion)"으로 칭한다. 그러한 서술양식은 자주 도발적인 질문의 형태로 치장되거나 보편적인 가치요구를 드러내는 주장이 되는데 다음과 같은 예가 그것이다.

Beckmann, brüllen sie, Unteroffizier Beckmann. Immer Unteroffizier Beckmann.
베크만, 그들은 부르짖지요, 베크만하사. 언제나 베크만하사라고.
　　　　　　　　　　　　　　　　　　　　　　　　　- ≪문 밖에서≫, S. 125

주제와 반주제, 주장과 모순이 서로 상대를 부각시키거나 분명하게 만들지 않으면서 엄격하게 병립하고 있다. 불균형은 주변세계의 본질적 구성요소다. 여기에서 서로를 비춰주지만 아무것도 보여주지 않는 두 개의 거울의 모습을 연상할 수 있다. 립코르프는 "아주 저급하게 분류할 때 그는 울부짖음의 사람이라기보다는 울부짖는 모순의 작가"라고 보르헤르트를 특징지으면서 다음과 같이 주장한다.

수년간의 심한 표현의 억압을 받아 번민으로 고통받아 온 그의 불안 심리는 마침내 더듬거리고 불분명한 울부짖음 속에서가 아닌 의도된 예술형태 속에서 표현함으로써 모든 긴장들을 수용하여 연결했다. 즉 보르헤르트는 철저히 부조화를 엮어 나가고 모순들을 뚜렷하게 구별되는 반대명제들로 양극화시키며 상반적인 성향들, 관점들, 감정들을 견고한 역설들로 확립시킨다.5)

이에 대한 실례는 ≪문 밖에서≫에서 베크만과 연대장과의 다음과 같은 상면부분을 들 수 있다.

연대장: 당신 포로로 잡혀 보았소? 무언가 약탈해 먹어본 적 있소? 말하자면 어딘가에서 공격도 해 보았소? 그리고 생포도 해 보았소?
베크만: 그렇습니다, 연대장님, 저는 어디선가 공격을 했지요. 스탈린그라드에서요, 연대장님, 그러나 계략이 빗나갔지요. 그리고 그들은 우리를 공격했지요. 3년간 우리는 전쟁을 했지요. 수십만 명이.

- ≪문 밖에서≫, S. 120

똑같은 어휘와 표현의 반복 및 변화는 보르헤르트의 문체수단에 속하는데, 다음과 같은 예를 들 수 있다.

Nach Hause! Ja, ich will nach Hause. Ich will zu meiner Mutter! Ich will endlich zu meiner Mutter!!! Zu meiner − Nach Hause, wo meine Mutter ist, meine Mutte

- ≪문 밖에서≫, S. 138

≪문 밖에서≫ 이후에 나온 작품들에서는 이러한 기법이 더 발달되어 하나의 정형화 된 작풍으로 불릴 수 있을 정도인데, 다음

---

5) Peter Rühmkorf, Wolfgang Borchert in Selbstzeugnissen und Bildnissen, Rowohlt Verlag Reineck bei Hamburg 1961, S. 150: "Seine Unruhe − über Jahre als brodelnde Ausdrucksversagung tradiert, und als Albdruckerlitten − äußert sich endlich gar nicht im Stammeln und unartikulierten Gebrüll, sondern in gezielten Kunstfiguren, die alle Spannungen aufgenommen und an sich gebunden haben. Borchert komponiert ja durchaus die Disharmonien, er polt die Widersprüche zu klar abgegrenzten Antithesen und verfestigt gegenstrebige Neigungen, Ansichten, Affekte zu haltbaren Paradoxen."

과 같은 예에서 뚜렷이 드러나 있다.

Ein Mensch. 25. Ich. Die Straße. Die lange, lange. Ich. Haus Haus Wand Wand Milchgeschäft Vorgarten Kuhgeruch Haustür … Hilde Bauer ist doof Leutnant Fischer ist dumm. 57 fragen: warum. Wand Wand Tür Fenster Glas Glas Glas Laterne alte Frau rote rote Augen

– ≪긴 긴 거리≫, S. 251

여기에서는 보르헤르트의 독특한 구두법도 담겨있다. 전기작가들은 보르헤르트가 항상 구두법에 어려움을 겪었으며, 그러한 어려움에 따라 자신만의 독특한, 입으로 말해진 문장의 억양으로부터 얻은 구두점표시를 최선의 것으로 삼았다고 전한다. 그러나 앞서 인용된 부분과 다른 부분들은 그가 훨씬 나중에 성행하게 되는 문학적 형식이나 작풍을 이미 받아들이고 있음을 알려 주는데, 그것의 대표자들은 그것을 아마도 정확한 읽기방식을 의미하는 '판독법'으로 지칭한다. 합치될 수 없는 것과 서로 분리되려는 것이 보르헤르트에게서는 긴밀하게 접근되어 현실세계를 통과해가서 귀결되지 않는 균열과 분열을 암시하는데, "괴테, 슈멜링, 셜리 템플"(≪문 밖에서≫, S. 132)이 그 예이다. 또한 예술의 수호자로 자처하는 카바레 지배인의 허상도 해학적인 실례이다. 그것은 정신적 풍요를 뽐내지만 실제로는 화려한 전면 뒤에 단지 분진과 폐허만을 숨기고 있는 세계에 대한 상징인 것이다. 한편 소녀는 베크만의 두 눈을 "황홀하게 슬프다(wunderbar traurig)"고 여긴다. 이 또한 10대의 흔한 표현이기도 하지만 이 말에는 서로 대립되어 있으면서도 상호 보충하는 양면적 가치관의 충돌이 내포되어 있다. 이러한 문체수단은 패러디화 된 의미의 전도를 통해 고조된다. 카바레 지배인과 베크만의 다음과 같은 장면은 이에 대한 특징적인 실례이다.

> 지배인: 우리에게 결여되어 있는 것은 우리 시대의 회색빛 생동하는 고통에 찬 얼굴을 나타내는 전위예술가들이야!
> 베크만: 예, 예! 언제나 끊임없이 나타내지요. 얼굴들, 총들, 유령들을. 어디선가 언제나 나타내어지지요.[6]

베크만에게 그의 양친의 죽음에 대해 이야기하는 크라머 부인의 무감정하며 빈정대는 표현방식 또한 여기에 속한다.

> 그들은 결국 스스로 나치당을 탈당했지. 당신의 아버지는 그렇지만 인과응보를 받았지. 어쩔 수 없었어. (…) 어느 날 아침 그들은 부엌에서 뻣뻣하게 굳은 채 창백하게 죽어 있었어. 내 남편은 그런 어리석은 짓이 있느냐며 그만한 가스로라면 우리가 한 달은 족히 조리해 먹을 수 있을 거라고 말했지.
>
> ─ ≪문 밖에서≫, S. 142

보르헤르트는 합치될 수 없는 것을 엄격히 결합하는 한편 똑같은 방식으로 "나의 땅은 이 세상이니라.", "사랑스런 5월이여, 어서 와 무덤들을 다시 푸르게 하라", "노래하라, 에블린, 나의 죽음을 노래하라. 달콤한 세상의 몰락을 노래하라, 독한 술을 노래하

---

6) W. Borchert, Drau ß en vor der Tür, a.a.O., S. 131:
   "Direktor: Was uns fehlt, das sind die Avantgardisten, die das graue lebendige leidvolle Gesicht unserer Zeit präsentieren!
   Beckmann: Ja, ja: Immer wieder präsentieren. Gesichter, Gewehre, Gespenster. Irgend was wird immer präsentiert."

라, 녹색 황홀경을 노래하라"와 같이 성서, 민요, 유행가 등을 패러디한다. '용감한 작은 병사의 부인'이라는 유행가를 따른 베크만의 패러디 또한 이에 속한다.

한편 의식적인 어린이적 표현방식으로의 거친 변전 또한 자주 등장하는데, 이 같은 표현방식은 ≪밤에는 쥐들이 잠잔단다≫에서와 같이 특정한 모티브로부터 발전되어 특별한 표현수단이 된다. 림코르프는 다음과 같이 보르헤르트를 표현기법 상 유별난 작가로 특징짓고 있다.

마구 써 내려간 작품이 그를 그렇게 값싸게 여겨질 수 있게 할지도 모르지만 그는 보잘것없는 작가, 우둔한 정신의 소유자, 단순한 분출작가와는 전적으로 다르다. 그는 오히려 문학적인 균열재료들과 파괴현상들 및 간섭들로 가득 찬 감상적인 유형이다. 그는 단지 정치적이며 사회적으로 보다는 훨씬 심오한 감각 속에서 파멸로부터 끌어내어 썼으며, 그의 과거와의 담판은 자주 의존과 부인, 수용과 비방 간의 예리한 평형행위와 동일하다. 이 때 분출과 외침이 커다란 역할을 할 수 있었겠지만 그가 그토록 엄청난 파괴능력을 소유한 것이 바로 그를 현대적인 예술가로 만들었다.[7]

---

7) Peter Rühmkorf, Wolfgang Borchert in Selbstzeugnissen und Bildnissen, Rowohlt Verlag 1961, S. 84: "alles andere als ein naiver Dichter, als ein einfältiger Geist und bloβer Eruptionskünstler, als den ihn ein hektisch heruntergeschriebenes Werk allzu billig ausweisen könnte – viel eher: ein sentimentalischer Typus mit einer Fülle von literarischen Spaltmaterialien, Brechungsphänomen und Interferenzen. Er schrieb auch in einem viel tieferen Sinne als nur politisch und soziologisch aus dem Zusammenbruch heraus, und seine Abrechnung mit der Vergangenheit gleicht oft einem halsbrecherischen Balance-Akt zwischen Anlehnung und Leugnung, Übernahme und Affront. Eruption und Schrei mögen dabei eine Rolle gespielt haben – aber daβ er ein so groβes Maβ an Brechungsvermögen besaβ, machte ihn überhaupt erst zum modernen Künstler."

뤼코르프는 보르헤르트의 문체를 "허위적인 낡은 조화론의 파괴현상"[8]으로 규정하고 그의 작품은 초문체화(Überstilisierung)와 언어적 극단상황을 수단으로 이루어진, 전적인 예술의 암살로서 특징지어진다고 말한다. 언어적인 새로운 형상들로 이루어진 보르헤르트의 이른바 신논리주의는 대부분 과장되고 지나치게 소리가 크며 현란하다. 또한 그는 한 어휘에 여러 개의 동사들과 명사들을 이어 붙여 있음직하지 않은 어휘를 만들어 낸다. 그 예로 그는 신(Gott)을 'Märchenbuchliebergott'로 지칭하며, 거리의 한 여인을 'Na-was-sag-ich-Gebärde'로 쓰고, 거리에서 전차가 지나가는 소리를 'Mühle-mahle-Alltagslied'를 노래한다고 표현하며, 파우스트 박사를 'Hoffnungsgrünenerfindermann'으로 부른다.

---

8) Ebd., S. 153: "Brechungserscheinung der verstellten alten Harmonielehre"

제3편

드라마 ≪문 밖에서≫

제1장
성립 시기와 반향

◉◉◉◉◉

◉◉◉

◉

　드라마 ≪문 밖에서≫의 성립시기에 관한 설들은 일치하지 않는다. 베른하르트 마이어-마비츠에 의해 간행된 ≪전집≫에서는 보르헤르트가 이 작품을 1946년 늦가을에 며칠만에 썼다고 되어 있다. 로로로출판사의 작품집에서도 이를 그대로 받아들이고 있다. 반면 페터 륌코르프에 따르면 보르헤르트는 이 작품을 1947년 1월에 "1주일 동안에 엄청나게 단숨에"[1] 썼다는 것이다. 그러나 보르헤르트의 친구로서 모든 것을 정확히 알고 있었음을 감안할 때 마이어-마비츠의 말이 더 확실하다고 볼 수 있다. 또한 1947년 2월13일 보르헤르트 자신이 이 작품을 20면 정도로 축소 각색한 것이 방송극으로 처음 방송되었는데 륌코르프의 말을 따를 경우 작품의 검토, 각색, 대본연습 등을 거쳐 그토록 단시일 내에 방송이 이루어질 수 있었을지 의문이 생긴다. 더욱이 당시에

---

1) Peter Rühmkorf, Wolfgang Borchert in Selbstzeugnissen und Bildnissen, Rowohlt Verlag, Hamburg 1961, S. 133: "auf einen gewaltsamen Zug in der Zeit von acht Tagen"

는 점령군에 의한 검열이 실시되어 작품이 영어로 우선 번역되어야 했음을 감안한다면 1947년 1월 보다는 1946년 늦가을에 작품이 쓰였다는 마이어-마비츠의 주장이 더 합당할 것이다. 이 작품이 단시일 내에 방송극으로 방송되었다는 것은 사람들이 이 작품을 자신들의 대변자이자 당시대의 가장 적절한 표현물로 느꼈음을 증명하고 있다. 첫 방송극에서는 한스 크베스트가 주인공 베크만의 역을 맡았는데 그는 1947년 11월의 첫 무대공연에서도 베크만 역을 했다. 보르헤르트는 그에게 자신의 작품을 선사했었다.

  방송에 의한 점점 더 열렬해지는 반향은 작가 보르헤르트를 갑작스레 유명하게 만들었다. 그러나 정작 보르헤르트는 자신의 거주지역에 전류공급이 차단되어 방송을 들을 수 없었으므로 자신의 작품에 대한 반향에 대해 알지 못했다. 그러나 도처에서 날아드는 공감과 격려, 혹은 비난과 회유의 편지들에 의해 자신의 작품이 성공을 거뒀음을 알게 되었다. 전쟁과 감옥에서 돌아온 수천의 독일 젊은이들은 작품의 주인공 베크만에게서 스스로의 모습이 반영되어 있다고 믿었다. 많은 사람들이 작가를 보려고 했으며 방문자들의 물결은 투병중인 작가를 괴롭히게 되었다. 그리하여 양친이 나서 그에게 필요한 안정을 확보해 주어야만 했다. 로볼트출판사는 그 작품을 연극대본으로 택했고 다른 출판인들은 또 다른 작품들을 계속 써 줄 것을 요구했다. 보르헤르트는 그러나 다가오는 무대공연에 관심을 집중했다. 그는 1947년 3월 망명작가 베른하르트 욜레스에게 다음과 같이 편지를 썼다.

  (…) 전체가 끊어짐 없이 이어져 공연되어야 합니다. 베크만을 끊임없이 거리 위에 홀로 서 있게 하는 빠른 장면전환은 음영효과를 통해 매우 잘 이끌어 낼 수 있습니다. 물론 무대그림은 필요 없으며 무대 위

에 적당한 가구들만 서 있으면 됩니다.[2]

보르헤르트는 모든 것을 오로지 연극배우로서 바라보고 있다. 그의 작품은 언뜻 보기에는 무대와는 거리가 있는 듯이 보이나 실제로는 세심한 몸짓과 언어의 효과를 노리는 연극배우의 작품이다. 작품 속에 사용된 음향효과는 원천적으로 온전한 음향극, 즉 방송극을 겨냥하고 있지만 보르헤르트가 언어와 음조에서 벗어난 모든 것, 즉 무대그림이나 색채 등을 멀리하고 몇 개의 가구들과 음영만을 활용하고자 했다는 데에서 이 작품은 연극에 근접해 있다.

이 작품은 1947년 방송극으로서 북독일방송국에 의해 여러 차례 반복 방송되었으며 다른 방송들에서도 넘겨받아 방송했다. 연극으로서의 초연은 보르헤르트가 죽은 직후에야 볼프강 리베나이어의 감독 아래 이루어졌다. 관객과 비평가들로부터 엄청난 환호를 받은 이 작품의 성공적 공연을 작가는 더 이상 체험할 수 없게 되었다. 그러나 죽기 전에 그는 이미 초연에 앞서 함부르크, 슈투트가르트, 하이델베르크, 브라운슈바이크, 프랑크푸르트, 뮌헨 등지의 극장들이 그의 작품을 받아 들였다는 것을 알았다. 그밖에도 많은 극장들이 빠르게 뒤를 이었으며 이 성공적인 작품에 필적할 만한 이름 있는 독일 연극은 더 이상 존재하지 않았다. 보르헤르트는 이 작품을 "어떤 극장도 공연하려 하지 않고 어떤 관

---

2) Karl Brinkmann, Wolfgang Borchert. Drauβen vor der Tür und andere Erzählungen, C. Bange Verlag, S. 13: "(…) das Ganze muβ ohne Pause durchgespielt werden. Den schnellen Szenenwechsel, der Beckmann immer wieder allein auf der Straβe stehen läβt, den kann man durch Licht- und Schattenwirkung sehr gut herausholen. Natürlich darf es kein Bühnenbild geben und es dürfen immer nur die jeweiligen Möbel auf der Bühne stehen."

객도 보려 하지 않을 연극"3)이라고 칭했다. 보르헤르트는 바젤에서 한 신문기자와의 인터뷰를 통해 "당신의 드라마 ≪문 밖에서≫는 머리말에서 공연되지 않을 것이라고 주장하고 있는데 정작 현재 수많은 대극장들이 앞다퉈 공연하는 데 대해 어떻게 생각하느냐?"는 질문에 "극장들이 연이어 내 작품을 공연하는 것은 완전한 낭패다. 도대체 할 일이 그다지도 없단 말인가? 왜냐하면 내 작품은 단지 플래카드일 뿐이며 내일이면 어느 누구도 더 이상 보지 않을 것이기 때문이다"4)라고 답변했다. 이 답변의 의미가 무엇인지는 쉽사리 알 수가 없다. 여기서 어쩔 수 없이 작품 속의 카바레지배인이 베크만과의 대화에서 한 다음과 같은 말을 떠올리게 된다.

그것은 지나친 플래카드, 너무 분명하고 너무 시끄러운 것이오. 너무 직설적이란 말이오, 알겠소? 당신과 같은 젊은이에게는 응당 쾌활한 태연함, 즉 우월함이 결여되어 있지요.5)

보르헤르트는 정말 그에게 목표로서 아른거리는 것을 아직 이루지 않았다고 믿었을까? 그의 작품이 방송된 후 청취자들이 그에게 보낸 편지들은 작품이 어떻게 이해되었는지를 분명하게 보여 주었다. 한 청취자는 다음과 같이 썼다.

---

3) Wolfgang Borchert, Draußenvor der Tür, in: Das Gesamtwerk, Hamburg 1975, S. 99: "ein Stück, das kein Theater spielen und kein Publikum sehen will"

4) Peter Rühmkorf, a.a.O., S. 132: "Daß eine Reihe von Bühnen mein Stück aufführt, ist reine Verlegenheit – was sollten sie sonst tun? Denn mein Stück ist nur Plakat, morgen sieht es keiner mehr an."

5) Wolfgang Borchert, a.a.O., S.135: "Es ist noch zu sehr Plakat, zu deutlich, – zu laut. Zu direkt, verstehen Sie? Ihnen fehlt bei Ihrer Jugend natürlich noch die heitere Gelassenheit, die Überlegenheit."

당신과 동년배의 동료들로서 스탈린그라드와 뎀얀스크, 스몰렌스크와 비아스마로부터 온 젊은 하사관들인 우리는 숨죽이는 긴장 속에서 확성기 옆에 앉아 당신의 소리를 듣고 이해했으며 우리가 냉혹하고 반동적이라 여긴 어떤 것이 우리들 속에서 녹아내린 것을 느꼈습니다. 우리들 집단으로부터 어느 한 사람이 맨 처음으로 말할 용기를 찾아낸 것입니다. 우리에게 낯설어져 버린 고향에 대한 가장 효과적인 방어수단인 차가운 침묵의 굴레가 한 곳에서 갈라졌습니다! 언제나 퇴색된 군장을 한 채 이리저리 뛰어 다니고, 방독면을 쓰고, 폐허더미를 치우고 춤추러 가고, 길모퉁이에서 논쟁을 벌이며 꽁초를 피우고, 날마다 죽이고 죽으며, 밤이면 침상 위에 웅크리고 앉아 꺼져 가는 눈길로 우리를 괴롭히는 수많은 죽어 가는 동료들이 도처에 널려 있는 가운데 우리 모두는 다시 한 번 우리 자신의 목소리를 들었던 것입니다. (…) 당신이 걷기 시작한 길을 흔들림 없이 걸어가고 당신의 동료인 우리를 위해, 수천의 베크만들을 위해, 고립되고 버림받은 자들을 위해, 고향 아닌 고향으로 돌아온 귀향자들을 위해, 절망에 빠진 자들과 과신하는 자들을 위해, 문 밖에 서 있는 모든 사람들을 위해 쓰십시오.[6]

---

6) Karl Brinkmann, a.a.O., S. 14: "wir, deine gleichaltrigen Kameraden, die jungen Unteroffiziere von Stalingrad und Demjansk, von Smolensk und Wjasma, die wir in atemloser Spannung am lautsprecher gesessen haben, wir haben Dich gehört und – verstanden, und wir fühlten, daß sich etwas in uns, die man für verstockt und reaktionär hielt, gelöst hat. Einer aus unseren eigenen Reihen hat als erster den Mut gefunden zu sprechen. Der Ring des eisigen Schweigens, das wirksamste Mittel unserer Abwehr gegen eine uns fremd gewordene Heimat, ist an einer Stelle durchbrochen! Wir alle, die wir immer noch in umgefärbten Militärklamotten herumlaufen, Gasmaskenbrillen tragen, Trümmer räumen und tanzen gehen, an den Straßenecken diskutieren und Kippen rauchen, die wir tagtäglich morden und ermordet werden, an deren Betten nachts die toten Kameraden hocken und uns mit dem Blick ihrer erloschenen Augen quälen, die wir überall im Wege sind und beiseite stehen, wir haben einmal wieder unsere eigene Stimme gehört. (…) Laß Dich auf Deinem einmal beschrittenen Wege nicht beirren, schreibe für uns, für Deine

보르헤르트의 작품은 근본적으로 시대기록물로서 파악되어 왔다. 그러나 새로운 환경 속의 오늘날 사람들에게는 당시의 고난과 고립, 폐허상황이 망각되거나 적어도 퇴색되었을 것이며 그러한 시대상황과 삶의 무망성 등은 나분히 철학적 논쟁거리 정도로 남게 될지도 모른다. 하지만 보르헤르트의 관심사는 작품의 강한 시대기록물적 특성에도 불구하고 생생하게 살아남아 현존하고 있다. 이 작품은 분명 파괴된, 정신적 및 도덕적 토대를 빼앗긴 폐허와 고난의 세계로 귀환한 한 젊은 군인의 단순한 절망표출 이상의 의미를 담고 있다. ≪문 밖에서≫의 호소력은 여전히 약화되지 않은 채 지속되고 있는데 당시의 물질적 고난이 새로운 복지상태로 대체된 오늘날에도 이 작품의 공연이 이어지고 있는 것이 이를 증명하고 있다. 한스 에곤 홀투젠은 이미 1951년에 이 작품을 "가장 기본적인 생존권을 기만당하고 무의미하게 희생당한 세대의 경계선 없는 절망의 기록물"[7]로서 특징지었지만 이 작품의 "객관적인 문학형태로서의 성립"[8]은 부인했다. 그의 이 같은 부인이 옳다면, 또한 이 작품이 단지 시대기록물일 뿐이라면 오늘날 이 작품은 그 영향력을 상실해야만 할 것이다. 그러나 실제로는 결코 그렇지 않다. 이 작품은 비록 강한 시대플래카드의 특성이 강조되고 있지만 작가 스스로의 기대와는 반대로 그가 살았던 시대현실을 뛰어 넘어 지속적으로 살아남아 있으며 오늘날에

Kameraden, schreibe für die Tausende von Beckmanns, für die Einsamen und Verlassenen, für die in keine Heimat Heimgekehrten, für die Verzweifelnden und sich überflüssig Glaubenden, für alle, die drauβen vor der Türen stehen."

7) Hans Egon Holthusen, Der unbehauste Mensch, München 1952, S. 167: "Dokument der grenzenlosen Verzweiflung einer um ihre primitivsten Lebensrechte betrogenen und sinnlos geopferten Generation"

8) Ebd., S. 167: "die Entstehung einer objektiven dichterischen Gestalt"

도 전후시대를 체험하지 못하고 기껏해야 어른들의 이야기를 통해 알고 있는 젊은이들을 포함한 관객들을 감동적으로 사로잡고 있다.

이 작품은 독일 무대에서만 성공을 거두지는 않았다. 이 작품은 덴마크, 스웨덴, 핀란드에서 번역되기 시작하여 프랑스와 일본, 마침내는 영어권 국가들에서 호평을 받았다. 정치적 및 종교적 이유로 이 작품이 발붙일 수 없었던 곳은 공산주의 국가들과 스페인과 같은 엄격한 가톨릭 국가들이었다. 아무튼 ≪문 밖에서≫는 변화된 환경에서 살아가는 오늘날의 사람들에게도 여전히 본질적인 관심사로 인식되는 작품이다. 이미 오래 전부터 시대기록물적 작품은 대다수의 관객에게 그저 한 조각의 역사가 되어 버린 오늘날에도 30년 전쟁을 그린 브레히트의 ≪억척어멈≫이 그러하듯 이 작품이 변함없이 강한 영향력을 행사할 수 있다는 것은 이 작품이 절망의 외침이며 무(無) 속에서 사라져 버리는 고발일 뿐만 아니라 작품 속에 제시된 문제들이 인생과 사회의 실존적 토대를 다루고 있음을 증명하고 있다.

혹자는 이 작품을 정치적 선전을 위한 수단으로서의 시대기록물로 왜곡하여 해석하고 있는데 이는 특정한 정치적 노선이나 견해가 아닌 인간과 인간이 이끌어 나가는 가치질서 속의 인간의 위상을 문제로 삼은 보르헤르트의 의도와는 배치되는 것이다. ≪문 밖에서≫는 바로 이 같은 인간존재의 본질적 문제를 다룸으로써 비록 특정한 시대와 연관된 작품이지만 시대를 초월한 영원불변의 문학으로 남아 있는 것이다.

제2장
줄거리 구조

·····
···
·

이 작품을 이루고 있는 5개의 장은 근본적으로 그 속에서 아무
것도 일어나지 않는다는 데에 그 본질적 특성이 있다. 귀향자 베
크만은 작품을 구성하는 5개의 장을 통틀어 이전에 그의 고향이
었으나 이제는 자신의 질문에 대한 대답도 희망도 갖고 있지 않
은, 그에게 낯설게 되어 버린 황폐하고 파괴된 도시를 통과해 가
면서 질문들을 던진다. 그는 어느 정도 질서가 다시 잡히고 어떤
형태로든 존속하고자 하는 한 세계로 들어온다. 그 세계는 처참
한 폐허 속에 다시 세워졌으며 총체적 고난과 궁핍으로 인하여
그의 개인적 근심과 고통을 배려해 줄 시간도 감각도 갖고 있지
않다. 그가 다른 귀향자들과 똑같은 귀향자였다면 그는 사회복지
혜택과 실업자대책부서의 도움을 받아 고통과 물질적 곤경을 궁
극적으로 극복하려는 의지로 잠정적인 질서세계에 합류할 수 있
었을 것이다. 그럴 경우 그의 부상당한 다리는 많은 도움이 되어
그는 연금청구 및 세금면제 혜택을 받아 머지않아 자동차까지 소

유할 수 있었을 것이다.

그러나 베크만은 강한 의지적 행동으로만 극복될 수 있는 어떤 것을 내면적인 떳떳함을 통해 극복하고자 한다. 그는 온전한 전체를 원하고 있지만 그것은 지금 당장은 이곳저곳 꿰맨 부분으로 이루어져 있다. 그는 귀향자들 가운데에서 한 예외자이다. 여기에서 주목해야 할 것은 패전 후의 보르헤르트의 외적인 체험들이 그에게 엄청난 고발에의 접점이 되지는 않았다는 점이다. 물질적인 측면에서 보르헤르트는 작품이 방송된 후 자발적으로 긍정하고 감동적인 편지를 보낸 베크만과 똑같은 많은 귀향병들과 그다지 공통적이지 않았다. 1945년 고달픈 행군 끝에 함부르크의 고향으로 돌아왔을 때 그는 외적으로 대다수의 귀향병들 보다 훨씬 더 양호했다. 그는 생계걱정이 없는 안온한 양친의 집에 돌아왔으며, 그곳에서 당시 모든 독일인들이 겪던 고난을 최소화할 수 있었다. 그는 자신의 창작물의 출판자들과 후원자들을 찾아 기적에 가까운 행운을 얻었는데, 그들은 그를 성공시키는 데 충분한 영향력을 지니고 있었다. 물질적으로 보아 보르헤르트는 그가 끝까지 알아차리지 못한 불치의 질병을 제외하고는 많은 측면에서 귀향병들 가운데서의 행운아였다. 게다가 보르헤르트는 러시아의 수용소와 시베리아에서 지내는 대신 공식적인 종전 이틀 후에 바로 고향의 양친 품에 돌아왔다. 물론 그의 열병 덕분이었다. 따라서 ≪문 밖에서≫는 줄거리에 있어서 완벽하게 자서전적인 것이라고 할 수는 없으나 작가의 전쟁에의 직접적이고 생생한 체험이 없었다면 엮어낼 수 없었던 작품이다.

1. 서막

　보르헤르트는 사실적인 순간장면들 속에서 하사관 베크만의 시베리아 수용소로부터의 귀향을 그리고 있는 이 작품에 서막을 앞세우는데, 그것은 초현실적인, 비현실성과 불합리성 속에 뒤엉킨 두 개의 장면들 속에서 앞으로의 사건을 상징적으로 예기하고 있다. 죽음(der Tod)은 포식으로 위장병에 걸린, 끊임없이 트림을 하는 장의사로 나타나는데, 그는 사람이 많이 죽어감으로써 부자가 되었다. 그는 "더 이상 살맛을 느끼지 못하고, 가게를 닫아버리고는 더 이상 살아가지 않는 어마어마한 수의 사람들 중 한 사람"[1]의 자살을 태연하고 무심하게 바라본다. 우는 노인으로서 하느님이 등장하는데 그는 "아무도 더 이상 믿지 않는 하느님"[2]이며 아무것도 변화시킬 수 없는 존재로서 죽은 자식들을 애통해한다. 서막의 두 번째 장면인 「꿈」에서 늙은 부인이며 어머니로서 나타나는 엘베강은 그러나 자살을 기도하는 베크만과의 대화에서 죽음을 나무란다. 엘베강은 수많은 다른 사람들과 똑같은 운명을 지닌 그의 자살에 대한 이유를 인정하지 않는다. 엘베강은 "아니야, 그럴 수는 없어, 젊은이. 내게서는 자네의 그런 핑계들이 통하지 않아. 자네는 내게서 거부되었어. 자네는 바지춤을 단단히 조여매야 되겠어, 젊은이!"[3]라고 말하면서 베크만을 다시 블랑케네제의 모래사장으로 내던져 버린다.

---

1) Wolfgang Borchert, a.a.O., S. 103: "einer von der groß en grauen Zahl, die keine Lust mehr haben, die den Laden hinwerfen und nicht mehr mitmachen"

2) Ebd., S. 104: "der Gott, an den keiner mehr glaubt"

3) Ebd., S. 107: "Nee, gibt es nicht, mein Junge. Bei mir kommst du mit solchen Ausflüchten nicht durch. Bei mir wirst du abgemeldet. Die Hosen sollte man dir strammziehen, Kleiner, jawohl!"

2. 제1장

여기에서는 베크만의 죽음에 관한 꿈, 죽음 속으로의 귀환과 끝없는 망각 속으로의 귀환에 관한 꿈 "나는 자야겠다. 죽는 거다. 내 일생 동안 죽어 있는 거야. 자는 거다. 계속해서 편안하게 잠자는 거야."[4]로 펼쳐진다. 엘베강변의 모래사장 위에 있는 베크만에게 그의 양분된 자아의 한쪽인 타자(der Andere)가 접근하는데 그는 악 속에서도 선을 바라보는 낙천주의자이다. 베크만의 삶은 부인을 빼앗김으로써 그 의미를 상실했다. 그녀는 3년 동안이나 그를 기다렸는데 그것은 그녀에게 너무 긴 시간이었다. 그가 돌아왔을 때 그의 자리는 다른 남자가 차지하고 있었다. 베크만은 "베크만-하고 내 아내는 내게 말했지. 그저 덤덤하게 베크만이라고만. 3년이나 떨어져 있었다는 것을 보여 주기라도 하듯. 그녀는 책상을 책상이라 말하듯이 베크만이라고 말했지. 가구 베크만이 된 거야. 마치 가구 베크만을 치워버리라고 말하는 듯했지."[5]라고 말한다. 그러나 부정자인 그에게 긍정자로서 달라붙는 타자는 "나는 믿고, 웃고, 사랑하는 자다! 나는 비록 절름거리지만 계속 전진해 나가는 자다. 또한 나는 네가 아니라고 말할 때 그렇다고 말하는 긍정자이다."[6]라고 말한다. 그들은 서로 다투는 베크만의 두 실체이며, 결코 화합할 수 없고 항상 서로 오해하고

---

4) Ebd., S. 106 : "Pennen will ich. Tot sein. Mein ganzes Leben lang tot sein. Und pennen. Endlich in Ruhe pennen."

5) Ebd., S. 109: "Beckmann - sagte meine Frau zu mir. Einfach nur Beckmann. Und dabei war man drei Jahre weg. Beckmann sagte sie, wie man zu einem Tisch Tisch sagt. Möbelstück Beckmann. Stell es weg. Das Möbelstück Beckmann."

6) Ebd., S. 109: "Ich bin der, der glaubt, der lacht, der liebt! Ich bin der, der weitermarschiert, auch wenn gehumpelt wird. Und der Ja sagt, wenn du Nein sagst, der Jasager bin ich."

말이 어긋나지만 서로를 필요로 한다.

베크만은 자신이 배고픔에 꿈을 꾸었다는 것을 인식하게 된다. 그는 삶을 계속 이끌어 나가고자 한다. 그때 소녀가 다가와 그에게 불편한 다리를 부축해 주며 도움을 베푼다.

당신에게 얘기 좀 해도 될까요? 저는 바로 이곳에 살아요. 그리고 집에 마른 옷이 있어요. 함께 가시겠어요? 예? 제가 당신을 말려 드린다고 기분 상하시진 않겠지요? 당신은 반 물고기 상태예요. 당신은 말없는 젖은 물고기예요!7)

그가 물에 젖어 있으며 그의 한없이 절망적인 슬픈 목소리로 인하여 소녀는 그를 데리고 간다. 소녀가 그를 데리고 가는 동안 타자는 그로 하여금 포기한 삶을 다시 이끌어 나가게 하는 하찮은 동기에 대해 다음과 같이 철학적으로 말한다.

이 세상 사람들은 참으로 이상도 하지. 그들은 처음엔 물속으로 뛰어들며 그토록 강렬하게 죽음에 집착하지. 그러다가 우연히 어둠 속에서 치마를 입고 젖가슴과 긴 머리털을 가진 또 다른 두 발 가진 자가 지나가지. 그런 다음 인생은 갑자기 다시 멋지고 달콤해 지지. 그러면 아무도 더 이상 죽으려 하지 않지. 그들은 결코 죽고 싶어 하지 않는 거야. 바로 그 긴 머리칼 몇 줌과 하얀 살결과 은은한 여자내음 때문에.8)

---

7) Ebd., S. 111: "Darf ich Ihnen etwas sagen? Ich wohne hier gleich. Und ich habe trockenes Zeug im Hause. Kommen Sie mit? Ja? Oder sind Sie zu stolz, sich von mir trockenlegen zu lassen? Sie halber Fisch. Sie stummer nasser Fisch, Sie!"

8) Ebd., S. 112: "Ganz sonderbare Leute sind das hier auf der Welt. Erst lassen sie sich ins Wasser fallen und sind ganz wild auf das Sterben versessen. Aber dann kommt zufällig so ein anderer Zweibeiner im Dunkeln vorbei, so einer mit Rock, mit einem

3. 제2장

2장에서는 소녀가 베크만을 그녀의 집으로 데려 간다. 그것은 연민과 모성애의 혼합, 약자를 보호한다는 기쁨과 돌볼 수 있는 한 인간에 대한 갈망으로서의 소박한 사랑에서 비롯되었다고 할 수 있다. 여기에서 베크만은 방독면을 벗음으로써 처음이자 유일하게 자신의 본래 얼굴 모습을 내 보인다. 그는 그 찌그러진 방독면을 신기하게 바라보는 소녀에게 "우리는 그걸로 이런 회색 유니폼얼굴이 되지. 이런 양철로 된 로봇얼굴. 이런 가스마스크얼굴"9)이라고 설명한다. 방독면 뒤로는 소심하고 무력하며 사랑에 굶주린 한 인간의 모습이 뚜렷하게 나타나는데, 그런 그를 돌볼 수 있다는 것이 소녀에게는 기쁨이 된다. 그러나 베크만은 곧 그 소녀가 젊은 부인이며, 자신이 입고 있는 마른 옷은 3년 전 스탈린그라드에서 실종된 그녀의 남편 것이라는 것을 알게 된다. 베크만은 자신을 쫓아낸 아내의 다른 남자가 자신에게 행했던 일을 이제 이 부인의 남편에게 행하고 있는 것이다. 그가 그녀의 남편의 자리를 차지하자 곧 전쟁에서 한쪽 다리를 잃고 지팡이를 짚은 건장한 그녀의 남편이 나타나고 그녀는 나자빠진다. 그러나 그 외다리 남편은 그저 덤덤하게 "당신 여기서 뭐하는 거요? 내 집에서? 내 자리에서? 내 아내 곁에서?"10)라고 물을 뿐이다. 그는

Busen und langen Locken. Und dann ist das Leben plötzlich wieder ganz herrlich und süß. Dann will kein Mensch mehr sterben. Dann wollen sie nie tot sein. Wegen so ein paar Locken, wegen so einer weißen Haut und ein bißchen Frauengeruch."

9) Ebd., S. 113: "Man kriegt so ein graues Uniformgesicht davon. So ein blechernes Robotergesicht. So ein Gasmaskengesicht."

10) Ebd., S. 116: "Was tust du hier. Du? In meinem Zeug? Auf meinem Platz? Bei meiner Frau?"

좀 더 가까이 접근하여 베크만을 알아보고는 격렬한 비난조로 베크만이란 이름을 연거푸 외친다. 베크만은 달아나고 다시 긍정자인 타자와 마주친다. 베크만은 타자에게 그 외다리는 전쟁터에서 자신의 명령에 의해 끝까지 제 위치를 지키다가 한쪽 다리를 잃은 것임을 밝힌다. 그는 자신이 책임을 지고 있으며 자신에게 한없는 원한을 품고 있는 한 남자가 살아가고 있는 세상에서 더 이상 연명해 나갈 수 없다고 여긴다. 이제 그는 특별한 결심을 하게 된다. 그는 "일생을 오로지 자신의 임무만을 행한, 언제나 의무만을 행한"11) 한 남자를 찾아내기로 한다. 그 남자는 바로 베크만의 옛 연대장으로 베크만은 그에게 책임을 되돌려 주고자 한다.

4. 제3장

3장은 베크만을 아주 아늑하게 꾸며진 연대장의 집으로 이끄는데, 그는 가족과 함께 잘 차려진 저녁식탁에 앉아 있다. 보르헤르트는 이 장에서 만능적인 기회주의자 연대장을 고발하고 있는데, 그는 어떤 상황에서든 위쪽에 머무르며 타인의 명령을 통해 자신의 행동을 보호하고 끔찍한 사건에 대해, 심지어 사람을 죽이는 실수와 운명을 좌우하는 그릇된 결단에 대해서도 자신이 공범임을 인정하지 않는 자이다. 보르헤르트는 그러나 연대장의 입장을 철저히 존중하며, 결코 그를 비인간적 인물로 그리지 않고 있다. 연대장은 근본적으로 쾌활한 신사로서 그는 사람들에 대해, "별

---

11) Ebd., S. 118: "der sein ganzes Leben nur seine Pflicht getan, und immer nur die Pflicht!"

것 아닌 전쟁이 판단력과 이성을 혼미하게 만든 사람들"12)에 대해서도 깊은 이해심을 갖고 있다. 그는 저돌적으로 대드는 베크만을 아버지같이 아주 점잖게 대한다. 베크만은 그 이상도 이하도 아닌 자신의 생사확인만을 하고 싶을 뿐이라고 다음과 같이 말한다.

저는 제가 오늘 밤에 물에 빠져 죽었는지 아니면 살아 있는지를 확인하고 싶을 뿐입니다. 제가 살아 있다고 해도 어떻게 해서 살아남게 되었는지 모르겠습니다. 그리고 저는 낮에는 자꾸만 무엇을 먹고 싶어요. 또한 밤에는, 밤이면 잠자고 싶어요. 그밖에는 아무것도 없어요.13)

이에 대해 연대장은 "자, 자, 자, 자! 그렇게 나약한 말만 하지 마소. 당신 군인이었군, 그렇지?"14)라고 떵떵거리며 말한다. 요구에 가득 찬, 고발과 자기연민, 분노와 절망 사이에서 흔들리는 베크만의 말에 대해 연대장은 "우리는 독일인이요. 우리는 무엇보다도 우리의 훌륭한 독일적 진실에 머물러야 되오."15)라며 베크만의 처지를 제대로 파악하지 못한다. 연대장은 장군복장을 한 한 거인이 이상한 실로폰을 연주하면 그 소리를 듣고 전쟁에서 죽은 자들이 무덤에서 뛰쳐나와 무시무시한 목소리로 "베크만,

---

12) Ebd., S. 121: "denen das bißchen Krieg die Begriffe und den Verstand verwirrt hat"

13) Ebd., S. 119: "Ich wollte nur wissen, ob ich mich heute nacht ersaufe oder am Leben bleibe. Und wenn ich am Leben bleibe, dann weiß ich nicht, wie. Und dann möchte ich am Tage manchmal vielleicht etwas essen. Und nachts, nachts möchte ich schlafen. Weiter nichts."

14) Ebd., S. 119: "Na na na na! Reden Sie mal nicht so unmännliches Zeug. Waren doch Soldat, wie?"

15) Ebd., S. 120: "Wir sind doch Deutsche. Wir wollen doch lieber bei unserer guten deutschen Wahrheiten bleiben."

베크만 하사!"를 부르짖는다는 피 흘리는 거인에 대한 베크만의 꿈 이야기를 덤덤하게 듣는다. 연대장은 마치 정신병자의 이야기인 양 그 꿈 이야기를 받아들이는데, 연장자인 그에게 있어서 베크만은 제대로 되돌려 놓아야 하는 대상으로만 여겨진다. 베크만이 이 음산한 환상적 꿈 이야기를 차근차근 마친 후 그가 인솔한 수색작전에 의해 희생된 11명의 병사들에 대한 책임을 연대장에게 돌리려 하자 연대장은 "그렇지만 베크만 씨, 당신은 쓸데없이 흥분하고 있구려. 그건 전혀 그렇게 생각할 문제가 아니오."16)라며 극히 냉담한 태도를 보인다. 그러나 베크만이 무슨 수를 써서라도 책임에서 벗어나겠다는 의지를 격렬하고 강력하게 표명하고 자신의 양심의 갈등을 세밀하게 설명하자 연대장은 놀라서 당황한다. 하지만 곧 그의 견고한 현실감각이 승리를 거둔다. 연대장은 베크만을 이성적 상태로 이끌기 위한 시도가 무위로 끝나자 베크만을 생떼 부리는 과장된 익살꾼으로 비하하면서 웃어넘김으로써 자신에게 가해지는 온갖 압박에서 얼렁뚱땅 벗어나려고 한다. 이제 베크만에게는 우스꽝스런 옷차림을 한 익살스런 모습만이 남겨지게 된다. 연대장은 겉모습이 속까지 변질시켰다고 여기면서 베크만이 입고 있는 너덜대는 군복을 벗어던지라고 충고한다. 연대장은 베크만에게 목욕을 하고 면도를 하고 나서 운전수가 가져다 준 자신의 낡은 옷을 입고 다시 인간이 되라고 말한다. 베크만은 그러나 이 같은 연대장의 호의에 엄청난 분노로 휩싸이고 집안은 온통 혼돈 속에 빠져 불안과 공포가 모두를 지배하는 가운데 연대장만이 자신의 평온을 유지한다. 혼란의 와중에

---

16) Ebd., S. 126: "Aber mein lieber Beckmann, Sie erregen sich unnötig. So war es doch nicht gemeint."

서 꺼졌던 램프가 다시 켜지고 베크만은 사라진다. 연대장은 "빌어먹을, 도대체 그놈이 노린 것이 뭘까?"[17]라며 골똘히 생각한다. 가족들은 베크만이 연대장이 즐기는 럼주와 반쪽의 빵을 훔쳐 갔다는 것을 알아낸다.

베크만은 다시 거리에 서 있게 된다. 그는 럼주에 취해 비틀거리면서 다시 세상을 긍정적으로 본다. 죽음과 몰락에 대해 고민하고, 지나간 일을 돌이켜 슬퍼하고, 닥쳐올 끔찍한 미래를 생각하는 것은 이제 그에게 아무 소용없는 일이라는 것이 다음과 같은 그의 독백에서 나타난다.

술병이나 침대나 계집을 가진 자는 오늘 밤 최후의 단꿈을 꿀지어다! 내일이면 이미 늦으리라! 그 자는 오늘 밤 꿈속에서 노아의 방주를 지어 술 취해 노래 부르며 공포를 넘어 영원한 어둠 속으로 노 저어 가리라.[18]

그는 이제 자신의 우스꽝스런 겉모양과 탄식에 대한 연대장의 폭소에 동요되어 어릿광대가 되기 위해 카바레로 간다.

5. 제4장

베크만은 카바레 지배인에게 희극배우로서의 일자리를 요청한

---

17) Ebd., S. 128: "Zum Donnerwetter ja, worauf hatte er es denn abgesehen?"
18) Ebd., S. 129f.: "Wer Schnaps hat oder ein Bett oder ein Mädchen, der träume seinen letzten Traum! Morgen kann es schon zu spät sein! Der baue sich aus seinem Traum eine Arche Noah und segel saufend und singend über das Entsetzliche rüber in die ewige Finsternis."

다. 이 지배인 역시 별 어려움 없이 온갖 위기를 넘겨 왔으며, 자신이 무엇을 해야 하며 자신에게 이익이 되는 일이 무엇인지를 잘 알고 있는 약삭빠르고 적응력 있는 사람이다. 그는 자신의 견해와는 약간 빗나간 생각을 갖고 있는 귀향자 베크만을 아주 호의적으로 대한다. 두 사람은 곧 카바레 배우에게서의 근본적인 문제들에 대해 토론을 벌이지만 지배인만이 우월적인 입장에서 주도적으로 이야기할 뿐 베크만은 짤막한 반박적 해명에 머무를 수밖에 없다. 지배인은 "우리 시대의 회색빛의 생생하게 고난에 찬 얼굴을 보여 주는 전위예술가들"[19]을 원한다. 그러나 그는 관객을 불안하게 하는 전율적인 현실로서의 그들을 원치 않으며 "우리는 좀 더 천재적이며 뛰어나며 쾌활하게 사람들에게 다가가야 해. 긍정적이어야지! 긍정적이어야 돼, 이 친구야! 괴테를 생각해 봐! 모차르트를 생각해 봐! 오를레앙의 처녀, 리햐르트 바그너, 슈멜링, 셜리 템플을 생각해 보란 말야!"[20]라고 말한다. 이러한 위대한 불멸의 천재들과 스포츠 및 아동영화 스타들의 무의미한 듯이 보이는 피상적인 열거는 여기서 분명한 의미를 지니는데, 그것은 지배인의 예술관의 천박성 및 빈약성을 나타내 줄 뿐만 아니라 비록 무식하지만 현 시점에서 인기를 끌 수 있는 것이 무엇인지에 대한 그의 확실한 감각을 나타내 주고 있기 때문이다. 지난 시대의 위대한 인물들에 비하여 우리 시대의 특징적 인물인 복싱과 대중영화계의 스타들은 매우 미미하게 드러내진다. 베크

---

19) Ebd., S. 131: "die Avangardisten, die das graue lebendige leidvolle Gesicht unserer Zeit präsentieren."

20) Ebd., S. 132: "Etwas genialer, überlegener, heiterer müssen wir den Leuten schon kommen. Positiv! Positiv, mein Lieber! Denken Sie an Goethe! Denken Sie an Mozart! Die Jungfrau von Orléans, Richard Wagner, Schmeling, Shirley Temple!"

만에게 지배인은 사는 것이 어떤 것인지를 알고 세상물정을 알기 위해 무엇인가를 배우라는 충고를 해 준다. 베크만은 이에 대해 전쟁밖에는 아무것도 배운 것이 없는 상태에서 새로운 시작을 찾는 자신의 절망적인 처지를 뼈저리게 절감하면서 "우리는 도대체 어디서 시작해야 합니까? 도대체 어디에서? 그런데도 우리는 한 번 시작해 보려는 거요!"21)라고 외친다. 불쾌해진 지배인은 "나는 결코 아무도 시베리아로 보내지 않았소. 나는 아니야."22)라고 대응한다. 베크만이 이에 대해 분노에 찬 채 "그래요, 어느 누구도 우리를 시베리아에 보내지 않았지요. 온전히 우리 스스로가 간 겁니다. 모두가 온전히 스스로 간 거요. 그런데 일부는 온전히 스스로 그곳에 머물러 있어요. 눈 속에, 모래 속에. 그들 그곳에 남아 있는 자들, 죽은 자들은 하나의 기회를 가졌던 거요. 그러나 우리들, 우리들은 지금 어느 곳에서도 시작할 수가 없어요. 어느 곳에서도 시작할 수 없다구요."23)라고 울부짖자 지배인은 체념하여 베크만의 연기에 대한 가능성을 시험해 본다. 베크만은 지배인 앞에서 대중가요인 〈용감한 작은 병사의 아내〉를 패러디하여 노래하면서 자기 스스로의 운명을 처절하게 묘사하며 울부짖는다. 그러나 지배인은 그의 미숙함을 확인한다. 모든 것이 너무 직설적이고 너무 플래카드같이 딱딱하며 예술적으로 승화되지 않았다는 것이다. 베크만은 그가 단지 진실만을 보여 주었다고 완고

---

21) Ebd., S. 133: "Wo sollen wir denn anfangen? Wo denn? Wir wollen doch endlich einmal anfangen!"

22) Ebd., S. 133: "Ich habe schließlich keinen nach Sibirien geschickt. Ich nicht."

23) Ebd., S. 133f.: "Nein, keiner hat uns nach Sibirien geschickt. Wir sind ganz von alleine gegangen. Alle ganz von alleine. Und einige, die sind ganz von alleine dageblieben. Unterm Schnee, unterm Sand. Die hatten eine Chance, die Gebliebenen, die Toten. Aber wir, wir können nun nirgendwo anfangen. Nirgendwo anfangen."

하게 자랑한다. 지배인은 그렇게 해서는 성공할 수 없으며 관객은 순수한 진실만을 원하지는 않는다고 일깨운다. 절망과 분노에 찬 베크만은 다시 자살하고자 엘베강으로 향하는 길로 들어선다. 이때 또다시 그에게 긍정자이며 그의 제2의 자아인 타자가 나타난다. 베크만은 이제 스스로를 "전쟁이 만들어 낸 못된 익살꾼이며 어제의 악령"24)일 뿐이라고 느낀다. 그는 엘베강으로 가는 길만을 바라본다. 긍정자는 그러나 그에게 가장 가까이에 놓여 있을지도 모를 일을 행하라고 충고하면서 그의 양친이 기다리고 있는 집으로 가라고 말한다. 베크만은 그의 말을 따르며, 기억은 이미 그의 머릿속에서 아름다운 색채로 된 양친의 집을 그린다.

6. 제5장

마지막 제5장은 양친의 집 앞에 있는 버려진 아들 베크만을 등장시킨다. 베크만은 지난날을 회상하면서 이제 이 소시민적인 집에서의 소박하고 평온한 삶만을 꿈꾼다. 그러나 그의 이름이 새겨진 문패가 있던 자리에는 엉뚱한 이름의 문패가 걸려 있다. 그가 초인종을 누르자 낯선 여인인 크라머 부인이 문을 열어 준다. 그녀는 "모든 야만성과 포악성보다 더 무시무시한 무관심한, 전율적인, 나긋나긋한 친절로"25) 그 집이 이제 그녀의 집이라는 것을 설명해 준다. 자신의 양친은 어떻게 되었느냐는 베크만의 근

---

24) Ebd., S. 137: "ein schlechter Witz, den der Krieg gemacht hat, ein Gespenst von gestern"

25) Ebd., S. 139: "mit einer gleichgültigen, grauenhaften, glatten Freundlichkeit, die furchtbarer ist als alle Roheit und Brutalität"

심어린 질문에 대해 그녀는 시간을 끌면서 메마르고 퉁명스럽게 조소하듯이 그들이 죽었다는 것을 설명한다. 그녀의 말에 의하면 베크만의 부친은 나치체제 아래에서 유대인들에게 너무 지나치게 행동했는데, 나치가 패망하자 그의 악행이 철저히 조사되고, 그는 연금혜택도 받지 못한 채 쫓겨났으며, 어느 날 아침에 베크만의 양친은 부엌에서 가스를 틀어 놓은 채 시체로 발견되었다는 것이다. 크라머 부인의 남편은 그들의 어리석은 자살에 대해 "그 가스로 우리는 한 달 내내 취사를 할 수 있었을 텐데."[26]라고 말했다는 것이다.

베크만은 또 다시 밖에 서 있게 된다. 그는 스스로를 어디에서도 환영받지 못하는 자이고, 귀찮으며 이해받지 못하는 질문자이며, 밖에 머무르는 국외자로 여긴다. 그러나 긍정자가 그의 곁에 다시 등장하여 그의 비통함을 달래려고 하며, 세상은 몰락하지 않으며 어딘가에 그가 추구하는 삶이 펼쳐지고 있음을 이해시키고자 한다. 그러나 베크만은 이제 스스로를 예외자로서 인정한다. 그는 다시 한 번 인간 이전 시대의, 원시적 존재에 대한 상상을 하며 "우리에게 꼬리가 자라고 있으며 맹수의 이빨과 발톱이 자라고 있는 건 아닌가? 우리는 아직도 두 다리로 걸어 다니는가?"[27]라고 묻는데, 긍정자는 쓸데없는 데에 신경을 쓰지 말라고 타이른다. 그러나 베크만은 자신의 온갖 요구와 좌절과 실패의 끝인 죽음만을 일관되게 원한다. 베크만은 자신이 걸어 온 짧은 순간들을 5장으로 된 인생으로 비유하며 회상하는데, 마지막 5장인 현재의 상황을 다음과 같이 말한다.

---

26) Ebd., S. 142: "von dem Gas hätten wir einen ganzen Monat kochen können."
27) Ebd., S. 144: "Wächst uns kein Schwanz, kein Raubtiergebiß, keine Kralle? Gehen wir noch auf zwei Beinen?"

밤, 깊은 밤이고 문은 닫혀 있다. 우리는 밖에 서있다. 문 밖에. 우리는 엘베강가에 서있고, 세느강가에, 볼가강가에, 미시시피강가에 서있다. 정신이 나간 채 추위에 떨고 굶주리면서 죽도록 지친 상태로 그렇게 서있다. 돌연 물속으로 무언가가 풍덩 뛰어들면서 물결은 나지막한 둥근 파문을 일으키고는 막이 내린다.[28]

베크만은 긍정자의 경고에도 불구하고 잠에 빠진다. 꿈속에서 그는 잃어버린 불쌍한 아이들에 대해 슬퍼하는 사랑하는 하느님에게 그가 아이들을 버리고 배반했다고 비난을 퍼붓는다. 하느님이 "아무도 더 이상 나를 믿지 않네. 자네도, 어느 누구도 믿지 않지. 나는 아무도 더 이상 믿지 않는 신일세. 또한 아무도 더 이상 내게 관심을 두지도 않는다네."[29]라고 대답하자 베크만은 조롱하면서 "하느님께서도 신학을 공부하셨나요?"[30]라고 되묻는다. 하느님은 그에게 있어 노쇠해 버렸으며 더 이상 수많은 죽은 자들과 함께 하지 않는 존재다. 하느님은 아름답고 고색창연한 교회의 울타리 안에 갇혀 있을 뿐 더 이상 인간의 절규를 듣지 못한다. 하느님은 다만 눈물이나 흘리는, "우리 시대의 천둥소리에 대하여 너무 목소리가 작은"[31] 존재가 되었다. 하느님은 불쌍한 어린 양들을 부르며 비통해 하면서 사라진다. 이제 베크만은 꿈속에서

---

28) Ebd., S. 146: "Es ist Nacht, tiefe Nacht, und die Tür ist zu. Man steht draußen. Draußen vor der Tür. An der Elbe steht man, an der Seine, an der Wolga, am Mississippi. Man steht da, spinnt, friert, hungert und ist verdammt müde. Und dann auf einmal plumpst es, und die Wellen machen niedliche kleine kreisrunde Kreise, und dann rauscht der Vorhang."

29) Ebd., S. 148: "Keiner glaubt mehr an mich. Du nicht, keiner. Ich bin der Gott, an den keiner mehr glaubt. Und um den sich keiner mehr kümmert."

30) Ebd., S. 148: "Hat auch Gott Theologie studiert?"

31) Ebd., S. 149: "zu leise für den Donner unserer Zeit"

죽음에게로 향하는데, 죽음은 장의업소의 쓰레기 치우는 고용원으로서 장군복장을 한 채 등장하여 거리를 쓴다. 열려진 죽음의 문으로 들어가려는 베크만에게 다시 긍정자인 타자가 나타나 꿈에서 깨어 일어나라고 말한다. 이제 베크만을 밖에 서 있게 만든 인물들이 다시 스쳐 지나간다. 연대장은 계급이 낮은 자들은 잘 알아 볼 수 없다면서 베크만을 전쟁에서 정신이 좀 돌았으며, 비인간적이고 군인정신이 희박한 사람들 중의 한 사람으로 여긴다. "당신은 나를 죽음으로 내몰면서 웃었소. 당신의 웃음은 이 세상의 모든 죽음보다 더 섬뜩했소."[32]라는 베크만의 비난에 대해 연대장은 "자네는 어찌됐든 파멸했을 사람들 중의 한 사람이었지. 그럼 이만, 잘 가게!"[33]라고 완전한 몰이해 상태로 답한다. 다시 타자가 나타나 베크만에게 사람들은 선량한데 다만 앞일을 알지 못하고 살아가며 마음을 내보이지 않는다면서 그가 꿈을 꾸면서 모든 것을 비뚤어지게 바라보고 있다고 설명한다. 그러나 목소리가 점점 더 작아지면서 타자는 멀리 사라진다. 이제 베크만은 카바레지배인을 만난다. 베크만은 그 역시 시작의 기회를 거절함으로써 자신을 죽음으로 내몰았다고 지배인을 비난한다. 그러나 지배인은 "당신은 지나치게 진실에 열을 올렸지. 당신은 나이 어린 광신자란 말이야! 당신이 만약 노래를 불렀더라면 모든 관객을 어리둥절하게 만들었을 거야."[34]라고 힐난할 뿐이다. 베크만은 절망하여 감동적인 구호로 그를 학교 책상으로부터 전쟁터로 내

---

32) Ebd., S. 154: "Sie haben mich in den Tod gelacht. Ihr Lachen war grauenhafter als alle Tode der Welt."

33) Ebd., S. 154: "War'n einer von denen, die sowieso vor die Hunde gegangen wären. Na, guten Abend!"

34) Ebd., S. 156: "Sie waren ganz wild auf die Wahrheit versessen, Sie kleiner Fanatiker! Hätten mir das ganze Publikum kopfscheu gemacht mit Ihrem Gesang."

몰았던 선생, 독일의 유명한 영웅담을 인용하면서 어린 학생들에게 최선을 다해 싸울 것을 외치던 교장, 재판관, 군위중위 등 지난 시절 추억 속의 인물들을 차례로 떠올리며 배신감에 떤다. 그들 모두는 문 안쪽에 앉아 있으나 그들이 배반한 젊은이들은 문 밖에 서 있는 것이다. 크라머 부인을 만난 베크만은 양친의 죽음을 알려 준 그녀 때문에 자신이 또 다시 문 밖에 서게 되어 자살을 꿈꾸고 있다면서 그녀도 조금은 살인을 방조했다고 따진다. 크라머 부인은 죽은 사람들에 대해 울부짖기만 하면 무슨 소용이 있느냐고 값싼 동정과 위안을 보낼 뿐이다. 베크만이 자신의 부인이 말없이 다른 남자와 지나가는 것을 바라보는 동안 타자는 점점 더 작은 목소리로 베크만에게 꿈에서 깨어나 삶으로 향하라고 충고한다. 이제 엘베강에서 베크만을 구해 주었던 소녀가 나타나는데, 베크만을 찾아 헤매 온 그녀는 베크만과 함께 살아가고자 한다. 베크만이 "그대는 나를 위해 불타는 등불이오. 오로지 나만을 위해. 이제 우리 함께 살아갑시다."[35]라고 말하면서 이 소녀와 함께 가려고 결심하는 순간 외다리의 둔탁한 지팡이 소리가 울려온다. 베크만은 자신이 외다리의 침대를 차지함으로써 그를 엘베강으로 내몰았음을 알고 자신이 외다리의 살인자가 되었음을 깨닫는다. 베크만은 스스로가 살인당한 자이면서 살인자가 된 것이다. 외다리는 베크만에게 다음과 같이 설명한다.

네가 나를 죽였어, 베크만. 너 그걸 벌써 잊었어? 베크만, 나는 3년 동

---

35) Ebd., S. 161: "Du bist die Lampe, die für mich brennt. Für mich ganz allein. Und wir wollen zusammen lebendig sein."

안 시베리아에 있었으며, 어제 밤에 집에 돌아가려고 했지. 그러나 내
자리는 누군가가 차지하고 있었지. 베크만, 네가 거기 내 자리를 차지
하고 있었지. 그래서 나는 엘베강으로 간 거야, 바로 어제 밤에. 내가
달리 어디로 갈 수 있었겠나, 베크만? 엘베강물은 차갑고 축축했지.
그러나 이제 나는 이미 익숙해졌어. 이제 나는 죽은 거야. (…) 너는
나를 죽이고도 그 살인을 이미 잊었어. 너 그러면 안 돼, 베크만. 살인
을 잊어서는 안 되지. 나쁜 사람들이나 그러는 거야.[36]

베크만은 잠에서 깨어난다. 그는 살아 있지만 죽음이 그를 둘러
싼다. 그는 "우리는 날마다 살인을 당하며, 날마다 살인을 저지른
다!"[37]고 여긴다. 이제 시작은 더 이상 존재하지 않으며, 문들은
소리를 내며 닫히고, 베크만이라 불리는 한 사람이 문 밖에 서 있
다. 죽음은 "쓰레기 및 오물회사의 거리청소부"[38]의 모습으로 다
가온다. 인간은 무심코 죽음 곁을 지나가며 계속해서 살아가는 것
이 엄청난 고통으로 머문다. 배반당한 세대에게는 삶을 버릴 권리
조차 존재하지 않는다. 그리하여 베크만은 다음과 같이 외친다.

나는 자살할 권리도 없단 말인가? 나는 계속 더 살인당하고 계속 더 살

---

36) Ebd., S. 162f.: "Und du hast mich ermordet, Beckmann. Hast du das schon vergessen?
   Ich war doch drei Jahre in Sibirien, Beckmann, und gestern abend wollte ich nach
   Hause. Aber mein Platz war besetzt – du warst da, Beckmann, auf meinem Platz.
   Da bin ich in die Elbe gegangen, Beckmann, gleich gestern abend. Wo sollte ich auch
   anders hin, nicht, Beckmann? Du, die Elbe war kalt und naß. Aber nun habe ich
   mich schon gewöhnt, nun bin ich ja tot. (…) du hast mich ermordet und hast den
   Mord schon vergessen. Das mußt du nicht, Beckmann, Morde darf man nicht
   vergessen, das tun die Schlechten."

37) Ebd., S. 164: "Wir werden jeden Tag ermordet, und jeden Tag begehen wir einen
   Mord!"

38) Ebd., S. 164: "Straßenfeger von der Firma Abfall und Verwesung"

인해야만 하는가? 나는 어디로 가야 한단 말인가? 나는 무엇으로 살아 가야 하는가? 누구와? 무엇을 위해? 도대체 이 세상에서 우리가 가야 할 곳은 어디인가! 우리는 배반당했다. 처절하게 배반당한 것이다.[39]

이제 긍정자이며 베크만에게 죽음을 허락하지 않았던 타자는 침묵하며, 신으로 불리는 노인 역시 침묵한다. 다만 베크만의 절 망에 찬 외침만이 메아리 져 울릴 뿐이다.

정녕 아무도 대답해 주지 않는 건가?
아무도 대답해 주지 않는 거야??
아무도, 아무도 대답해 주지 않는 거야???[40]

---

39) Ebd., S. 165: "Hab ich kein Recht auf meinen Selbstmord? Soll ich mich weiter morden lassen und weiter morden? Wohin soll ich denn? wovon soll ich leben? Mit wem? Für was? Wohin sollen wir denn auf dieser Welt! Verraten sind wir. Furchtbar verraten."

40) Ebd., S. 165: "Gibt denn keiner Antwort?
Gibt keiner Antwort??
Gibt denn keiner, keiner Antwort???"

제3장
단절된 주변세계

$\cdots$

$\cdots$

$\cdot$

1. 아내

주인공 베크만은 3년간의 처절한 러시아 전선으로부터 혹한과
굶주림에 만신창이가 된 채 고향으로 돌아온다.

한 남자가 독일로 돌아온다. 그는 오래 떠나 있었다. 무척 오래. 어쩌
면 너무 오래. 그리고 그는 떠날 때와는 완전히 다른 모습으로 돌아온
다. 그의 겉모습은 새들을(밤에는 이따금 사람들을) 놀라게 하려고 들
판에 서있는 허수아비와 비슷하다. 속 또한 그렇다.[1]

---

1) Ebd., S. 102: "Ein Mann kommt nach Deutschland. Er war lange weg, der Mann.
   Sehr lange. Vielleicht zu lange. Und er kommt ganz anders wieder, als er wegging.
   Äußerlich ist er ein naher Verwandter jener Gebilde, die auf den Feldern stehen, um
   die Vögeln (und abends manchmal auch die Menschen) zu erschrecken. Innerlich –
   auch."

귀향은 오랜 전쟁으로부터 돌아오는 당시대 젊은이들에게 응당 절대적인 희망으로 떠오를 수밖에 없다. 그들의 귀향은 단순히 전쟁의 참화에서 벗어났다는 뜻뿐만 아니라 고향이라는 낯익은 세계에서 박탈당한 인간을 되찾고, 또 다시 삶에 의미를 부여할 수 있는 새로운 가능성으로서의 의미를 가지기 때문이다. 그들 중 한 사람인 베크만도 전쟁터에서 종지뼈를 지불한 채 만신창이가 되어 사랑하는 아내가 기다리고 있을 가정을 찾아 간다. 아내가 반갑게 맞아 주리라는 믿음과 기대를 갖고 가정으로 돌아온 베크만에게 3년이라는 세월은 너무 길었는지 모른다. 다음과 같은 그의 말대로 아내에게 그는 낯설고 무의미한 존재로 느껴질 뿐이다.

> 베크만 – 이렇게 내 아내는 내게 말했지. 그저 단순히 베크만이라고만. 그도 그럴 것이 3년 동안을 떠나 있었으니까. 마치 책상을 책상이라고 말하듯이 베크만이라고 그녀는 말했지. 가구 나부랭이 베크만이었던 거야.2)

오랜 동안 끊겼던 부부라는 가장 가까운 인간관계의 재생을 기대하며 돌아온 베크만이지만 전쟁터에서 당한 것과 마찬가지로 그의 아내 또한 단지 가구 취급이나 하면서 그를 외면하고 만 것이다. 비록 베크만이 아내의 곁을 떠나 있었던 3년간의 기간이 너무 긴 세월이었다는 것을 이해하는 듯 말하고 있으나 그는 아내와 가정은 물론 삶의 터전마저 송두리째 빼앗겨 버린, 인간으로서 가장 견디기 힘든 상황인 완전한 고립상태로 인해 절망하게

---

2) Ebd., S. 109: "Beckmann – sagte meine Frau zu mir. Einfach nur Beckmann. Und dabei war man drei Jahre weg. Beckmann sagte sie, wie man zu einem Tisch Tisch sagt. Möbelstück Beckmann."

된다. 그는 아내와의 인간관계의 단절로부터 심한 배신감과 함께 박탈감에 빠져들 수밖에 없다. 전쟁에서 돌아와 가장 먼저 가졌던 가정의 안락함과 포근한 아내의 품에 대한 기대를 산산조각 내버린 채 남자 친구와 팔짱을 끼고 그를 외면하며 지나치는 아내 앞에서 베크만은 다음과 같이 절망한다.

이봐, 난 내 목숨을 끊었어, 여보. 당신 다른 남자와 그래서는 안 되었는데. 나는 그래도 당신 밖에 없었는데! 당신 내 말이 전혀 안 들리지! 여보! 당신이 너무 오래 기다려야 했다는 것을 나도 잘 알아. 그러나 슬퍼하지 말아요. 나는 이제 괜찮으니까. 나는 죽었으니까. 당신 없이는 나는 더 이상 살고 싶지 않았어! 여보! 나 좀 바라봐요! 여보! (…) 여보! 당신은 내 아내였잖소! 날 좀 봐요. 당신이 나를 죽게 했으니 날 좀 한 번 바라봐 줘요! 여보, 당신은 내 말을 전혀 듣지 않는구려! 당신이 나를 죽여 놓고, 그리고는 아무 일도 없었다는 듯 그렇게 지나쳐 버리기요?3)

베크만은 아내를 잃음으로써 삶의 의미까지도 잃어 버렸으며, 이 세상 어느 누구보다도 가장 가까운 아내와의 관계단절은 그 밖의 다른 주변세계와의 관계 또한 순탄치 않을 것이라는 암시를 주고 있다.

---

3) Ebd., S. 160: "Du, ich hab mir das Leben genommen, Frau. Das hättest du nicht tun sollen, du, das mit dem andern. Ich hatte doch nur dich! Du hörst mich ja gar nicht! Du! Ich weiß, du hast zu lange warten müssen. Aber sei nicht traurig, mir geht es jetzt gut. Ich bin tot. Ohne dich wollte ich nicht mehr! Du! Sieh mich doch an! Du! (…) Du! Du warst doch meine Frau! Sieh mich doch an, du hast mich doch umgebracht, dann kannst du mich doch noch mal ansehen! Du, du hörst mich ja gar nicht! Du hast mich doch ermordet, du – und jetzt gehst du einfach vorbei?"

2. 여인

자신의 침대를 다른 남자에게 점령당한 베크만은 아내에 대한 배신감과 삶의 무의미성에 사로잡혀 엘베강으로 몸을 던진다. 그러나 스물다섯 살의 젊은 나이에 다리와 침대와 빵이 없다는 것을 참지 못하고 인생을 포기하고자 하는 그의 의도에 엘베강은 "우선 살고 보라. 발길을 떼어 보아라. 다시 걸어 보라!"[4]며 그에게 새로운 삶을 살도록 쫓아 버린다. 어른들의 세계에 적응하지 못한 채 마치 어머니의 치마 속으로 숨어 버리듯, 도착적인 순진무구함 속으로, 다시 말해 죽음 속으로 도피하려고 하는 소아적인 인물 베크만은 결국 단호하고 거친 여자로 등장하는 엘베강으로부터 거부당해 버리는 것이다.

강가의 모래사장에 누워 있던 그는 전쟁 중에 스탈린그라드에서 실종된 남편이 있는 한 여인으로부터 구원을 받게 된다. 단지 "젖어 있고 너무 추울 거라는",[5] 그리고 그가 "아주 절망적이고 슬픈 목소리"[6]를 지니고 있음으로 인해 그를 도와주려는 여인에게서 베크만은 자신의 불행을 한 순간 잊어버리고 그녀의 집으로 그녀를 따라 가게 된다. 그녀의 따뜻함과 부드러움은 영원히 얼어붙을 그에게 삶의 생기를 불어넣어 주었던 것이다.

전쟁의 망령에서 벗어나지 못하고 있다는 상징처럼 쓰고 있던 방독면 안경이 벗겨짐으로써 새로운 삶의 희망을 품게 되는 베크만과 많은 낮과 밤 동안에 실종된 남편을 헛되이 기다리며 외로움에 빠져 있던 여인은 서로 위안을 받으며 새로운 미래를 설계

---

4) Ebd., S. 107: "Lebe erst mal. Laß dich treten. Tritt wieder!"
5) Ebd., S. 111: "naß und eiskalt"
6) Ebd., S. 112: "so eine hoffnungslos traurige Stimme"

하고자 한다. 그러나 젖은 옷을 벗고 여인이 내어 주는 옷으로 갈아입고서야 그녀가 남편이 있다는 것을 안 베크만은 스탈린그라드 전선에서 함께 근무했던 그녀의 남편을 떠올리게 된다. 아내에 의해 거부당함으로써 맛보았던 자신의 절망과 똑같은 절망을 자신으로 인하여 여인의 남편에게 안겨 줄 수 있다는 죄의식으로 초조해진 베크만이 옷을 벗어 버리고 문 밖으로 나가려는 순간, 목발을 짚고 나타난 그녀의 남편은 베크만에게 말한다.

여기서 뭐하는 거지. 이봐? 내 옷을 입고? 내 자리에서? 내 아내 옆에서?[7]

바로 전날 밤 자기 아내 옆에 있던 남자에게 자신이 물어 보았던 것을 여인의 남편은 베크만에게 똑같이 질문하는 것이었다. 아내의 남자에게 물었을 때 그 남자의 뻔뻔스런 행동으로 베크만은 어쩔 수 없이 자기의 아내에게서 소외되고 쫓겨날 수밖에 없었다. 여인의 남편이 외다리가 되어 돌아오게 된 것은 전쟁터에서 상사였던 자신이 내린 명령 때문이기도 했다. 따라서 베크만은 조금 더 높은 지위에 있던 자로서의 명령 하달에 따른 책임으로부터 자유로울 수 없었다. 타인에게 끼친 이 같은 불행에 대한 책임감과 죄의식으로 이제 베크만은 다음과 같이 자신의 존재 자체를 부정하고 싶어 한다.

이 이름을 부르지 말아라. 난 이제 베크만이 싫어. 이제부터 난 아무 이름도 없는거야. 나 때문에 단지 한 쪽 다리만을 갖게 된 사람이 있

---

7) Ebd., S. 116: "Was tust du hier. Du? In meinem Zeug? Auf meinem Platz? Bei meiner Frau?"

는 곳에서 내가 계속해서 살아야 한다고? 그 사람은 베크만 하사가 있었기 때문에 한 쪽 다리만을 갖게 된 거야. 그가 바우어 병장, 무조건 진지를 끝까지 사수하라고 명령을 내렸기 때문이야. 언제나 베크만을 부르는 이 외다리가 있는 곳에서 내가 계속 살아야 하는 거야?[8]

자신을 동정하는 여인으로 인해 한 순간 새로운 삶에 대한 욕구와 기대를 가졌던 베크만은 그러나 그 여인과의 관계로 인하여 절망에서의 탈피가 아니라 오히려 죄책감에 의한 고통을 안게 된 것이다. 그는 좀 더 구체적인 죄책감을 느끼기 시작한다. 그리하여 베크만은 외다리가 된 자 뿐만 아니라 자신의 인솔 아래 정찰에 나갔다가 명령에 의해 죽은 11명의 부하들에 대해서까지 책임을 자각하게 된다. 살인을 쉽게 잊어서는 아니 된다는 외다리가 된 자의 질책과 함께 새로운 삶의 희망으로 떠올랐던 여인과의 만남이 실패로 끝남으로써 그는 다시 죽음의 유혹에 사로잡히게 된다.

3. 연대장

자신도 전쟁의 피해자이면서 베크만은 한없이 자신의 이름을 불러 대고 있는 외다리 남자와 전쟁 중에 자신의 명령에 의해 실종된 11명의 부하에 대한 책임감으로 차가운 어둠 속에서 굶주린

---

8) Ebd., S. 117: "Sag diesen Namen nicht. Ich will nicht mehr Beckmann sein. Ich habe keinen Namen mehr. Ich soll weiterleben, wo es einen Menschen gibt, wo es einen Mann mit einem Bein gibt, der meinetwegen nur das eine Bein hat? Der nur ein Bein hat, weil es einen Unteroffizier Beckmann gegeben hat, der gesagt hat; Obergefreiter Bauer, Sie halten Ihren Posten unbedingt bis zuletzt. Ich soll weiterleben, wo es diesen Einbeinigen gibt, der immer Beckmann sagt?"

배를 움켜쥐고 괴로워한다. 그러한 그에게 책임에서 벗어날 수 있는 방법을 제시해 주는 타자의 제안에 베크만은 다음과 같이 새로운 희망을 품게 된다.

하룻밤만이라도 외다리가 없이 편안히 자 봐야겠어. 그것들을 그에게 넘겨주고서 말야. 나는 그에게 죽은 자들을 돌려주겠어. 그에게! 나는 그에게 책임을 돌려주겠어. 그에게! 그래 가자, 우리는 따뜻한 집에서 살고 있는 그를 찾아 가는 거다. 이 도시, 아니 어느 도시에 있더라도 괜찮아. 지금 그를 방문하는 거다.[9]

모든 병사들이 기껏해야 맹물이나 마시면서 혹독한 추위와 굶주림 속에서 괴로움을 당했던 전쟁터에서도 알젖조림만을 먹고 따뜻한 털목도리를 두른 채 병사들에게 책임을 지고 전투를 수행하라고 명령했던 연대장은 전쟁이 끝나 파괴되고 궁핍한 상황에서도 가족과 함께 시민생활의 온갖 안락함을 누리며 따뜻한 불빛 아래에서 단란한 저녁식사를 하고 있다. 그는 엄청난 시련의 전쟁이 끝나고 혼돈의 사회가 계속되고 있는 현재 시점에서도 전쟁의 피해나 상처를 입지 않은 채 지극히 건전한 정신과 사고를 가진 양 지내고 있는 위인이다. 그는 관료주의적이고 권위주의적인 신분상의 계급의식으로 프로이센의 정신을 계승하는 군국주의자의 일면을 보여 주고 있다. 동부전선에서의 병사들의 비참한 실상을 고발하는 베크만의 항변에 그는 다음과 같이 독일적인 진실

---

9) Ebd., S. 118: "Ich will eine Nacht pennen ohne Einbeinige. Ich gebe sie ihm zurück. Ja! Ich bringe ihm die Verantwortung zurück. Ich gebe ihm die Toten zurück. Ihm! Ja, komm, wir wollen einen Mann besuchen, der wohnt in einem warmen Haus. In dieser Stadt, in jeder Stadt. Wir wollen einen Mann besuchen."

을 역설한다.

사랑하는 젊은 친구, 자네는 모든 사실을 지나치게 왜곡하여 표현하고 있어. 우리는 독일인이야. 우리 그보다는 우리의 훌륭한 독일적인 진실 곁에 머무세. 진실을 존중하는 자가 가장 멋지게 전진해 나아간다고 클라우제비츠는 말했지.10)

장교로서의 특권의식과 계급의식이 깊숙이 내재되어 있는 연대장은 옛 부하 베크만에 대해 여전히 우월감을 가지고 있다. 그는 독일인은 비참한 현실이 아니라 고상한 진리를 고수하고 이상을 추구해야 한다면서 프로이센의 정신과 본질만을 찬양하고 있다. 또한 삶이 어느 정도 윤택해 질 때에야 비로소 진실도 찾아질수 있다는 베크만의 말에 대해서도 그는 단지 베크만이 이유 없이 떼를 쓰는 것이라며 일축한다. 이에 베크만과 연대장은 다음과 같이 주고받는다.

베크만: 그래요, 연대장님. 거참 훌륭한 말이군요, 연대장님. 저도 그런 진실에 충실하고 싶습니다. 우리가 배부르게 잘 먹을 수 있다면, 우리가 정말로 배부를 수 있다면 말입니다, 연대장님. (…) 우리가 말끔히 정돈된 침대를 기다리며, 그것은 침실에서 부드럽고, 하얗고, 따스하게 우리를 기다리고 말입니다. 연대장님, 그땐 우리들도 진실을 존중할 것입니다. 그 훌륭한 독일적인 진실 말입니다.

---

10) Ebd., S. 120: "Lieber junger Freund, Sie stellen die ganze Sache doch wohl reichlich verzerrt dar. Wir sind doch Deutsche. Wir wollen doch lieber bei unserer guten deutschen Wahrheit bleiben. Wer die Wahrheit hochhält, der marschiert immer noch am besten, sagt Clausewitz."

연대장: (덤덤하게) 나는 당신이 이 별것 아닌 전쟁으로 인해 모든 관념과 이성이 혼탁해진 그러한 자들 중의 한 사람이라는 강한 인상을 받았소.[11]

연대장은 혹독한 전쟁을 겪은 직후 고향으로 돌아온 베크만 앞에서 전쟁의 비참함에 대해서는 애써 외면한 채 전쟁을 별것 아닌 것으로 보면서 프로이센의 정신과 본질을 들먹이고 있다. 이것은 애초부터 베크만과는 긍정적인 인간관계의 성립이 불가능함을 보여 주고 있는 것이다.

베크만은 연대장에게 뼈로 만든 실로폰으로 행진곡을 연주하는 한 비대한 장군과 그 소리에 맞춰 무덤에서 일어나는 죽은 자들의 행렬이 이어지는 무시무시한 꿈을 꾸어 밤마다 편안히 잠을 이루지 못하고 비명 속에서 깨어난다고 말한다. 그리하여 그는 주변 사람들과 같이 조화로운 삶을 이끌어 나가기 위해 자신에게 명령을 내려 책임을 지어 주었던 연대장에게 다시 그 책임을 돌려주고자 한다.

저는 바로 책임을 그대로 지니게 되었습니다. 그래요, 제가 책임을 지게 되었습니다. 그래서 그 때문에 지금 당신을 찾아 온 거예요, 연대장

---

11) Ebd., S. 120f.:
   "BECKMANN: Jawohl, Herr Oberst. Schön ist das, Herr Oberst. Ich mache mit, mit der Wahrheit. Wir essen uns schön satt, Herr Oberst, richtig satt, Herr Oberst. (⋯) wir freuen uns auf das saubere Bett, das im Schlafzimmer schon auf uns wartet, weich, weiß und warm. Und dann halten wir die Wahrheit hoch, Herr Oberst, unsere gute deutsche Wahrheit.
   OBERST: (ohne Schärfe) Ich habe aber doch stark den Eindruck, daß Sie einer von denen sind, denen das bißchen Krieg die Begriffe und den Verstand verwirrt hat."

님. 저도 정녕 단잠을 좀 자고 싶기 때문입니다.12)

영하 42도의 동부전선 고로도크에서 직속상관 연대장은 베크
만 하사에게 "베크만 하사! 자네가 이 20명에 대한 책임을 지게.
그리고 고로도크 동쪽 숲을 수색해서 가능한 한 몇 명이라도 생
포하게. 알겠나?"13)라고 명령을 내린다. 연대장의 명령에 따라 밤
새 수색전을 벌이고 진지로 돌아온 사람은 모두 9명뿐이었고 , 결
국 그때의 죽은 11명의 부하에 대한 책임 문제로 베크만은 밤마
다 다음과 같은 악몽 속에서 잠을 이루지 못하게 된 것이다.

베크만 하사, 우리 아빠는 어디에 있어요? 베크만 하사? 베크만 하사,
내 아들은 어디 있는 거요, 나의 형은 어디에 있어요, 베크만 하사, 나
의 약혼자는 어디에 있어요, 베크만 하사? 베크만 하사, 어디에? 어디
에? 어디에 있어요?14)

부하 11명의 죽음에 대한 책임으로 괴로워하는 베크만에게 연
대장은 2천명에 대한 책임을 지고 있으면서도 아무렇지 않은 것
처럼 보인다. 그리하여 그는 11명에 대한 책임을 연대장에게 넘
겨주고 편안히 영혼의 잠을 잘 수 있으리라는 희망을 갖게 된다.

---

12) Ebd., S. 125: "Ich hatte doch die Verantwortung. Ja, ich hatte die Verantwortung.
Und deswegen komme ich nun zu Ihnen, Herr Oberst, denn ich will endlich mal
wieder schlafen."

13) Ebd., S. 125f.: "Unteroffizier Beckmann, ich übergebe Ihnen die Verantwortung für
die zwanzig Mann. Sie erkunden den Wald östlich Gordok und machen nach
Möglichkeit ein paar Gefangene, klar?"

14) Ebd., S. 126: "Unteroffizier Beckmann, wo ist mein Vater, Unteroffizier Beckmann?
Unteroffizier Beckmann, wo ist mein Sohn, wo ist mein Bruder, Unteroffizier Beckmann,
wo ist mein Verlobter, Unteroffizier Beckmann? Unteroffizier Beckmann, wo? wo? wo?"

전쟁에서 타의에 의하여 희생을 당한 자에 대한 책임은 마땅히 희생을 강요한 자에게 돌아가야 한다는 것이 그의 생각이다. 그러나 명령에 의해 11명의 실종자를 낸 작은 죄를 가진 자는 속죄를 하는데, 2천명에 대한 책임을 진 연대장은 조금의 가책도 없이 가식적인 웃음을 흘리고 횡설수설하며 베크만을 익살꾼으로 몰아붙인다. 잊고 있었고 애써 외면하고 있었던 전쟁의 책임 문제에 직면한 연대장은 베크만의 절망적인 죄책감을 코미디언의 익살로 치부하고, 전쟁의 망령에서 벗어나지 못하는 그의 겉모습을 배우가 되기 위한 분장쯤으로 해석함으로써 불안과 중압감에서 벗어나려 하는 것이다.

책임감으로 인해 갈기갈기 찢긴 베크만의 절규에 가까운 호소 앞에서 베크만에게 오히려 인간이 되라고 말하는 연대장의 충고는 베크만으로 하여금 더 이상 연대장과는 인간관계가 유지될 수 없다는 인식에 이르게 함으로써 다음과 같이 베크만의 분노가 폭발한다.

> (눈을 번쩍 뜨고 처음으로 냉정을 잃은 채) 인간? 인간이 되라고요? 나 보고 이젠 인간이 돼야 한다고요? (언성을 높여 외치며) 내가 인간이 돼야 한다고요? 그런데 도대체 당신들은 뭐죠? 인간이에요? 인간입니까? 어떤? 무슨? 그래요? 당신들이 인간이란 말예요? 그래요?!?[15]

연대장에게 책임을 넘겨주려는 베크만의 필사의 시도는 전쟁

---

15) Ebd., S. 128: "(wacht auf und wacht auch zum ersten Mal aus seiner Apathie auf) Ein Mensch? Werden? Ich soll erstmal wieder ein Mensch werden? (schreit) Ich soll ein Mensch werden? Ja, was seid Ihr denn? Menschen? Menschen? Wie? Was? Ja? Seid Ihr Menschen? Ja?!?"

의 악몽 같은 기억으로부터 벗어나고자 하는 노력이었으며 나아가 몰염치한 연대장에게 일말의 죄책감이나마 일으켜 세워 주고자 하는 양심의 행동이었다. 그러나 실제로 전쟁에 대한 더 큰 책임을 져야만 하는 전쟁 후의 연대장은 그러한 베크만을 이해하지 못하고 자신에 대해 단순히 불평불만을 하고 다니는 정신병자 취급을 함으로써 자신의 책임을 벗어나려고 한다.

베크만은 양심의 가책 속에서 사경에 처해 있는 옛 부하의 어려움을 비웃고 단지 자신을 엉뚱한 사람들 중의 하나였을 뿐이라고 치부하는 비겁한 연대장에게서 전후 사회를 이끌어 나갈 시민으로서의 모습을 발견할 수 없게 된다. 따라서 과거를 떨쳐 버리고 현재에 적당히 융화된 채 안주하며 살아갈 수 없는 베크만에게는 연대장과의 인간관계는 완전히 불가능한 것이 될 수밖에 없다.

4. 카바레 지배인

베크만은 삶을 방해하는 무시무시한 악몽으로부터 벗어나고자 했으나 연대장의 책임회피와 비양심으로 인해 좌절에 빠진다. 그는 배고픔을 참지 못해 연대장의 저녁식탁에서 바싹 마른 빵 반쪽을 훔쳐 연대장 집을 떠난다. 무대에나 서라는 엉뚱한 연대장의 충고를 받아들인 그는 무대야말로 그가 자기표현의 가능성을 발견할 수 있는 유일한 직업이라고 생각하고 카바레로 향한다.

그러나 카바레 지배인은 연대장과 마찬가지로 전쟁을 잊은 지 이미 오래인 전후 독일인들의 성향에 철저히 융합하는 기회주의적인 인물이며 현실주의자이다. 이미 전쟁을 잊고 풍요로운 시민 생활을 누리고 있는 그는 "우리는 이미 오래 전에 다시 가장 탄탄한 시민생활로 돌아왔다!"16)라고 말하고 있다.

지배인은 베크만이 아직도 전쟁으로 인한 정신적인 고통과 물질적인 어려움에 시달리고 있는 것을 이해하지 못함으로써 베크만과의 인간적인 융화의 어려움이 처음부터 드러난다. 유물론자이며 물질주의자인 지배인은 예술을 위해서 모든 문제를 적극적으로 다룰 줄 아는 용감하고 현실적인 젊은이가 필요하다고 다음과 같이 설교한다.

혁명적인 청년이어야 되지. 우린 지금 스무 살 때에 그의 '도적떼'를 만든 실러의 정신이 필요한 거야. 우리에겐 그랍베와 하인리히 하이네가 필요하단 말이야! 그러한 천재적 공격정신을 우리는 필요로 한단 말이야! 아주 현실적이고 실제적이며 의지가 강한 청년, 인생의 어두운 부분을 포착하여 냉철하고 객관적이며 탁월하게 들여다보는 그런 청년이. 우리가 필요로 하는 젊은이는 세상을 있는 그대로 바라보고 사랑할 줄 아는 세대야. 진실을 존중하고 계획과 이념을 가지고 있는 세대.17)

베크만은 단지 굶주림 때문에, 배고픔을 해소하기 위해 직업을 얻고자 하지만 지배인은 장황한 예술이론을 역설한다. 그는 예술에 있어서의 전위주의자들을 요구하고 오늘의 고뇌에 찬 회색빛

---

16) Ebd., S. 131: "Wir haben doch längst wieder das dickste Zivilleben!"
17) Ebd., S. 130: " – revolutionäre Jugend. Wir brauchen einen Geist wie Schiller, der mit zwanzig seine Räuber machte. Wir brauchen einen Grabbe, einen Heinrich Heine! So einen genialen angreifenden Geist haben wir nötig! Eine unromantische, wirklichkeitsnahe und handfeste Jugend, die den dunklen Seiten des Lebens gefaßt ins Auge sieht, unsentimental, objektiv, überlegen. Junge Menschen brauchen wir, eine Generation, die die Welt sieht und liebt, wie sie ist. Die die Wahrheit hochhält, Pläne hat, Ideen hat."

얼굴을 그려 낼 수 있는 젊은이를 필요로 한다고 강조한다.

전쟁의 상흔이 깃든 베크만의 방독면 안경을 보며 지배인은 이미 오래 전 전쟁이 끝났음에도 아직도 군복 차림으로 다니는 베크만을 힐난한다. 그는 또한 방독면 안경의 흉측함에 대해 비난하고, 세 개나 되는 자신의 최고급 뿔테 안경을 자랑한다. 그러면서 그는 안경이 없이는 아무런 구원도 기대할 수 없다며 한 개 달라는 베크만의 요청을 일언지하에 거절한다. 이 같은 모습에서 전쟁터에서 돌아온 젊은이에게 삶의 기회를 외면하는 독일사회의 비정함과 함께 그들과의 인간관계 성립의 불가능성이 제시되고 있다.

지배인은 전쟁과 추위와 굶주림에 시달려 온 베크만에게 전쟁터에서도 자기의 인생을 개척해 나가고 무엇이든 행해서 이름을 떨쳤어야 했다고 말함으로써 전쟁에 대한 무지와 허상을 드러내고 있다. 그는 베크만을 "풋내기, 신인, 무명인"[18]으로 규정하고, 그에게 세상을 좀 더 배워 익힌 후 다시 오라고 말하며 일자리 제공을 거절한다.

오히려 러시아 전선에서보다도 더 한 전후 독일사회에서의 냉혹함에 대해 베크만은 계속적으로 항의를 하며, 이에 마지못해 지배인은 기회를 주는 척하자 베크만은 자신의 운명을 진실하고 충실하게 묘사한 '용감한 작은 병사의 부인'이라는 노래를 들려준다.

세상은 웃고 있었고
나는 울부짖고 있었네.
그리고는 밤안개가 모든 것을 덮고 있었네.

---

18) Ebd., S. 133: "Anfänger, Neulinge, Unbekannte"

찢어진 커튼 구멍을 통해
달만이 입을 비죽이고 있네!

이제 내가 집에 와 보니,
내 침대는 차지되어 있었네.
나에겐 자살도 허용되지 않아,
그것이 나 스스로를 전율케 했어라.[19]

지배인의 채용조건에 맞추려 노력한 베크만의 노래에 대해 지배인은 이번에는 대중이 관능적인 자극을 원하지 풍자적으로 꼬집는 듯한 얘기는 싫어한다며 "관객들은 비스킷을 원하는데 딱딱한 흑빵을 먹일 수 없다"[20]는 지적을 한다. 지배인은 "자극적인 성애"[21]의 부족을 탓하며 고용 거부에 대한 모든 책임을 관객들에게 전가함으로써 돈벌이에 급급해 하는 자신의 결점을 합리화시킨다.

---

19) Ebd., S. 134: "Die welt hat gelacht
   und ich hab gebrüllt.
   Und der Nebel bei Nacht
   hat dann alles verhüllt.
   Nur der Mond grinst noch
   durch ein Roch
   in der Gardine!

   Als ich jetzt nach Hause kam,
   da war mein Bett besetzt.
   Daß ich mir nicht das Leben nahm,
   das hat mich selbst entsetzt."
20) Ebd., S. 136: "Wir können die Leute nicht mit Schwarzbrot füttern, wenn sie Biskuit
   verlangen."
21) Ebd., S. 135: "pikante Erotik"

베크만의 노래가 대단한 데는 있어도 예술이 되기에는 멀었다는 지배인의 말에 예술이 바로 진실이 아니냐는 그의 말은 묵살된다. 지배인은 예술은 진실이 아니고 진실은 예술이 될 수 없다며 진실을 인간의 도덕적이고 참다운 선과는 별개의 것으로 생각한다. 그의 냉혹하고 이기적인 현실관은 베크만에게 굴욕과 패배를 강요하지만 무언가 진실한 것을 찾는 베크만에게 다음과 같이 진실에 대한 역설적인 독설을 내뱉게 한다.

진실에 관한 한 그것은 도시의 유명한 창녀와 같지. 모두가 그녀를 알지만 길에서 그녀를 만나게 되면 그것은 괴로운 일이지. 그래서 그녀와는 밤에 몰래 숨어서 그 일을 벌이지. 낮의 창녀는 칙칙하고, 거칠고 추하지. 창녀도 진실이라는 것도. 그리고 많은 사람들은 그녀를 평생 동안 극복하지 못하지.22)

학살당한 진실을 수긍하고 받아들이는 대신 동시대의 젊은이가 겪은 시베리아에서의 고통에 개인적인 책임이 없다고 하는 지배인에게 더 이상 참된 대화와 의사소통을 기대할 수 없게 된 베크만은 도망치듯 그곳을 벗어나 버린다.

지배인은 처음부터 경제적인 논리로 관객에 영합하며 돈벌이에만 신경 쓰고 전쟁에서 돌아온 젊은 세대에게는 어떠한 동정도 하등의 양심의 가책도 느끼지 못한다. 반면에 베크만은 참된 진실을 추구하며, 사회에 대한 비판 없이 그 사회에 적당히 부응해

---

22) Ebd., S. 137: "Mit der Wahrheit ist das wie mit einer stadtbekannten Hure. Jeder kennt sie, aber es ist peinlich, wenn man ihr auf der Straße begegnet. Damit muß man es heimlich halten, nachts. Am Tage ist sie grau, roh und häßlich, die Hure und die Wahrheit. Und mancher verdaut sie ein ganzes Leben nicht."

서 적응할 줄 모르는 사람이었기에 그들은 도저히 인간적인 융화를 이루어 내지 못하고 단절을 겪게 된다.

5. 크라머 부인

베크만은 길마다 깜깜한 어둠뿐인 사람들의 세계를 벗어나 유일하게 환한 곳인 엘베강으로 가 죽음에 몸을 맡기고자 한다. 그러나 그 순간 또 다시 나타난 타자의 제안으로 최후의 인간관계를 맺을 수 있는 기회를 갖게 된다. 베크만의 마지막 위안이며 보루이자 인간관계 단절에 대한 최후의 도전은 새로운 생활의 추구가 아닌, 어머니 품으로의 도피였다. 타자의 말대로 "무엇보다 먼저 가야 할 곳인데도 마지막에 생각하는 곳"23)인 어머니의 집은 베크만에게는 죽음의 유혹을 뿌리치고자 하는 마지막 삶의 가능성인 것이다.

> 우리 집이 그대로 서 있구나! 그리고 문을 가지고 있고. 그 문은 나를 위해 있는 거겠지. 어머니도 거기 계실 테고 내게 문을 열어 주며 들어오라고 하시겠지. 우리 집이 아직 그대로 있다니! (…) 하여튼 거기 나를 위한 문이 있어. 나를 위해 그것은 열리겠지. 그리고 나의 뒤에서 그것은 닫힐 거야. 그러면 나는 더 이상 밖에 서 있지 않을 거야. 그러면 나는 집안에서 지내게 될 거야.24)

---

23) Ebd., S. 138: "Da, wo man zuerst hingehen sollte, daran denkt man zuletzt"

24) Ebd., S. 138f.: "Unser Haus steht noch! Und es hat eine Tür. Und die Tür ist für mich da. Meine Mutter ist da und macht mir die Tür auf und läßt mich rein. Daß unser Haus noch steht! (…) Und nun ist diese Tür für mich da. Für mich geht sie auf. Und hinter mir geht sie zu, und dann stehe ich nicht mehr draußen. Dann bin

베크만은 사회의 무관심과 냉대를 절감한 끝에 이전에 살던 집에서 평안함을 찾고자 하며, 안전하면서도 평범한 일상성 속에서 보호를 받으려고 한다. 그러나 그의 시도는 "온갖 조야함과 잔인함보다도 더 무시무시한, 냉담하고 섬뜩하며 능숙한 친절로"[25] 그를 대하는 그 집의 새 주인 크라머 부인이 나타남으로 인해 산산조각이 나고 만다.

그녀의 경솔하고 무분별하며 다른 사람의 불행에 대해서 무관심한 지극히 자기중심적인 자세는 베크만 부모의 죽음을 전해 주는 다음과 같은 경박한 말에서 드러난다.

어느 날 아침 그들은 부엌에서 뻣뻣하게 굳은 채 검푸르게 누워 있었어. 내 남편은 그런 어리석은 짓이 있느냐며 그만한 가스라면 우리가 한 달간은 족히 조리해 먹을 수 있을 거라고 말했지.[26]

크라머 부인은 절망 속에서 가스로 자살을 하고 만 두 노인의 죽음에 대해 가련함을 느끼기는커녕 그 때 사용된 가스에 대해서만 아까움을 느끼는 냉혹한 태도를 보인다. 베크만은 그녀의 이러한 태도에서 부모의 죽음을 알게 된 것보다도 더 큰 좌절과 배신감으로 상처를 받음으로써 인간관계가 단절됨을 뼈저리게 느끼게 된다.

타자는 알래스카에서 두 소녀가 동사한 기사에 의해 케이프타

---

ich zu Hause."

25) Ebd., S. 139: "mit einer gleichgültigen, grauenhaften, glatten Freundlichkeit, die furchtbarer ist als alle Roheit und Brutalität"

26) Ebd., S. 142: "Einen Morgen lagen sie stief und blau in der Küche. So was Dummes, sagt mein Alter, von dem Gas hätten wir einen ganzen Monat kochen können."

운의 어느 신문 독자가 깊은 한숨을 지었으며, 보스턴의 어린이 유괴사건을 함부르크의 어느 사람이 읽은 후 밤잠을 못 이루었고, 파리에서 한 열기구 조종사가 떨어져 죽은 것을 샌프란시스코에서까지 슬퍼하던 때가 있었다면서, 인간관계가 살아 있던 전쟁 전의 일상사를 회상하며 베크만을 위로한다. 그러나 자신의 정신적 고통에 대해선 전혀 깨닫지 못한 채 위선으로 가득 찬 변명을 하는 크라머 부인에게서 베크만은 같은 민족의 참사에 대해서까지 그토록 냉담하고 비정한 데에 대해 인간적 냉혹성을 느끼고 절망하고 만다.

베크만은 크라머 부인과의 너무나 무심한 대화에 의해 이제 사람들과의 인간적인 유대를 가짐으로써 평안함을 찾고자 하는 시도를 완전히 포기하게 된다.

6. 하느님

인간이 절망과 시련에 처했을 때 그 정도가 강하면 강할수록 그것을 대신해 줄 위안과 희망을 찾게 되는데, 그 궁극적인 대상이 하느님이라는 것은 부정할 수 없는 사실이다. 하느님은 인류 역사상 윤리와 도덕의 모든 인위적 가치와 우주에 헌신하는 모든 생명 및 자연력을 통제하는 절대자로서 군림해 온 것이다. 그러나 제2차 세계대전의 참상을 실제로 경험한 보르헤르트로서는 하느님을 긍정적으로 볼 수 없었다. 그리하여 그는 "그러나 그들은 우리에게 이 세상의 모진 바람이 휘몰아칠 때 우리 마음을 붙잡아 줄 수 있는 하느님을 마련해 주지 않았다. 그리하여 우리는 하느님이 없는 세대이다."[27]라고 표명했다.

가정에서 아내로부터 소외되고, 사회에서 인간관계 단절로 고립과 좌절을 겪은 베크만은 그에게 힘과 위안이 되어줄 수 있는 하나의 절대적인 가치로서 하느님에게 의지하고자 한다. 그러나 전쟁으로 인해 수많은 시체들을 먹고 살이 찐 죽음에 비하면 지나치게 작은 목소리로 말하고 인간을 제대로 이해하지 못하며 아무도 그를 두려워하지 않는 그런 늙은이일 뿐인 하느님은 어찌할 수 없는 무기력한 존재에 불과하게 되었다. 하느님은 그가 울고 있는 이유를 묻는 장의사의 질문에 다음과 같이 답하고 있다.

> 내가 어떻게 할 도리가 없기 때문이야. 그들은 총으로 쏴 죽지. 목매달아 죽고. 물에 빠져 죽고. 오늘은 수백 명, 내일은 수십만 명이 그렇게 죽는 거야. 그러니 나는, 난 어찌할 도리가 없지.[28]

하느님이란 존재는 전지전능하며 인간에게 희망과 구원의 빛을 던져 주고, 인간의 생과 사를 주관하는 초인간적인 위력을 지닌 것이다. 그러나 이제는 하느님이 수없이 많은 죽음 앞에서 별로 슬픈 기색도 없이 어쩔 수 없는 자신의 무기력만을 한탄하고 있으며, 나아가 다음과 같이 절대적으로 인간의 믿음을 받고 있는 죽음에게 그의 자리를 넘겨주고 만다.

> 죽음이라고? 자넨 좋겠군! 자네가 새로운 하느님일세. 자넬 그들은 믿

---

27) Ebd., S. 59: "Aber sie gaben uns keinen Gott mit, der unser Herz hätte halten können, wenn die Winde dieser Welt es umwirbelten. So sind wir die Generation ohne Gott."

28) Ebd., S. 104: "Weil ich es nicht ändern kann. Sie erschießen sich. Sie hängen sich auf. sie ersaufen sich. Sie ermorden sich, heute hundert, morgen hunderttausend. Und ich, ich kann es nicht ändern."

어. 자넬 그들은 사랑하고 있단 말야. (…) 그래, 자네는 좋겠어. 자넨 새
로운 하느님이야. 자넬 모르는 체하고 지나가는 사람은 아무도 없어.29)

베크만은 고통과 고뇌, 절망과 갈등 속에서 방황하고 있는 무
기력한 인간을 구원해 줄 수 있는 절대자로서의 하느님을 기대했
으나 이제는 배부르고 행복한 사람들에 의해서만 사랑을 받고 있
는 하느님에 대해 실망과 분노를 하게 되고 다음과 같이 하느님
의 무기력함을 신랄하게 비판한다.

베크만: 아, 당신은 사랑하는 하느님이시지요. 누가 당신을 도대체 그
　　　렇게 불렀나요, 사랑하는 하느님이여? 인간인가요? 그래요? 아니
　　　면 당신 자신이 그랬나요?
하느님: 인간들이 나를 사랑하는 하느님이라고 부르고 있지.
베크만: 이상하군요. 그래요. 당신을 그렇게 부르다니 참으로 이상한
　　　사람들도 다 있습니다. 그런 사람들은 아마 만족스럽거나, 배부
　　　르거나 행복한 사람들, 그리고 당신을 두려워하는 사람들일 겁니
　　　다. 항상 양지 속을 거닐며 사랑하고 배부르고 만족하며 사는 사
　　　람들이거나 밤마다 불안을 겪는 사람들, 그런 사람들이 말하지요.
　　　사랑하는 하느님이여!라고. 사랑하는 하느님이여! 그러나 난 당
　　　신을 사랑하는 하느님이라고 부르지 않겠습니다. 난 당신, 사랑
　　　하는 하느님을 모르겠단 말이에요!30)

---

29) Ebd., S. 104: "Der Tod? – Du hast es gut! Du bist der neue Gott. An dich glauben
　　sie. Dich lieben sie. (…) Ja, du hast es gut. Du bist der neue Gott. An dir kommt
　　keiner vorbei."
30) Ebd., S. 148:
　　"Beckmann: Ach, du bist also der liebe Gott. Wer hat dich eigentlich so genannt,
　　lieber Gott? Die Menschen? Ja? Oder du selbst?

하느님은 인간이 고통을 당하거나 절망에 처했을 때 인간과 세상을 구원해 주며 자비를 베풀어야 함에도 단지 자기 삶에 만족하면서 이기적으로 살고 있거나 하느님 앞에서 두려움에 떨고 있는 사람으로부터만 사랑을 받을 뿐이라고 하는 자신에 대한 베크만의 빈정거림에도 아무런 반박을 하지 못한다. 인간의 불행을 보고도 해결해 주지 못한 채 속수무책으로 바라만 볼 수밖에 없는 그러한 하느님을 인정하지 못하겠다는 다음과 같은 베크만의 단호한 말에도 하느님은 아무런 할 말이 없는 것이다.

베크만: 당신은 도대체 언제 사랑하셨죠, 사랑하는 하느님이여? 한 살 난 제 아이가, 나의 어린 것이 폭탄에 날아갈 때도 사랑하고 계셨어요? 당신이 그를 죽게 내버려 두었을 때도 사랑하셨나요? 사랑하는 하느님이여, 그랬나요?

하느님: 내가 그 애를 죽도록 내버려 둔 것은 아니야.

베크만: 물론 아니겠죠. 당신은 그것을 단지 허락했을 뿐이죠. 그 애가 비명을 지르고, 폭탄이 터질 때 당신은 귀를 막고 있었을 뿐이죠. 아니면 당신은 나의 11명의 정찰대원들이 없어져 버렸을 때 사랑하셨나요? 사랑하는 하느님께선 11명의 생명쯤은 아무것도 아니었기에 그 때 거기에 계시지 않았군요. 그 11명은 분명 그 고독한 숲 속에서 당신을 큰 소리로 찾았을 것이지만 거기에 당신

Gott: Die Menschen nennen mich den lieben Gott.

Beckmann: Seltsam, ja, das müssen ganz seltsamen Menschen sein, die dich so nennen. Das sind wohl die Zufriedenen, die Satten, die Glücklichen, und die, die Angst vor dir haben. Die im Sonnenschein gehen, verliebt oder satt oder zufrieden – oder die es nachts mit der Angst kriegen, die sagen: Lieber Gott! Lieber Gott! Aber ich sage nicht Lieber Gott, du, ich kenne keinen, der ein lieber Gott ist, du!"

은 계시지 않았어요.[31)

전쟁터의 병사들은 잿더미가 된 폐허에서, 폭탄이 터진 웅덩이 속에서 절망과 실의에 빠져 있을 때 하느님을 향해 끝없이 울부짖고 구원을 갈망했지만 어느 곳에서도 하느님을 찾을 수가 없었다. 무기력감과 위선에서 벗어나지 못하던 하느님은 처절한 베크만의 항변에 대해 오히려 인간들의 배반에게 자기의 책임을 떠넘기며 변명에 급급해 한다. 절대자인 하느님에 대해 기대와 희망을 가졌던 베크만은 "우리 시대의 천둥소리에 대하여는 너무도 목소리가 작은"[32) 하느님에 대해서 더 이상의 희망을 가질 수가 없게 된다. 무능력과 무기력, 책임회피 등으로 이제는 인간들의 경외의 대상도, 아무런 의지의 대상도 되지 못하는 하느님을 그는 단순히 이 지구상에 많은 고뇌와 고통을 주고 있는 하나의 늙은이로서 여기며 깊은 회의와 절망감으로 좌절한다. 그리하여 그는 하느님에 의해서 새로운 하느님으로 규정된 죽음을 절망에서 벗어나게 해 줄 유일한 통로로 인식하며 다음과 같이 말한다.

---

31) Ebd., S. 148:

"Beckmann: Wann bist du eigentlich lieb, lieber Gott? Warst du lieb, als du meinen Jungen, der gerade ein Jahr alt war, als du meinen kleinen Jungen von einer brüllenden Bombe zerreißen ließt? Warst du da lieb, als du ihn ermorden ließt, lieber Gott, ja?

Gott: Ich hab ihn nicht ermorden lassen.

Beckmann: Nein, richtig. Du hast es nur zugelassen. Du hast nicht hingehört, als er schrie und als die Bomben brüllten. Oder warst du lieb, als von meinem Spähtrupp elf Mann fehlten? Elf Mann zu wenig, lieber Gott, und du warst gar nicht da, lieber Gott. Die elf Mann haben gewiß laut geschrien in dem einsamen Wald, aber du warst nicht da."

32) Ebd., S. 149: "zu leise für den Donner unserer Zeit"

우린 모두 밖에 서 있는 거야. 하느님까지도 밖에 서 있으며, 어느 누구도 그에게 더 이상 문을 열어 주지 않거든. 단지 죽음만이, 궁극적으로 죽음만이 우리를 위한 문을 가지고 있어. 그래서 난 그곳으로 가는 중이지.33)

가정에서 아내로부터 버림받고, 이미 전쟁을 잊은 채 새로운 시민사회의 질서 속에서 이기적인 삶을 살고 있는 인간들로부터도 단절을 당하며, 결국에는 하느님에게서 받을 수 있는 위안과 구원까지도 잃어버린 베크만은 이제 그 어느 곳에서도 희망과 기대를 찾을 수 없는 궁극적인 단절상황 속에 버려진 것이다. 그리하여 죽음만이 그에게 유일한 탈출구로 남아 있을 뿐이다.

---

33) Ebd., S. 150: "Wir stehen alle draußen. Auch Gott steht draußen, und keiner macht ihm mehr eine Tür auf. Nur der Tod, der Tod hat zuletzt doch eine Tür für uns. Und dahin bin ich unterwegs."

제4편
산문

제1장
≪어둠 속의 세 왕≫

＊＊＊＊＊

＊＊＊

＊

1. 줄거리의 구성

이 작품의 줄거리는 시간의 경과에 따라 거친 연결로 단순하게 엮어져 있어 단화의 특성을 잘 드러내고 있다.

이 작품은 줄거리의 구성상 크게 3개의 부분으로 나눌 수 있다. 처음에는 폐허 속의 실존적 고난, 즉 밤과 혹한과 장작, 귀리, 산모와 아기가 등장하고 중간에는 세 명의 낯선이들이 나타나서 제각기 선물 한 개씩을 남기고는 사라지며 마지막에는 고난에 처한 가족에 대한 낯선이들의 영향과 그로 인한 뜻깊은 환희의 순간이 그려진다.

베버(A. Weber)는 다음과 같이 전체의 줄거리를 크게 3개의 장면으로 구분하고 있다.

1. 곤경 속의 가족

   (1) 교외를 터벅거리며 걷는 남편

   (2) 귀가하여 장작을 쪼갬

   (3) 불빛 속의 아기

   (4) 또 한 조각의 장작

2. 세 명의 낯선 방문객

   (1) 낯선이들이 방으로 들어 옴

   (2) 그들의 소지품 (담배, 목각 당나귀, 사탕)

   (3) 문 밖에서의 흡연

   (4) 아기에 대한 경배

   (5) 낯선이들의 떠남

3. 성탄 축제 속의 가족

   (1) 남편의 놀람

   (2) 아기의 웃음을 기뻐하는 부인

   (3) 성탄의 밤에 대한 회상[1]

   여기에서도 한눈에 알 수 있듯이 전체의 이야기는 시간의 흐름에 따라 정연하며 단순하게 전개되고 있으며 절정이나 얽히고설킨 갈등, 급격한 변전이 보이지 않는다. 이는 일직선적 줄거리(lineare Handlung) 및 그것을 통한 순간적이며 현실적인 하나의 사건에 대한 단순한 구성이라는 단화의 구조상의 특징과 일치하는 것이다.

---

[1] A. Weber, Die drei dunklen Könige, in: R. Hirschenauer/A. Weber, Interpretationen zu Wolfgang Borchert, München 1976, S. 101.

모테카트는 더욱 엄밀하게 이 작품의 구성에 대하여 다음과 같이 12개의 작은 부분들로 구분하고 있다.

제1부분: 남편, 어둠, 장작, 교외, 가고 오는 길
제2부분: 방 안의 공간과 부인
제3부분: 불빛 속의 아기
제4부분: 남편의 생각: 분노
       부인의 생각: "성광과도 같구나."
제5부분: 세 낯선이들의 출현과 방 안으로의 들어섬
제6부분: 세 낯선이들과 그들의 소유물
제7부분: 문 앞의 장면 – 담배 한 개비씩 피움
제8부분: 세 낯선이들이 잠자고 있는 조그만 아기 얼굴을 들여다 봄
      (제6, 7, 8부분에서는 낯선이들이 제각기 선물을 내놓음)
제9부분: 아기의 울음, 세 낯선이들의 떠나감
제10부분: 남편의 반응
제11부분: 부인의 반응
제12부분: 생각 속에서의 현실화: 성탄절[2]

이 12개의 구성 부분들만 살펴보면 작품 전체의 개략적인 내용을 파악할 수 있을 만큼 이야기는 간결하고 분명하게 구성되어 줄거리가 일직선적으로 이어져 나아간다. 거기에는 전혀 우회적인 것이 없으며 모든 문장은 논리적 강요의 면이 없이도 정연하며 일관적이다.

---

2) H. Motekat, Wolfgang Borchert. Die drei dunklen Könige, in, R. Hirschenauer/A. Weber, Interpretationen moderner Prosa, Verlag Moritz Diesterweg 1980, S. 101.

이 같은 줄거리의 일직선적 구성과 함께 이 작품에서 나타나는 또 다른 구조상의 특성으로는 그것이 개방 형식(offene Form)을 취하고 있다는 점이다.

어떠한 암시나 도입도 없이 이야기는 돌연 시작된다.

어두운 교외를 그는 터벅터벅 걸어갔다.
Er tappte durch die dunkle Vorstadt.[3]

그(Er)가 누구인지, 왜 어두운 밤거리를 걷고 있는지 아무런 암시조차 없이 낯선 첫 문장이 느닷없이 등장하는 것이다. 그런 다음 시간의 흐름에 따른 단순한 이야기가 단편적으로 전개된 다음 마지막 부분에서도 어떤 결론이나 해결이 마련되지 않은 채 다음과 같이 미온적으로 끝맺어진다.

그래, 성탄절이군, 하고 그는 중얼거렸고 난로로부터는 한 줌의 빛이 잠자고 있는 조그만 얼굴 위에 밝게 쏟아졌다.
Ja, Weihnachten, brummte er, und vom Ofen her fiel eine Handvoll Licht hell auf das kleine schlafende Gesicht.[4]

발단과 결말의 미비는 개방 형식으로서의 단화의 특성인 바 이러한 측면에서도 이 작품은 전형적인 단화로서의 형식을 갖추고 있음을 알 수 있다.

개방 형식으로 된 짧은 산문임에도 불구하고 전체를 포괄하여

---

3) W. Borchert, Die drei dunklen Könige, in: Das Gesamtwerk, Rowohlt Verlag, 1975, S. 185.
4) Ebd., S. 187.

볼 때 이 작품은 어둠과 빛의 대조로서 절망과 암흑으로부터 희망과 빛으로의 이행이 완벽하게 실현되고 있다.

2. 시간과 공간

이 이야기 속의 시간과 공간은 직접적으로 드러나 있지 않으므로 독자는 여러 가지 암시들과 상황 묘사를 통하여 스스로 추측해야 된다. 독자에 의한 재생과 보충을 요하는 단화의 특징이 여기에서도 드러난다.

무너진 집들, 방 안에 하얗게 차는 입김, 양식으로 남아 있는 귀리, 산모의 동사(凍死)를 걱정하는 남편 등 다음과 같은 묘사들을 통하여 때는 폐허화되고 추위와 굶주림에 시달리는 어느 겨울임을 알 수 있다.

집들은 무너진 채 하늘을 향해 서 있었다. (⋯) 그녀의 입김이 하얗게 방안에 서렸으며 그토록 추웠다. (⋯) 아직 귀리가 좀 남아 있군, 하고 남편이 말했다. 부인은 그래요, 다행이지요, 라면서 추워요, 라고 답했다. (⋯) 이제 그녀는 아기를 낳았으니 틀림없이 얼어 죽을거야, 라고 그는 생각했다.
Die Häuser standen abgebrochen gegen den Himmel. (⋯) Ihr Atem hing weiß im Zimmer, so kalt war es. (⋯) Da sind noch Haferflocken, sagte der Mann. Ja, antwortete die Frau, das ist gut. Es ist kalt. (⋯) Nun hat sie ihr Kind gekriegt und muss frieren, dachte er.[5]

---

5) Ebd., S. 185f.

또한 낡은 제복을 입은 병들고 불구가 된 세 병사가 귀환하던 2차대전 직후인 1945년 내지 1946년의 어느 성탄절 날, 달빛과 별빛조차 없는 깜깜한 한밤중의 시간임을 다음 구절들로부터 짐작할 수 있다.

달은 없었고 길은 때늦은 발걸음에 깜짝 놀랐다. (…) 별들은 없었다. 그들은 셋이었다. 낡은 제복을 입고 있었다. (…) 그리고 세 번째 사람은 양 손이 없었다. (…) 한 사람은 두 발에 붕대를 두텁게 감고 있었다. (…) 세 번째 사람은 제복 속에서 떨고 있었다: 아, 아무것도 아닙니다. 단지 신경결함일 뿐이지요, 라고 그는 속삭였다. (…) 오늘이 바로 성탄절이에요, 라고 부인이 말했다.

Der Mond fehlte und das Pflaster war erschrocken über den späten Schritt. (…) Sterne waren nicht da. (…) Drei waren es. In drei alten Uniformen. (…) Und der dritte hatte keine Hände. (…) Der eine hatte dicke umwickelte Füße. (…) Der dritte zitterte ins einer Uniformen: Oh, nichts, wisperte er, das sind nur die Nerven. (…) Heute ist ja auch Weihnachten, sagte die Frau.[6]

이 작품 속에서의 사건 시간(Geschehenszeit), 즉 이야기가 진행된 시간은 엄밀하게 보아 아주 짧은 순간이다. 남편이 어둠 속에서 난로용 장작을 구해 집으로 돌아 와서 부인과 짤막한 대화를 나눈 시간과 세 남자가 방문하여 머문 10분간, 그리고 그들이 떠난 후의 부부간의 짧은 대화 시간이 전부로서 시간폭(Zeitspanne)은 정확하게 30분을 넘지 못하고 있다. 이 시간폭은 독자가 천천

---

6) Ebd., S. 186f.

히 내용을 음미하며 작품을 처음부터 끝까지 읽어 내려갈 수 있는 시간이기도 하다. 여기에서 바로 순간 단화의 특징인 서술시간(Erzählzeit)과 피서술시간(Erzählte Zeit)과의 일치가 이루어져 있는 것이다.

공간 역시 구체적으로 드러나 있지 않고 독자로 하여금 연상토록 암시적으로 묘사되어 있다. 작품 속에 '교외(Vorstadt)'라는 말 이외에는 외부적인 공간에 대한 더 구체적인 표현은 찾아볼 수 없다. 이는 독자로 하여금 그 자신의 체험을 통하여 기억하고 있는 어느 한 교외를 연상케 한다. 어둡고 황량한 전후의 교외 모습은 누구에게 어디서든 상상될 수 있는 것이다.

외부의 공간인 교외와 마찬가지로 내부 공간인 방 안에 대해서도 조금 밖에 묘사되어 있지 않다. 그 방은 한 개의 출입문과 한 개의 창문 밖에 없는 아주 작고 초라한 공간임을 연상할 수 있다.

> 그가 문을 열었을 때 (그때 문이 울었는데) 그의 부인의 창백한 푸른 눈이 그를 바라보았다. (…) 우리는 창문으로부터 불빛을 보았지요, 라고 그들은 말했다.
>
> Als er die Tür aufmachte (sie weinte dabei, die Tür), sahen ihm die blaß blauen Augen seiner Frau entgegen. (…) Wir sahen das Licht, sagten sie, vom Fenster.[7]

또한 방 안의 물건들 중에서는 단지 한 가지, 미미한 온기와 희미한 불빛의 원천인 작은 양철 난로만이 언급되어 있다.

---

7) Ebd., S. 185f.

남편은 달콤한 썩은 장작을 그 작은 양철 난로 속에 넣었다.
Der Mann legte das süße mürbe Holz in den kleinen Blechofen.[8]

방 안에 있는 나머지 물건들은 명명되지 않은 채 독자의 상상에 맡겨져 있으므로 독자에게 있어서 그 방은 매우 가난하고 궁핍한 공간으로서 일상적인 생필품조차도 갖춰져 있지 않은 곤궁의 공간으로 보이게 된다.

3. 등장 인물

단화에 등장하는 인물들이 구체적인 이름이 없이 대명사나 막연한 일반 명사로서 지칭되는 것은 단화의 일반적인 특징에 속하는데, 이 작품 속의 등장인물 역시 '그남자(Er)', '그여자(Sie)', '그것(Es)' 등의 대명사, 혹은 '남편(der Mann)', '부인(die Frau)', '아기(das Kind)' 등의 일반명사로서 일관되고 있다. 이 작품은 3인칭 산문으로서 남편은 'Er'와 'Der Mann'으로, 부인은 'Sie'와 'Die Frau'로, 아기는 'Es'와 'Das Kind'로, 세 명의 낯선 방문객은 전체적으로는 'Sie(그들)'와 'Die drei Dunklen(세 낯선이들)', 개별적으로는 'Der eine(한 사람)', 'Der andere(또 한 사람)', 'Der Dritte(세 번째 사람)' 등으로 표현될 뿐 결코 고유한 이름이 부여되어 있지 않다.

반텔(O. Bantel)이 단화를 가리켜 "결말 없는 이야기로서 현대 인간의 어찌할 수 없는 상황의 전형적 표현"[9]이라고 지적하듯이

---

8) Ebd., S. 185.

여기에 등장하고 있는 Der Mann(남편)과 Die Frau(부인)는 어느 누구로부터도 도움을 받을 수 없는 곤경에 처한 현대 인간의 진면목이다.

남편(Der Mann)은 난롯불을 지필 한 조각의 썩어 문드러진 장작을 얻기 위해 고투한다. 그의 집에는 부인과 갓 태어난 아기가 추위에 고통 받고 있으며 그들의 삶이 지탱되기 위해서는 양철 난로로부터 한 줌의 빛과 온기나마 얻어야만 하는 극단적 곤경에 처해 있다. 그는 생계의 위협을 느끼고 있으며 한 개의 양철 난로와 한 줌의 불빛뿐인 입김이 서리는 차가운 공간에는 램프도, 침대도, 장롱도, 책상과 의자도, 식기도, 기저귀도 아무런 준비물도 없다. 식량도 없으며 신생아와 지친 산모를 위한 것은 오직 조금 남아 있는 귀리뿐이다. 그리고 그에게 장작 타는 냄새는 환상이 되어 "달콤하게(süß)", "케익 내음과 같이(beinahe wie Kuchen)" 느껴진다. 이러한 곤경 앞에서 그에게는 극도의 울화가 치밀어 오르지만 그는 곤경에 대한 책임을 물을 상대도, 벌을 줄 죄인도 찾지 못한다.

> 그러나 그는 그런 상황에 대한 책임을 물어 두 주먹으로 얼굴을 갈겨 줄 사람이 없었다. (…) 그리고 그는 주먹으로 얼굴을 갈겨 줄 사람이 없었다.
>
> Aber er hatte keinen, dem er dafür die Fäuste ins Gesicht schlagen konnte. (…), und er hatte keinen, dem er die Fäuste ins Gesicht schlagen konnte[10]

---

9) O. Bantel, Grundbegriffe der Literatur, Frankfurt a. M., 1967, S. 44: "eine Geschichte ohne Ausgang und damit typischer Ausdruck der Ratlosigkeit des modernen Menschen"

그의 헛되게 움켜 쥔 주먹의 절망이 연거푸 두 번이나 반복되는 것이다. 그에게는 한 조각의 장작과 한 줌의 온기를 얻기 위해 노력하는 길 밖에는 없다. 그의 그런 노력은 성스럽고 순수하다. 왜냐하면 그에게는 살아남는 것, 좀 더 지탱하는 것이 중요하며 삶 이외의 더 고귀하거나 더 비천한 어떤 것도 중요하지 않기 때문이다. 이러한 그의 삶에의 의지는 새로이 태어난 아기로부터 발생한 것이기에 더욱 소중하고 순수하게 평가될 수 있다.

부인(Die Frau) 역시 남편과 마찬가지로 자신이 낳은 아기를 통하여 새로운 삶의 의지와 희망을 키워 나간다. 그녀는 아기를 안은 채 그녀의 분만 직후 장작을 구하기 위해 집을 나간 남편이 돌아오기를 기다린다. 기다림은 그녀를 초조하게 했고 또한 피곤하게 만들었다. 추위에 떨며 굶주리고 있지만 그녀는 남편과는 달리 호소하지도 않고 열망하지도 않는다. 그녀의 모든 주의와 사랑은 방금 그녀가 낳은 아기에게 집중되어 있다. 그녀의 아기에 대한 어머니로서의 세심한 배려는 감동적이며 아름답게 드러난다.

그녀는 잠자는 아기를 의식하고는 입을 열지 않고 다만 두 눈으로서 남편을 마주 보며 그의 웃음을 견제한다.

안 돼요, 웃지 말아요. 아기가 잠자고 있어요, 라고 부인의 두 눈이 말하고 있었다.

Nicht, sagten die Augen der Frau, nicht lachen. Er schläft.[11]

또한 그녀는 세 사람의 낯선 방문객들로부터도 본능적인 어머

---

10) W. Borchert: a.a.O., S. 186.
11) Ebd., S. 185.

니로서의 방어를 한다.

그들은 담배를 말았다. 그러나 부인이 말했다. 안 돼요, 아기가 있어요! (…) 부인은 그 세 낯선이들이 아기에게 몸을 숙인 것을 보자 창백한 푸른 두 눈을 크게 떴다.

Sie drehten Zigaretten. Aber die Frau sagte: Nicht, das Kind! (…) Die Frau machte die blassen blauen Augen weit auf, als sie die drei Dunklen über das Kind gebeugt sah.[12]

남편이 주먹을 움켜쥐고 고난에 찬 현실에 저항하는 반면 부인은 아기 곁에서 말없이 인내한다. 그리하여 그녀는 성스러움과 어머니로서의 고귀한 심성을 나타내고 있다.

그녀는 난로에서 나오는 초라한 불빛을 성스럽게 여기며 아기에 대한 모성적인 긍지와 행복감에 젖는다.

부인은 나지막하게 말했다. 보세요, 마치 성광과도 같아요, 그렇지요? (…) 한 번 보세요, 아기가 얼마나 생기 있는지, 라고 그녀는 자랑스럽게 말했다.

Die Frau sagte leise: Kuck, wie ein Heiligenschein, siehst du? (…) Kuck mal, wie lebendig es ist, sagte sie stolz.[13]

아기는 태어난 지 1시간 밖에 되지 않았으나 그에게는 희망과 미래가 머물고 있다. 그의 존재를 통하여 부부로부터 하나의 가

---

12) Ebd., S. 186f.
13) Ebd., S. 186f.

족이 형성되며 그의 존재는 부부로 하여금 성스러운 삶의 의미를 느끼게 한다. 아기는 희망의 실체로서 다음과 같이 뚜렷한 영상으로 나타난다.

그 때 불꽃이 일어 방 안에 한 줌의 빛을 던져 주었다. 불빛은 작고 둥근 얼굴을 밝게 비추면서 잠시 머물렀다. 그 얼굴은 태어난 지 한 시간 밖에 되지 않았으나 이미 갖출 것은 모두 갖추고 있었다. 귀, 코, 입과 눈. 두 눈은 비록 감겨 있었으나 커다란 눈임에 틀림없었다. 그러나 입은 열려 있었고 그것을 통하여 조용히 숨을 쉬고 있었다. 코와 귀는 붉으스레했다. 그는 살아 있다고 어머니는 생각했다. 그 작은 얼굴은 잠자고 있었다.

Da glomm es auf und warf eine Handvoll Licht durch das Zimmer. Das fiel hell auf ein winziges rundes Gesicht und blieb einen Augenblick. Das Gesicht war erst eine Stunde alt, aber es hatte schon alles, was dazugehört: Ohren, Nase, Mund und Augen. Die Augen muß ten groß sein, das konnte man sehen, obgleich sie zu waren. Aber der Mund war offen und es pustete leise daraus. Nase und Ohren waren rot. Er lebt, dachte die Mutter. Und das kleine Gesicht schlief.[14]

세 낯선이들은 한밤중 혹한 속의 방랑자들이다. 허무한 전쟁의 마지막 병사들로서 몸과 마음이 갈기갈기 찢겨진 채 여전히 낡은 군복을 걸치고 있다. 그들이 가진 것이라곤 담배로 찬 외투 주머니와 종이봉투와 자루뿐이다. 또한 역설적으로 들리지만 "그들의 본질적인 소유물은 각각 없는 손, 수종, 신경결함"[15]이다. 한 사

---

14) Ebd., S. 185f.

람은 양 손이 없고, 한 사람은 수종을 앓고 있고, 한 사람은 신경 조직의 이상으로 온몸을 떨고 있는 것이다.

그들은 불빛과 온기를 갈망하며 10분간(zehn Minuten)의 휴식을 위해 남편이 "갓난아기가 있다(Aber wir haben ein Kind)."고 저지하는 데도 불구하고 방 안으로 들어선다. 그러나 그들은 불빛의 은총을 받을만한 사람들이다. 그들은 잠자는 아기를 위해 아주 조용히(ganz leise) 하려고 하며 세심하고 주의 깊게 행동한다. 그들은 두 발뒤꿈치를 높이 들고 발끝으로 걸어 방 안으로 들어와서는 그들이 머물겠다고 말한 10분이 지나자 들어설 때와 마찬가지로 침착하게 발뒤꿈치를 들고 문 쪽으로 살금살금 걸어가서는 멀리 어둠 속으로 사라져 간다.

갓난아기가 잠들고 있는 방 안에서 담배를 피워서는 안 된다는 산모의 말에 그들은 남편과 함께 문 밖으로 나가서 피우고는 조용히 다시 들어온다.

그들은 담배를 말았다. 그러나 부인이 말했다. 안돼요, 아기가 있어요! 그러자 그 네 사람은 문 앞으로 나갔고, 그들의 담뱃불은 밤중에 네 개의 점이 되었다. (…) 그리고 나서 그들은 담배를 끄고 다시 안으로 들어왔다.

Sie drehten Zigaretten. Aber die Frau sagte: Nicht, das Kind! Da gingen die vier vor die Tür, und ihre Zigaretten waren vier Punkte in der Nacht. (…) Dann traten sie die Zigaretten aus und gingen wieder hinein.[16]

---

15) A. Weber, a.a.O., S. 106: "Ihre eigentliche Habe: keine Hände, Wasser, Nervendefekt"
16) W. Borchert, a.a.O., S. 186.

이러한 신중함과 침착성은 이 세 사람이 교양 있고 고결한 인간들임을 나타내 준다.

그들은 단지 10분 동안의 손님들인데도 선물을 잊지 않았다. 그들은 세심하게 남편과 부인과 아기에게 모두 선물을 나누어 준다. 양 손이 없는 사람은 남편에게 담배를 준다.

그러고 나서 그는 남편에게 외투 주머니를 내밀었다. 그 안에는 담배와 얇은 종이가 있었다. 그들은 담배를 말았다.
Dann drehte er dem Mann die Manteltasche hin. Tabak war darin und dünnes Papier. Sie drehten Zigaretten.[17]

몸을 떠는 사람은 부인에게 두 개의 사탕을 준다.

몸을 떠는 사람은 그의 종이봉투로부터 두 개의 노란 사탕을 꺼내 가지고는 말했다. 이것은 부인에게 드리는 것입니다.
Der Zitternde nahm aus seinem Pappkarton zwei gelbe Bonbons und sagte dazu: Für die Frau sind die.[18]

수종에 걸린 사람은 아기를 염두에 두고는 자루 속에서 한 개의 목각 당나귀를 꺼낸다.

그는 그의 자루에서 나무 조각 한 개를 꺼냈다. 당나귀요. 나는 이것을 일곱 달 동안 깎아 만들었지요. 아기에게 주시오. 그는 그렇게 말하고

---

17) Ebd., S. 186.
18) Ebd., S. 187.

는 그것을 남편에게 주었다.

Er nahm ein Stück Holz aus seinem Sack. Ein Esel, sagte er, ich habe sieben Monate daran geschnitzt. Für das Kind. Das sagte er und gab es dem Mann.[19]

아기를 위한 이 목각 당나귀야말로 전쟁 중의 고난과 절망 속에서 무려 7개월이란 기간에 걸쳐 깎아 만든 온갖 희망과 고통이 조각되어 있는 귀중한 선물이라 아니할 수 없다.

그들 세 사람은 전후의 상황 아래에서, 그리고 삶을 위협하는 빈곤 속에서 아기와 그 양친을 위해 커다란 희생을 한 셈이다. 그들이 전해 준 선물들은 실로 값진 것들로서 그 세 사람에게 남아 있던 마지막 것들이기 때문이다.[20]

어둠 속의 세 사람은 곤경과 절망 속의 부부에게 희망과 용기를 불어 넣어 주었다. 부부는 그들에게서 자신들 보다 훨씬 더한 빈곤을 보았으며 그럼에도 불구하고 서슴없이 선물을 내어 놓는 것을 보았다. 그리하여 부부는 그들과 견주어 자신들이 지니고 있는 무한한 재산을 의식한다. 부부는 가정이 있고 빛과 온기가 담긴 공간이 있으며 영원한 생명과 희망의 실체인 아기가 있음을 실감하며 믿음과 희망 속에 잠기게 되는 것이다.

이상에서 살펴 본 모든 등장인물들은 평범한 인물들로서 연약하고 가난하며 고통받는 사람들이다. 또한 그들은 제각기 상징적인 존재의의를 지니고 있어 독자의 세심한 사고를 요한다는 측면에서 단화적 특성을 지니고 있다.

---

19) Ebd., S. 186.
20) Vgl. K. Brinkmann, Wolfgang Borchert. Drauβen vor der Tür und Erzählungen, C. Bange Verlag [o.J.], S. 62.

4. 문체 및 표현기법

대부분의 단화에서 그렇듯 이 작품 속에서도 일상적인 어휘들로 이루어진 짧고 단편적인 문장들이 주축을 이루고 있다. 이 작품의 문체에 대하여 침머만(W. Zimmermann)은 "깨어지고, 영락하고, 냉담하며, 산산조각 나있다."[21]고 말하고 있다.

문장들은 연결도, 전이도 없이 장소와 시간의 규정도 하지 않은 채 사건의 과정을 표현한다. 주로 단음절과 2음절의 어휘들이 사용되고 있으며 다음과 같이 짧고 단편적으로 조각난 문장을 형성하고 있다.

Drei waren es. In drei alten Uniformen. Einer hatte einen Pappkarton, einer einen Sack. Und der dritte hatte keine Hände. Erfroren, sagte er, und hielt die Stümpfe hoch.[22]

문체상의 또 다른 특징은 반복적인 표현에 있다. 특히 반복적으로 번번이 쓰인 'aber'라는 단어와 함께 삶의 의지가 절망적 상황과 대항한다.[23]

---

21) Ebd., S. 62: "zerbrochen, verarmt, eiskalt, zertrümmert"
22) W. Borchert, a.a.O., S. 186.
23) A. Weber, a.a.O., S. 101.

(…) aber es hatte schon alles (…)

(19번째 행)

Aber der Mund war offen (…)

(21번째 행)

Aber er hatte keinen, dem er dafür (…)

(27번째 행)

Aber wir haben ein Kind.

(35번째 행)

(…) aber sie kamen doch ins Zimmer.

(36번째 행)

Aber die Frau sagte: Nicht, das Kind!

(43번째 행)

Aber da stemmte das Kind seine Beine (…)

(58~59번째 행)

Aber er hatte kein Gesicht für seine Fäuste.

(64~65번째 행)

Aber das Kind hat geschrien, (…)[24]

(66번째 행)

이 'aber 문체' 속에 상황을 극복하려는 인간의 의지와 저항의
식이 뚜렷이 드러나며 이는 황폐하고 거친 단화적 언어의 적용으
로 파악될 수 있다.

다음과 같이 단어가 아닌 문장의 반복도 사용되고 있다.

---

24) W. Borchert, a.a.O., S. 185ff.

(1) Aber er hatte keinen, dem er dafür die Fäuste ins Gesicht schlagen konnte.

(27~28번째 행)

(2) (…) er hatte keinen, dem er die Fäuste ins Gesicht schlagen konnte.

(31~32번째 행)

(3) Aber er hatte kein Gesicht für seine Fäuste.[25]

(64~65번째 행)

누구에게도 호소할 수 없는 극한적 절망 상황으로부터 이루어진 위의 세 문장은 내용상의 전이를 드러낸다. 즉 (1) 문장에서의 극단적인 증오와 복수욕이 (2) 문장에서는 'dafür'의 누락으로 인하여 완화되어 방어의지와 자기주장으로 전환되며 (3) 문장에 가서는 'schlagen'과 같은 거친 말이 없이 절망과 증오가 많이 해소되어 있음을 알 수 있다.[26]

이와 같은 평범한 듯이 보이는 문장의 반복에서 독자의 주의 깊은 관찰에 의하여 깊은 의미가 발견되는 점 역시 단화에서의 문체상의 특징이다.

이 작품에서는 어휘의 세심한 사용에 의한 인물의 존재가치의 변화가 엿보이기도 한다. 즉 갓난아기를 지칭하는 데 있어서 처음에는 'es'가 사용되다가 'er'로 어휘가 바뀐다.

Das Gesicht war erst eine Stunde alt, aber es hatte schon alles, was dazugehört.[27]

---

25) Ebd., S. 186f.
26) Vgl. K. Brinkmann, a.a.O., S. 61f.
27) W. Borchert, a.a.O., S. 185.

여기에서는 아기가 하나의 물건인 양 'es'로서 단순하게 지칭된다. 그렇지만 이야기의 끝 부분에 가서는 다음과 같이 'er'로 바뀐다.

Weint er? fragte der Mann.

Nein, ich glaube, er lacht, antwortete die Frau.[28]

여기에서 독자는 아기가 인간적인 관계를 갖지 못했던 사물화된 'es'로부터 부부에게 삶의 용기와 희망을 안겨 주는 생명력 있는 존재인 'er'로 바뀌면서 그 존재가치를 부여받고 있음을 알아차릴 수 있을 것이다.

이같이 단화는 겉보기에는 엉성하고 단순한 것처럼 보이지만 그것은 독자에게 정신이 집중된 침착한 관찰을 해 줄 것을 요망하며 그렇게 관찰할 때 그 독자에게는 사소하며 부수적인 것처럼 보이는 대상이 중요한 의미를 띠게 된다. 이 같은 단화의 암시적 특성과 연관 지어 라이히-라니키(M. Reich-Ranicki)는 다음과 같이 적절히 설명하고 있다.

작가가 몇 개 안되는 어휘들로 하나의 완전한 세계를 나타내려고 하기에 독자는 스스로 만들어내야만 하는 그러한 세계상을 위한 단지 몇 개의 요점과 암시들에 만족하지 않을 수 없다. 그리하여 단화는 독자 뿐만 아니라 작가로부터도 최고의 집중력을 요구한다. (…) 단화에서 한 단락, 혹은 단 한 개의 문장이라도 파악하지 못하는 자는 그에게 단화가 이해되지 않은 채 머무른다는 것을 각오해야 된다.[29]

---

28) Ebd., S. 187.

의인화된 표현 또한 단화로서의 이 작품의 표현상의 특징으로 들 수 있다.

도로가 깜짝 놀랐다. (Das Pflaster war erschrocken.)
장작이 한숨지었다. (Das Holz seufzte.)
문이 울었다. (Die Tür weinte.)

이같이 물건들 스스로가 괴로워하며 인간 못지않은 고통을 느끼는 것으로 의인화되어 이야기 속의 상황을 독자로 하여금 더욱 철저하게 절감하도록 한다.

---

29) M. Reich-Ranicki, Keine Zeit für Kurzgeschichten, in: Kulturbrief/Inter Nationes 2, 1978, S. 6: "Wie die Autoren mit wenigen Worten eine ganze Welt zeigen wollen, so sind die Leser gezwungen, sich mit nur wenigen Anhaltspunkten und Andeutungen für jenes Bild zu begnügen, das sie sich selbst machen müssen. Daher beansprucht die Kurzgeschichte ebenso vom Autor wie vom Leser die höchste Konzentration. (…) Wer in einer Kurzgeschichte einen Absatz oder auch nur einen einzigen Satz nicht wahrnimmt, riskiert, daß sie ihm unverständlich bleibt."

〈참 고 문 헌〉

1. Text

Wolfgang Borchert: Die drei dunklen Könige, in: Das Gesamtwerk, Hamburg 1975.

2. Sekundärliteratur

Bantel, O.: Grundbegriffe der Literatur, Frankfurt a. M. 1967.

Bender, H.: Ortsbestimmung der Kurzgeschichte, in: Akzente 9, 1962.

Böll, H.: Erzählungen, Hörspiele, Aufsätze, Köln/Berlin 1962.

Brinkmann, K.: Wolfgang Borchert. Drau ß en vor der Tür und Erzählungen, C. Bange Verlag [o.J.].

Brustmeier, H.: Der Durchbruch der Kurzgeschichte in Deutschland. Versuch einer Typologie der Kurzgeschichte, dargestellt am Werk W. Borcherts, Diss. Marburg 1966.

Donnenberg, J.: Bevorzugte Gattungen I: Kurzgeschichte, Reportage, Protokoll, in: W. Weiss u. a.: Gegenwartsliteratur, Kohlhammer Verlag 1977.

Dormagen, P. u. a.(Hrsg.): Handbuch zur modernen Literatur im Deutschunterricht, Frankfurt a. M. 1970.

Durzak, M.: Die deutsche Kurzgeschichte der Gegenwart, Stuttgart 1980.

Frenzel, H. A. u. E.: Daten deutscher Dichtung. Chronologischer Abri ß der deutschen Literaturgeschichte, Bd. 2, München 1981.

Gumtau, H.: Wolfgang Borchert, Berlin 1969.

Kilchenmann, R. J.: Die Kurzgeschichte. Formen und Entwicklung, Stuttgart 1978.

Lorbe, R.: Die deutsche Kurzgeschichte der Jahrhundertmitte, in: Der Deutschunterricht 9, 1, 1957.

Motekat, H.: Gedanken zur Kurzgeschichte. Mit einer Interpretation der Kurzgeschichte 〈So ein Rummel〉 von Heinrich Böll, in: Der Deutschunterricht 9, 1, 1957.

Motekat, H.: Wolfgang Borchert. Die drei dunklen Könige, in: Interpretationen moderner Prosa, Diesterweg 1980.

Piontek, H.: Graphik in Prosa. Ansichten über die deutsche Kurzgeschichte, in: Ders: Buchstab – Zauberstab, 1959.

Schmidt, M.: Wolfgang Borchert. Analysen und Aspekte, Halle 1970.

Schnurre, W.: Kritik und Waffe. Zur Problematik der Kurzgeschichte, in: Deutsche Rundschau 87, 1, 1961.

Weber, A.: Die drei dunklen Könige, in: Ders.: Interpretationen zu Wolfgang Borchert, München 1976.

Wiese, B. v.: Novelle, Stuttgart 1963.

Wilpert, G. v.: Sachwörterbuch der Literatur, Stuttgart 1979.

Zimmermann, W.: Deutsche Prosadichtungen unseres Jahrhunderts. Interpretationen für Lehrende und Lernende, Düsseldorf 1981.

제2장
≪이번 화요일에≫

· · · · ·

· · ·

·

1. 머리말

보르헤르트의 단화 ≪이번 화요일에(An diesem Dienstag)≫는 단화라는 장르 관점에서 볼 때 통상적인 단화들의 틀에서 벗어난 매우 독특한 서술 구조를 띠고 있어 주목을 받는다. 이 작품에서는 의식의 흐름을 바탕으로 한 줄거리 구조의 완전한 해체를 이룰 뿐만 아니라 서술의 중점을 전적으로 시간 구조 위에 두고 동시성의 다양한 사건들을 만화경적으로 삽입하여 순간의 공간적 구체화를 이루어 내고 있다. 따라서 이 작품은 모자이크식 단화로 특징지어지기도 하고 영화의 장면전환 기법에 따른 명칭인 오버랩 단화로 지칭되기도 한다.

이 작품은 짧은 도입 부분에 이어 고향과 전선을 오가면서 교체되는 각각 상이한 장면들로 구성되어 있는데 여기에서는 작품의 독특한 형식상의 특성을 살펴 본 후 전체적인 줄거리의 구조

를 구체적으로 분석함과 아울러 작품에 담긴 상징적 의미를 찾아
해석해 보기로 한다.

2. 모자이크적 구성 형식

이 단화는 통상적인 단화들의 틀에서 벗어나 있다. 울스회퍼(R.
Ulshöfer)는 단화의 본질과 구성의 법칙성을 물속으로 떨어져 내
리는 돌멩이 한 개와 비유하여 다음과 같이 설명한다.

단화는 그 돌멩이가 어째서 떨어져 내리며 얼마나 깊이 가라앉는지를
탐구하지 않는다. 그것은 자연적 요소들, 즉 환경, 숙명적으로 부여된
것, 시대정신이나 고유한 과거를 지닌 한 인간의 피할 수 없는 충돌의
짧은 순간을 묘사한다. 그것은 다양한, 즉 수평적이며 수직적인, 전면
적이며 배후적인 운동 방향들을 지닌 역동적인 다차원적 형상이다.
순간과 충돌의 시점만이 오로지 예리하게 묘사된다. 가장자리 쪽으로
는 윤곽들은 희미해진다.[1]

이 같은 한 순간의 한 결정적 사건만을 취하여 묘사하는 보편

---

1) Robert Ulshöfer, Unterrichtliche Probleme bei der Arbeit mit der Kurzgeschichte, in:
Der Deutschunterricht, H. 6, 1958, S. 22: "Die Kurzgeschichte untersucht nicht,
weshalb der Stein fällt und wie tief er sinkt; sie schildert den kurzen Augenblick des
Zusammenpralls eines Menschen mit einem Naturelement: der Umwelt, einem
schicksalhaft Gegebenen, etwa dem Zeitgeist oder der eigenen Vergangenheit. Sie ist
ein dynamisches, mehrdimensionales Gebilde mit verschiedenen Bewegungsrichtungen:
einer horizontalen und einer vertikalen, einer vordergründigen und einer hintergründigen.
Scharf gezeichnet ist lediglich der Augenblick und der Punkt des Zusammenpralls.
Nach dem Rande zu verschwimmen die Konturen."

적인 단화의 특성과는 달리 단화 ≪이번 화요일에≫에서는 돌멩이 한 개가 물속에 던져진 것이 아니라 온갖 것들이 동시에 던져진 듯한 구조를 나타내고 있다. 다시 말하면 2차 대전 중의 한 특정한 화요일에 벌어지는 일들이 다양한 인물들과 다양한 관점들에 의해 만화경적으로 묘사되고 있는 것이다. 로르베(Ruth Lorbe)는 이러한 단화의 유형을 다양한, 인과적으로 연결되지 않은 순간들이 하나의 모자이크적인 조합을 이루는 형태로서 설명하고 그 대표적인 예로 이 작품과 함께 헤밍웨이의 ≪킬리만자로의 눈(Schnee auf dem Kilimandscharo)≫을 들었다.[2]

휠러러는 이 작품과 같은 단화의 유형을 '오버랩 이야기(Über-drehungsgeschichte)'라 지칭했다.[3] 그는 또한 공간적으로 분리되어 전개되는 많은 행위들이 한 특정한 순간, 즉 주도적인 서술순간의 틀 속에서 동시적으로 연결되기 때문에 이를 동시성 이야기로서 특징짓기도 했다. 이에 대한 실례로는 이 작품 외에 북부 독일의 한 마을에서의 저녁 시간이 다양한 행동들과 삶의 모습들로 투영되어지는 람페(Friedo Lampe)의 단화 ≪어두운 보트(Das dunkle Boot)≫, 혹은 람페의 영향을 받은 한스 벤더(Hans Bender)의 이야기인, 땅거미의 순간을 동시성의 만화경으로 확대하고 있는 ≪반쪽 태양(Die halbe Sonne)≫을 들 수 있다. 에른스트 슈나벨(Ernst Schnabel)의 이야기 ≪이 시각에(Um diese Zeit)≫나 페터 한트케(Peter Handke)의 ≪어느 낯선 이의 죽음에 대하여(Über den Tod eines Fremden)≫, 요젭 레딩(Josef Reding)의 ≪영화 중에(Während des Films)≫ 등도 이 같은 단화 기법의 또 다른 실례들이다.

2) Vgl. R. Lorbe, Die deutsche Kurzgeschichte der Jahrhundertmitte, in: Der Deutsch-unterricht 9, 1, 1957, S. 37.
3) Vgl. W.Höllerer, Die kurze Form der Prosa, in: Akzente 9, 1962, S. 244.

이 작품은 게오르크 뷔히너의 드라마 ≪보이체크(Woyzeck)≫에서 볼 수 있는 것과 같은 형식에 이르고 있다. 즉 뷔히너가 ≪보이체크≫에서 기존의 3막 혹은 5막으로 된 드라마의 구성을 무시하고 26개나 되는 장면들을 나열적으로 배치하여 현대적인 획기적 드라마 구성 기법을 이루었던 것과 같이 보르헤르트는 ≪이번 화요일에≫에서 "그 무대가 고향과 전선 사이를 오가면서 장면마다 교체되는 짧은, 스케치 풍의 장면들"[4]을 나열하고 있는 것이다.

보르헤르트는 이 작품에서 전쟁 중의 한 특정한 화요일에 전개되는 다양한 장면들을 동시성 속에서 조망하고 있는데 이 장면들은 현실의 특정한 국면을 핵심적으로 포착하여 비춘다. 다른 단화들에서의 줄거리의 틀을 특징짓는 한 특정한 공간적-시간적 상황 대신에 여기에서는 시간, 즉 어느 화요일의 특정한 순간이 화자의 관찰 상의 추상적인 단위가 되며 공간은 관점에 따라 다양하게 확대된다. 또한 다른 단화들에서는 현실의 전체가 한 특정한 상황으로 압축되어 있어 독자가 환기 작용을 통해 그 깊은 의미를 인식 하도록 되어 있는 반면 이 작품에서는 공간적 확장이 이루어져 전체 현실이 확장적으로, 각각 상반적으로 배치된 다양한 장면들 속에서 인식되도록 한다. 좀더 구체적으로 말하면 시간의 통일이 고수되는 가운데 고향과 전선 사이를 오가는 상반적인 상황으로 된 장면들 속에서 인간의 몽매와 취약성, 고난과 파괴로 된 복합적인 전쟁의 현실이 주인공 헷세 대위를 중심으로 구체화되는 것이다.

---

4) Karl Brinkmann, Wolfgang Borchert. Drauβen vor der Tür und Erzählungen, C. Bange Verlag, S. 63: "kurze, skizzenhafte Szenen, deren Schauplatz von Szene zu Szene zwischen Heimat und Front wechselt"

3. 대립적 구도와 비폐쇄성

이 작품에서의 두드러진 구조상의 특징은 이 같은 장면에 따라 교체되는 고향과 전선이라는 상반적 상황의 대립적 배치에 있다. 고향과 전선과의 대치로 된 이야기의 외적인 구성을 규정하는 상반적 원리는 작품의 내적인 구조 속에서도 나타나는데 침머만은 이에 대해 다음과 같이 말하고 있다.

이러한 대치 속에서 이루어지고 따라서 이야기의 외적 구성을 규정하는 상반적 원리는 내적 구조 속에서도, 즉 전쟁의 본질적 현실로부터 거의 영향을 받지 않는 사람들과 존재의 밑바닥에 이르기까지 전쟁의 현실과 연관되어 있는 사람들 간의 대립 속에서도 나타난다.[5]

이 같은 대치는 자주 반어적 대립의 수단을 통해서, 즉 개개 인물이 말하고 행하는 것과 그 뒤에서 전개되는 현실 사이의 기괴하리만큼 엄청난 상이성을 통해서 이루어진다. 이러한 신랄한 해학의 예로 한젠 씨가 헷세에게 보낼 빌헬름 부쉬의 작품들을 정돈하고 있는 순간에 헷세는 절망적으로 발진티프스에 걸려 전염병동으로 이송되는 장면을 들 수 있다. 또한 남편의 진급 소식을 받고 기쁨에 넘쳐 입술을 붉게 칠하고 오페라를 보러 가는 헷세 부인과 그 순간 시체가 되어 땅바닥에 버려지는 헷세의 모습이

---

5) W. Zimmermann, Deutsche Prosadichtungen unseres Jahrhunderts, Bd. 2, Düsseldorf 1981, S. 56: "antithetische Prinzip, das in dieser Gegenüberstellung zum Ausdruck kommt und so den äußeren Aufbau der Erzählung bestimmt, kehrt auch in der inneren Struktur wieder: in dem Gegensatz zwischen denen, die von der eigentlichen Wirklichkeit des Krieges kaum berührt werden, und jenen, die von ihr bis auf den Grund ihres Seins betroffen werden."

극단적인 반어적 대립을 이룬다.

전쟁의 현실에 영향을 받지 않으면서 일상적인 삶을 평소와 다름없이 살아나가는 부류의 사람들로는 고향의 초등학교에서 'Krieg'라는 어휘의 정서법과 기계적인 쓰기 연습에만 중요성을 두는 안경을 낀 고지식한 여교사와 쾌활하며 자기도취적인 선행자 유형의 한젠 씨를 들 수 있는데 그는 인생을 알 만큼 알고 있으며 어느 경우에건 적절한 위안의 말을 준비하고 있고 헷세 대위에게는 위문품으로 "빌헬름 부쉬나 그런 부류들(Wilhelm Busch oder so)"을 보낼 것을 권한다. 그는 전쟁의 혹독함을 억지 쾌활함과 속된 잡담으로 누그러뜨리고자 하는 사람이다. 이러한 현실과 동떨어진 사람들에는 또한 헷세 대위의 부인도 속하는데 그녀는 "헷세 대위 부인에게라고 그는 겉봉 위에 썼어요."6)라며 이웃집 여인에게 달려 가 남편으로부터 받은 진급 소식이 담긴 편지를 흔들어 보인다. 그러나 이웃집 여인으로부터는 다음과 같은 정반대의 태도가 표명된다.

> 그러나 그녀는 바라보지 않았다. 40도의 혹한, 불쌍한 젊은이들, 하고
> 그녀는 말했다. 40도의 혹한.
> Aber die Nachbarin sah nicht hin. 40 Grad Kälte, sagte sie, die armen
> Jungs. 40 Grad Kälte.7)

헷세 부인은 전쟁의 현실을 피상적으로 스쳐 지나고 있다. 그녀는 단지 앞면만을 인식할 뿐 전쟁의 냉혹한 실제가 가혹하게

---

6) Wolfgang Borchert, An diesem Dienstag,: in: Das Gesamtwerk, Hamburg 1975, S. 193: "An Frau Hauptmann Hesse hat er oben drauf geschrieben."
7) Ebd., S. 193.

그녀에게도 닥칠 수 있다는 사실을 깨닫지 못하고 있다.

전쟁으로부터 아무 방해도 받지 않고 일상의 삶을 지속해 나가는 이 같은 부류의 사람들과는 상반적으로 전선의 영역에 있는 사람들은 전쟁의 참된 현실을 체험할 뿐만 아니라 육체적, 정신적으로 그것을 견뎌 나가고 있다.

엘러스 중위는 담배에 불을 붙여 무는 순간 적 저격수에 의해 희생된다. 헷세 대위는 발진티프스로 인해 멀리 이송된다. 위생병들, 군의관들, 간호사들은 전쟁 속에서 죽어가는 사람들의 숫자에 대한 날마다의 증인들인데 그들의 말들은 체념이나 충격을 분명히 인식시킨다. 군의 중령과 수석의사간의 대화 끝에는 "그러면서 그들은 서로를 쳐다보지 않았다."[8]라는 구절이 있다. 엘리자베트 간호사는 "신이 없이는 사람들은 이것을 조금도 견뎌내지 못할 거예요."[9]라고 양친에게 편지를 쓰고 있다. 군의관 후보는 "마치 그가 병실을 통해 전체 러시아 땅덩이를 짊어지고 가는 듯이"[10] 그렇게 구부정하게 걷는다. 죽음의 막강한 힘과 마주한 그의 무력함을 그는 "마치 그가 부끄러워하듯이"[11] 나지막한 소리로 고백한다. 위생병들은 날마다 시체들을 다루고 있는 모습으로 다음과 같이 나타난다.

그들은 어째서 시체들을 천천히 내려 놓지 못할까? 언제나 그들은 그것들을 그렇게 땅바닥에 쿵하고 떨어뜨린단 말야.

Warum können sie die Toten nicht langsam hinlegen. Jedesmal lassen sie

---

8) Ebd., S. 194: "Dabei sahen sie sich nicht an."
9) Ebd., S. 194: "Ohne Gott hält man das gar nicht durch."
10) Ebd., S. 194: "als trüge er ganz Rußland durch den Saal"
11) Ebd., S. 194: "als ob er sich schämte"

sie so auf die Erde bumsen.[12]

위생병들의 신체적 특징은 "그 위생병은 길고 깡마른 손가락들을 지녔다. 마치 거미 다리들과 같은."[13]에서와 같이 죽음 그 자체의 형태와 같은 것으로 나타난다.

고향과 전선 간의 규칙적인 장면 교체는 또 다른 중요한 기능을 하고 있다. 급속한 장면 교체는 독자에게 등장인물들이 제대로 인식하지 못하는 전쟁의 현상에 대한 통찰을 분명하게 심어준다. 즉 '이번 화요일에'라는 하나의 시간 단위 내에서의 급속하고 직접적인 장면들의 교체는 실제 상황을 제대로 알지 못하는 개인들의 엄청난 운명의 아이러니를 인식시킨다. 그리하여 연대장은 헷세 대위의 느슨함을 비난하는 순간에 헷세가 발진티프스에 걸려 희생된 것을 알지 못하며 헷세 부인은 그녀의 남편이 끔찍스런 죽음을 맞은 그 시각에 그의 진급 소식이 담긴 편지를 받는다.

장면들은 서로 연관 관계가 없는 듯이 나열되어 있으나 그 속에서 정상적인 듯한 일상의 삶이라는 한 측면과 끊임없는 죽음의 직접적 위협이라는 또 다른 측면 속에 놓인 현실의 혼합이 반영되어 전체적으로 대립적 구도 속에서 비극적 현실이 더욱 부각되어 표출된다.

한편 단화의 형식을 규정하는 비폐쇄성은 이 작품에서도 예외없이 고수되고 있다. 특히 이 작품에서는 끝 부분에서 서두 상황이 다시 연결됨으로써 완전한 개방성을 띤 가운데 신랄한 아이러

---

12) Ebd., S. 194.

13) Ebd., S. 193: "Der Sanitäter hatte lange dünne Finger. Wie Spinnenbeine."

니로 충만된다. 침머만은 "서두 상황에의 연결은 사람들의 의식 속에서는 아무것도 변화되지 않으며 젊은이들은 변함없이 계속하여 기만과 전쟁을 향해 교육되어진다는 사실을 밝히고 있다."14)고 설명한다. 따라서 현대의 모든 단화들의 구성에 있어서 장르적 법칙이 된 결말의 비폐쇄성, 다시 말하면 말이 끝나는 곳에서 이야기가 끝나는 것이 아니라 독자에 의해 보충되고 완성되어진다는 원칙을 침머만은 이 작품에서는 "독자는 그 자신이 화자가 의도한 사고와 행동에서의 변화들을 이루면서 스스로가 이야기를 써 내려가 결말짓도록 요구받는다."15)고 말한다. 운젤트도 이 작품의 결말에 대해 "그것의 결말은 요구이다. 그것의 개방 상태는 확실하다. 그것은 파괴적 힘의 위력을 나타내는 것이다. 그러나 그것은 또한 인간 존재의 새로운 가능성들도 제시할 수 있다."16)고 말함으로써 비폐쇄적 결말에 대한 독자에 의한 해석과 완성을 강조하고 있다.

---

14) W. Zimmermann, a.a.O., S. 60: "Die Anknüpfung an die Situation des Anfangs legt die Deutung nahe, es werde sich im Bewußtsein der Menschen nichts ändern, die Jugend werde immer wieder zur Lüge und zum Krieg erzogen."

15) Ebd., S. 60: "Vielmehr ist der Leser selbst aufgerufen, sie zu Ende zu schreiben, indem er für seine Person jene Veränderungen im Denken und Tun erwirkt, die der Erzähler intendiert hat."

16) S. Unseld, a.a.O., S. 146: "Ihr Ende ist Anruf. Ihr Offensein ist illusionslos. Es zeigt die Macht zerstörerischer Kräfte. Es kann aber auch aufneue Möglichkeiten des Menschseins hinweisen."

4. 줄거리 구조

이 작품의 줄거리는 서두의 도입 부분에 이어 한 동일한 화요일에 일어나지만 각각 상이한 장소들과 인물들을 포괄하고 있는 다양한 장면들이 나열되어 이루어져 있다. 즉 작품 전체는 화요일과 시대의 문제를 제시하고 있는 도입 부분과 이에 뒤따르는 고향과 전선 사이를 번갈아 오가며 교체되는 9개의 장면들이 모자이크식으로 조합, 구성되어 있다.

1) 도입부

서두에 제시된 다음과 같은 세 개의 짧고 평범한 단정적 구절이 수많은 화요일에 일어나는 특정한 상황의 발단을 이룬다.

한 주는 한 개의 화요일을 갖고 있다.
한 해는 50개의 화요일을 갖고 있다.
전쟁은 많은 화요일을 갖고 있다.
Die Woche hat einen Dienstag.
Das Jahr ein halbes Hundert.
Der Krieg hat viele Dienstage.[17]

여기서 작품의 제목을 이루고 있는 '이번 화요일에'라는 존재의 기본 체험들의 범위로서의 시간이 인식되며 앞으로 전개될 어느 화요일의 상황이 가장 협소하고 팽팽한 형식 위에서 예시되고 있

---

17) W. Borchert, a.a.O., S. 191.

다. 특히 "전쟁은 많은 화요일을 갖고 있다."는 구절은 이 특정한 화요일을 역사적인 맥락 속에서 자리매김할 뿐만 아니라 이어지는 현실의 두 영역, 즉 고향에서의 일상적 현실과 전선에서의 처절한 현실로부터의 위협적 상황들을 예비하고 있다. 따라서 이 짧은 도입 부분은 서막이나 서곡과 같은 역할을 하고 있다.

2) 제1장면: 고향의 초등학교

고향의 초등학교에서는 42명의 1학년 소녀들이 테두리 없는 두터운 안경을 낀 여교사의 지도 아래 'Krieg'라는 어휘가 담긴 짧은 문장들을 통한 대문자 정서법을 연습하고 있다. 어린 소녀 울라는 대단한 노력에도 불구하고 핵심어인 'Krieg'를 틀리게 쓰게 되며 이에 여교사는 "Krieg는 g를 사용하여 써야 된다. Grube에서의 G와 같은."[18]이라고 가르쳐 주면서 "내일까지 그 문장을 열 번 써와라, 아주 깨끗하게. 알았지?"[19]라며 끝없는 연습을 강조한다.

여기서 여교사는 천진난만한 아이들의 의식 속에 "전쟁(Krieg)"이라는 어휘와 나아가 그 현상을 고착시키기 위해 참으로 적절하게 "구덩이(Grube)"라는 핵심어를 선정했다. 이 낱말은 특징적인 암시적 상태로서 존재하는데 히르셰나우어(R. Hirschenauer)는 "구덩이 속으로 우리는 쓰레기, 오물, 무용지물을 던지며 구덩이 속에 동물들의 사체를 묻고 또한 우리가 꾸미는 , 담으로 둘러쳐진 매장인들의 동산에 묻힐 수 없는 비인간적인 인물들도 묻는다. 구덩이들을 우리는 이렇게 메꿔 나간다."[20]고 구덩이에 대해 설

---

18) Ebd., S. 191: "Krieg wird mit g geschrieben. G wie Grube."
19) Ebd., S. 191: "Zu morgen schreibst du den Satz zehnmal ab, schön sauber, verstehst du?"

명하고 있다. 이같이 구덩이는 바로 폐허와 죽음을 암시하는, 전쟁과 비유될 수 있는 상징적 개념으로서 해석될 수 있다. 여교사가 아이러니컬하게도 "전쟁"이란 단어를 "구덩이"란 말을 통해 정서시키고 있는 점과 어린 학생들이 전쟁과 관련된 문장, 즉 "전쟁 중에는 모든 아버지들이 군인이다. (IM KRIEGE SIND ALLE VÄTER SOLDATEN.)"[21]라는 문장을 통해 정서법 연습을 하고 있는 모습은 전쟁에 대한 강렬한 이미지를 불러일으키고 있다. 작품의 마지막 구절인 "운동장에서는 뿔까마귀들이 던져진 빵 조각을 먹어 치웠다."[22]에서도 먹어 치우는 까마귀와 함께 죽음과 같은 어두운 전쟁의 영상이 떠오르게 된다.

이상과 같은 압축된 간결한 문장 속의 함축적이며 상징적인 의미 내포는 단화로서의 특징적인 서술 방식이 되고 있다.

이제 장면은 고향으로부터 전선으로 옮겨진다.

3) 제2장면: 전선의 대대장실

이제 학교 교실에서 "전쟁"이란 단어를 올바르게 쓰는 것은 더이상 문제되지 않고 직접 전선에서 그 전쟁을 올바르게 이끄는 것이 문제된다. 전쟁 수행 역시 연습을 통해 익혀지고 연습으로부터 확실성에의 습성, 즉 흠잡을 데 없는 정확함이 이루어진다.

---

20) R. Hirschenauer, An diesem Dienstag, in: R. Hirschenauer/A.Weber: Interpretationen zu Wolfgang Borchert, München 1976, S. 58: "In die Grube werfen wir den Abfall, den Unrat, das unbrauchbare Zeug, in der Grube verscharren wir den Kadaver von Tieren, die Unmenschen auch, die nicht teilhaben können an den von einer Mauer umfriedeten Hügeln der Gräber, die wir schmücken. Die Gruben schütten wir zu."

21) Wolfgang Borchert, a.a.O., S. 191.

22) Ebd., S. 191: "Auf dem Schulhof fraßen die Nebelkrähen das weggeworfene Brot."

2중대장에 임명된 엘러스 중위가 붉은 목도리를 두르고 다니는 것은 확실한 행동이 아니기에 대대장은 그에게 붉은 목도리를 벗을 것을 지시한다. 그는 "당신은 그 붉은 목도리를 벗어야 돼, 엘러스"23), "2중대에서는 그 따위 것은 쓸모없다."24), "그래, 그들은 그 따위 것을 좋아하지 않아. 그랬다간 당신 견뎌낼 수 없어. 2중대는 확실함이 몸에 배어 있지."25)라고 말한다. 제복 입은 자들의 통일된 질서로부터 벗어난 한 개인의 기호물인 붉은 목도리를 대대장은 용납할 수 없는 것이다.

대대장은 전임 중대장이었던 헷세 대위에 대해서도 언급한다. 헷세 대위는 확실한 사람이었다. 대대장은 "헷세는 병사들을 훌륭하게 교육시켰지."26), "헷세 대위는 그런 것 따위는 걸치지 않았지."27)라며 헷세 대위의 확실성을 추켜올린다. 그러나 헷세는 질병으로 인하여 확실함의 노선에서 이탈하게 된다. 그는 대위가 되자마자 상병 신고를 하고 근무에서 벗어난다. 눈에 보이는 부상도 없는 근무 이탈은 확실한 행동이 아니며 비난이나 오해받을 일이라는 것이 대대장의 생각이다. 대대장은 "그가 대위가 된 후로 조금 느슨해졌어, 그 헷세말야. 나는 이해할 수가 없어. 그는 전에는 언제나 확실했는데."28)라고 말한다. 대대장은 확실한 것, 규율만을 이해할 뿐 그에게 그 밖의 다른 능력은 결여되어 있다. 대대장

---

23) Ebd., S. 192: "Sie müssen den roten Schal abnehmen, Herr Ehlers."

24) Ebd., S. 192: "In der Zweiten ist sowas nicht beliebt."

25) Ebd., S. 192: "Ja, und die lieben sowas nicht. Da kommen Sie nicht mit durch. Die Zweite ist an das Korrekte gewöhnt."

26) Ebd., S. 192: "Hesse hat die Leute gut erzogen."

27) Ebd., S. 192: "Hauptmann Hesse trug sowas nicht."

28) Ebd., S. 192: "Seit er Hauptmann ist, ist er ein bißchen flau geworden, der Hesse. Verstehe ich nicht. War sonst immer so korrekt."

은 엘러스 중위에게 또 다른 주의 사항을 시달한다.

　　그리고 병사들은 담뱃불을 조심해야 한다는 걸 명심하라. 이 불똥이
　　움직이는 것을 보게 되면 틀림없이 모든 세련된 저격수들에게서 검지
　　손가락이 근질거리게 된다.[29]

　　한밤중의 담배불똥은 확실한 저격수를 불러 와 그가 불똥이 움
직이는 것을 보면 검지손가락으로 방아쇠를 당겨 머리에 총을 쏘
아 맞추는데 이것이야말로 흠잡을 수 없는 확실한 행동이다. 대
대장의 "지난주에 우리는 다섯 명이 머리에 총을 맞아 죽었지. 그
러니 당신 조금 주의해야 돼, 알겠지?"[30]라는 물음에 엘러스는
"물론입니다, 대대장님."[31]이라고 확실하게 대답한다. 그러나 그
의 행동은 확실치 않았다. 그는 2중대로 가는 도중에 그 붉은 목
도리는 풀었으나 중대장이 되었다는 진급의 기쁨과 영웅심리에
취해 담배에 불을 붙여 입에 물면서 "중대장 엘러스, 라고 큰 소
리로 외쳤다."[32] 그 순간 정녕 확실한 사람들, 즉 저격수들은 깨
어 있었으며 "그 때 총이 발사되었다."[33]

　　이렇게 제2장면에서도 전선의 상황이 긴밀하게 단축된 간결한
대화 문장을 통해 압축되어 펼쳐지고 있는데 이제 무대는 다시

---

29) Ebd., S. 192: "Und passen Sie auf, daß die Leute mit den Zigaretten vorsichtig sind.
　　Da muß ja jedem anständigen Scharfschützen der Zeigefinger jucken, wenn er diese
　　Glühwürmchen herumschwirren sieht."

30) Ebd., S. 192: "Vorige Woche hatten wir fünf Kopfschüsse. Also passen Sie ein
　　bißchen auf, ja?"

31) Ebd., S. 192: "Jawohl, Herr Major."

32) Ebd., S. 192: "Kompanieführer Ehlers, sagte er laut."

33) Ebd., S. 192: "Da schoß es."

고향의 어느 사무실로 전환된다.

4) 제3장면: 고향의 사무실

한젠이 자신의 사무실에서 제베린 양과 나누는 대화가 이끌어진다. 그들은 전선의 현실로부터 멀리 떨어져 후방에 남아 있는 사람들로서 죽음에 직면한 헷세 대위의 처지를 알지 못한 채 그에게 보낼 위문품에 대해 태연하게 의견을 나누고 있다.

한젠은 "제베린헨, 우리는 헷세에게 다시 무언가를 보내야만 되겠어. (…) 밖에서 젊은이들은 엄청나게 혹독한 겨울을 맞고 있어. 나는 그것을 알고 있지."[34]라고 말한다. 사업상 사람들 비위를 잘 맞추는 몸에 밴 습성으로부터 한젠은 그의 사무실을 찾는 고객들에게 어떻게 조언하고 도와주어야 하는지를 아주 잘 알고 있는 사람이다. 그는 인생이 어떤 것인지를 알고 있으며 어느 때건 적절한 위안의 말을 준비하고 있다. 그리하여 그는 헷세 대위에게 보낼 위문품을 "피울 담배, 입요기 할 것. 약간의 문학서적. 장갑 한 켤레나 그런 어떤 것"[35]으로 간추린다. 그러나 그는 또한 전쟁의 혹독함을 억지로 쾌활해 보임으로써, 또한 속된 잡담을 통해 누그러뜨리고자 하는 사람이다. 그는 헷세에게 보낼 책으로서 제베린 양이 추천한 딱딱한 횔더린의 작품에 대해 펄쩍 뛰면서 거부하고 유머와 기지가 담긴 책으로서 빌헬름 부쉬의 작품들이 좋을 것이라고 다음과 같이 말한다.

---

34) Ebd., S. 192: "Wir müssen dem Hesse auch mal wieder was schicken, Severinchen. (…) Die Jungens haben einen verdammt schlechten Winter drauβen. Ich kenne das."

35) Ebd., S. 192: "Was zu rauchen, was zu knabbern. Ein biβchen Literatur. Ein Paar Handschuhe oder sowas."

말도 안 돼. 제베린헨, 말도 안 돼. 안 돼, 좀 더 정감 있는 것이어야지.
빌헬름 부쉬나 그런 류로.36)

그 같은 재미있는 책을 선정하고는 한젠은 "제베린헨, 꼭 헷세
가 웃을 수 있겠지!"37)라고 확인하고, 제베린 양은 "예, 그는 웃을
수 있을 거예요."38)라고 답한다.

이렇게 고향에서 느긋하게 위문품을 준비하는 순간에 헷세는
발진티프스에 걸려 절망 상태로 전염병동에 수용되는 또 다른 장
면이 조명된다.

5) 제4장면: 스몰렌스크 전염병동

이 장면에서는 헷세를 웃기고 즐겁게 하기 위해 홍미 있는 책
들을 보낼 준비를 하는 앞 장면과의 아이러니컬한 대립이 형성된
다. 동일한 시간에 헷세는 웃지 않는 것이다. 그는 반대로 머리가
짧게 깎인 채 위생병들에 의해 들것에 실려 스몰렌스크 전염병동
의 1천 4백 개 병상 중의 하나 위에 떨어뜨려진다. "장군이든, 말
단 근위병이든 이곳에서 삭발할 것 (OB GENERAL, OB GRENADIER:
DIE HAARE BLEIBEN HIER.)"39)이란 표지판이 말해 주듯 이곳
스몰렌스크 전염병동에 수용되면 계급에 관계없이 모두 똑같이
머리를 박박 깎인 채 인간 이하의 취급을 받게 된다.

---

36) Ebd., S. 193: "Unsinn, Severinchen, Unsinn. Nein, ruhig ein bißchen freundlicher.
Wilhelm Busch oder so."
37) Ebd., S. 193: "Mein Gott, Severinchen, was kann dieser Hesse lachen!"
38) Ebd., S. 193: "Ja, das kann er."
39) Ebd., S. 193.

위생병들은 깡마른 손으로 수용자들의 고열의 몸뚱이를 손대면서 맥박, 체온, 의식 상태 등을 체크한다. 침머만에 의하면 위생병들은 날마다 전선에서 거두는, 시체들에 의해 이루어지는 풍부한 수확의 증인이 되고 있다.[40]

한편 이 장면에서는 "체온 41.6도, 맥박 116, 병상 1,400개"와 같은 숫자들의 나열이 특징적으로 나타난다. 이 같은 숫자들은 이후의 장면에서도 "40도 혹한, 매일 6명, 번호 4번" 등으로 나타나는데 이로써 표현할 수 없는 극단적인 전쟁의 비극이 격정적이거나 감동적인 언어 형태로서가 아닌 냉혹하게 나열된 객관적인 숫자들에 의해 첨예화되어 드러나게 된다. 숫자가 말을 대신하여 등장함으로써 언어 속에서 말해질 수 없는 인간적 고통의 크기를 구체화하는 것이다. 동시에 통계적 숫자의 제시는 "죽음에의 정확성"[41]을 반영하고 있다. 브링크만은 이 같은 숫자의 나열과 관련하여 "끔찍스런 사건의 고조는 공감과 연민에 의해 격정적 고발과 비판이 되어 문체 및 언어상으로 이루어지는 것이 아니라 객관적인 숫자들 속에서 이루어진다."[42]고 설명한다. 숫자가 줄거리의 진행을 대신하고 있는 이 장면에서 독자는 자신도 모르게 그 숫자가 일으키는 전율 속으로 빠져 들게 된다.

전염병동에서의 헷세 대위의 끔찍한 모습과는 대조적으로 무대는 다시 고향의 헷세 부인에게로 옮겨진다.

---

40) Vgl. W. Zimmermann, a.a.O., S. 32.

41) Siegfried Unseld, a.a.O., S. 142: "Korrektheit zum Tode"

42) K. Brinkmann, a.a.O., S. 65: "Die Steigerung des grauenvollen Geschehens wird stilistisch und sprachlich nicht aus Mitgefühl und Mitleiden, nicht zu pathetischer Anklage und Klage gestaltet, sie gibt sich in sachlichen Zahlen."

6) 제5장면: 고향의 헷세 집

헷세 부인은 전선에서 남편이 보내 온 대위 승진 소식이 담긴 편지를 들고 의기양양하여 이웃집 여인에게로 자랑하려고 달려간다. "그 분이 대위가 되었어요. 대위이자 중대장이라고 그는 쓰고 있어요."[43]라고 헷세 부인은 기쁨에 차 말한다. 그러나 그 순간 들것에 실린 채 계단을 오를 때마다 시트 밖으로 머리가 삐져 나와 이리저리 흔들리는 전염병동의 남편의 모습을 그녀는 상상이나 할 수 있을 것인가? 그 편지는 9일이 걸려 배달되었는데 그 동안에 남편에게 닥친 엄청난 변화를 그녀는 전혀 알지 못하는 것이다. "그는 헷세 대위 부인에게라고 겉봉에 썼어요. 그녀는 그 편지를 높이 들었다."[44]라는 구절에서 알 수 있듯 헷세 부인은 오로지 남편의 진급에 따른 승리감과 자기도취에 빠져 아무런 예감도 하지 못한다. 죽음을 마주하고 있는 헷세 대위의 모습과 대비되어 이 같은 부인의 의기양양한 태도는 오히려 처절한 모습으로 독자에게 다가선다.

헷세 부인과는 대조적으로 이웃집 여인은 헷세 부인의 개인적인 기쁨에 동참하기 보다는 혹한의 러시아 전선에서 추위와 전쟁의 공포에 떠는 젊은이들의 운명을 슬퍼한다. 그녀는 한 개인의 진급이나 행운, 기쁨 따위에는 아랑곳하지 않고 오로지 러시아의 겨울 속에서 전쟁의 참혹함에 몸을 내던진 젊은이들의 운명에 대해 비탄해 한다. 이웃집 여인의 이 같은 태도는 다음에서 잘 나타난다.

---

43) W. Borchert, a.a.O., S. 193: "Er ist Hauptmann geworden. Hauptmann und Kompaniechef, schreibt er."
44) Ebd., S. 193: "An Frau Hauptmann Hesse hat er oben drauf geschrieben. Sie hielt den Brief hoch."

그녀는 편지를 높이 들었다. 그러나 이웃집 여인은 바라보지 않았다. 그녀는 말했다. 40도의 혹한, 불쌍한 젊은이들. 40도의 혹한.[45]

다시 장면은 죽음으로 가득 찬 스몰렌스크 전염병동으로 옮겨 간다.

7) 제6장면: 스몰렌스크 전염병동

하루의 사망자 수를 묻는 군의 중령의 직접적이며 사무적인 질문 "날마다 몇 명이나 되지?"[46]는 끔찍스러움을 느끼게 한다. 이에 대한 수석의사의 물건을 세는 듯한 "반 타스입니다."[47]라는 대답 또한 처절하다.

두 사람은 전염병동의 끔찍한 상황을 똑같이 훤히 알고 있으며 똑같은 심정을 지니고 있음이 다음과 같은 똑같은 흐름으로 된 문장에서 나타난다.

소름끼치는군, 하고 군의 중령이 말했다.
예, 소름끼치지요, 하고 수석의사가 말했다.
그러면서 그들은 서로 쳐다보지 않았다.[48]

---

45) Ebd., S. 193: "Sie hielt den Brief hoch. Aber die Nachbarin sah nicht hin. 40 Grad Kälte, sagte sie, die armen Jungs. 40 Grad Kälte."
46) Ebd., S. 193: "Wieviel sind es jeden Tag?"
47) Ebd., S. 194: "Ein halbes Dutzend."
48) Ebd., S. 194: "Scheuβlich, sagte der Oberfeldarzt.
Ja, scheuβlich, sagte der Chefarzt.
Dabei sahen sie sich nicht an."

그들이 똑같이 내뱉은 "소름끼친다(scheußlich)"는 한 마디 말에서 한 가닥의 인간적인 측면을 느끼게 한다. 또한 그들이 죽음의 위력 앞에서 무력할 수밖에 없는 자신들의 처지가 부끄러워 서로 쳐다보지 못하는 데에서 깊은 인간적 연민을 던져 준다.

이 장면에서는 단절된 문장들, 일그러진 질문들, 불완전한 대화들을 통해 상황이 중복 조명됨으로써 독자로 하여금 고조된 처절함을 느끼게 한다.

8) 제7장면: 고향의 헷세 부인

이 장면은 다음과 같은 두 개의 문장으로만 이루어져 있다.

이번 화요일에 그들은 마적을 공연했다. 헷세 부인은 입술을 붉게 칠했다.[49]

여기에서는 말들이 행해지지 않고 상황 설명들이 배제되어 있다. 그러나 이 짧은 문장은 수많은 좌석이 있고 커다란 무대와 웅장한 오케스트라와 잘 차려 입은 관객들 및 그 가운데에 있는 입술을 붉게 칠한 헷세 부인의 화려한 모습을 연상시키기에 충분하다.

헷세 부인은 남편의 진급 소식을 받고 고양된 마음의 상태에 걸맞은 장소에 머물러 있는 것이다. 그러나 독자는 앞 장면의, 1,400개의 병상이 있는 커다란 전염병동과 그 안에서 죽음과 싸우고 있는 헷세의 비참한 모습을 떨쳐 버릴 수 없다. 이 장면을

---

49) Ebd., S. 194: "An diesem Dienstag spielten sie Zauberflöte. Frau Hesse hatte sich die Lippen rot gemacht."

통해 고향에서의 변함없는 일상적 삶과 전선에서의 끊임없는 죽음의 위협을 받는 삶 사이의 엄청난 현실의 차이가 뚜렷하게 인식되고 있다.

다시 장면은 고향의 평온한 삶과 극단적인 대조를 이루는 전선의 전염병동으로 옮겨진다.

9) 제8장면: 스몰렌스크 전염병동

헷세 부인이 입술을 붉게 칠하고 자기도취에 빠져 오페라를 관람하고 있을 때 전선의 스몰렌스크 전염병동은 다음과 같은 현실을 나타낸다.

그러고 나서 그들은 헷세 대위를 밖으로 끌어내 갔다. 밖에서는 쿵하는 소리가 났다. 그들은 항상 그렇게 쿵하며 떨어뜨리지. 그들은 어째서 시체들을 천천히 내려놓지 못하는 것일까? 언제나 그들은 그것들을 그렇게 땅바닥에 쿵하고 떨어뜨린단 말야. 누군가가 그렇게 말했다.[50]

헷세는 이제 한 구의 시체가 되어 운반자들에 의해 밖으로 옮겨지는데 운반자들은 사람의 죽음이 예삿일이 되어 마치 물건을 내던지듯 시체들을 끌어내 던져 버린다. 그들 중에는 무감각한 상태로 다음과 같이 태연하게 노래를 부르며 시체를 처리하는 사람도 있다.

---

50) Ebd., S. 194: "Dann trugen sie Hauptmann Hesse hinaus. Draußen polterte es. Die bumsen immer so. Warum können sie die Toten nicht langsam hinlegen. Jedesmal lassen sie sie so auf die Erde bumsen. Das sagte einer."

그리고 그의 옆 사람이 나지막하게 노래 불렀다.: 허이 허이, 보병은
용감하도다.[51]

죽음이 감싸고 있는 전염병동에서 군의관 후보와 간호사 엘리
자베트가 인간적인 구원자적 측면에서 조명된다. 군의관 후보는
마치 전쟁이 휩쓸고 있는 죽음의 땅 러시아를 혼자 몸으로 짊어
진 것처럼 "그는 러시아 땅덩이 전체를 짊어지고 가듯이 그렇게
구부정하게 병실을 오갔다."[52]고 묘사되고 있다. 죽음이 휩쓰는
전선에서 모든 괴로움을 견뎌 나가는 군의관 후보의 이 같은 모
습에서는 온갖 고통의 무게가 절절하게 느껴진다. 또한 그는 자
신을 짓누르는 온갖 고난과 슬픔을 견뎌내면서 타인의 고통까지
도 불러 모으는, 죽음보다 강한 사랑의 영역에 이른 한 인간으로
서의 이미지를 풍기고 있다.

간호사 엘리자베트는 부모에게 처절한 전선의 상황에서 끝까
지 견뎌낼 수 있는 것은 절대자인 신이 존재하기 때문이라며 "신
이 없이는 사람들은 이것을 조금도 견뎌내지 못할 것입니다."[53]
라는 감동적인 편지를 쓴다. 그녀는 고향의 헷세 부인이 기쁨으
로 이웃집 대문을 두드리는 것과는 대조적으로 죽음 앞에 홀로
지탱하고 있는 이웃으로서의 신을 붙들기 위해 신의 대문을 두드
리게 되는 것이다.[54] 그녀는 참혹한 죽음이 지배하는 전선의 전
염병동에서 모든 인간을 죽음으로부터 구원해 달라는 간절한 기
도를 올리면서 신에게 의지하여 자신의 임무를 꿋꿋하게 수행해

---

51) Ebd., S. 194: "Zicke zacke juppheidi. Schneidig ist die Infanterie."
52) Ebd., S. 194: "Er ging so krumm, als trüge er ganz Ruß land durch den Saal."
53) Ebd., S. 194: "Ohne Gott hält man das gar nicht durch."
54) Vgl. R. Hirschenauer, a.a.O., S. 64f.

나가는 헌신적 인물로 이해될 수 있다.

10) 제9장면: 고향의 어느 가정

이 마지막 장면은 첫 장면의 연속 상황으로 이루어진다. 첫 장
면에서 조명된 바 있는 울라라는 어린 소녀가 집에 돌아 와 학교
에서의 여교사의 주의를 상기하면서 정서법 숙제를 한다.

이번 화요일에 울라는 저녁에 앉아서 그녀의 쓰기 공책에 대문자로
그렸다.
　　　IM KRIEGE SIND ALLE VÄTER SOLDAT.
　　　IM KRIEGE SIND ALLE VÄTER SOLDAT.
그녀는 그것을 열 번 썼다. 대문자로. 또한 G를 사용한 Krieg를. Grube
에서와 같이.[55]

여기서 첫 장면에 있는 "G를 사용한 Krieg. Grube에서와 같이."
라는 정서법 규칙의 반복은 첫 장면에서 이미 관념연합을 통해 준
비된 바 있는 이번 화요일에 실제 벌어진 사건을 핵심적으로 요약
하고 있다.[56] 두르착은 울라를 헷세 대위의 딸로 보면서 "헷세의
죽음과 벌로써 '전쟁 중에는 모든 아버지들이 군인이다.'라는 문장

---

55) W.Borchert, a.a.O., S. 194: "An diesem Dienstag saß Ulla abends und malte in ihr
　　Schreibheft mit großen Buchstaben:
　　　　IM KRIEGE SIND ALLE VÄTER SOLDAT.
　　　　IM KRIEGE SIND ALLE VÄTER SOLDAT.
　　Zehnmal schrieb sie das. Mit großen Buchstaben. Und Krieg mit G. Wie Grube."
56) Vgl. Manfred Durzak, Die deutsche Kurzgeschichte der Gegenwart, Stuttgart, 1980,
　　S. 122.

을 열 번 써야만 하는 그의 딸 울라의 숙제는 이데올로기와 현실 사이의 불일치를 극명하게 부각시키고 있다."57)고 해석한다.

5. 맺음말

모자이크식 구성으로 특징지어지는 보르헤르트의 단화 ≪이번 화요일에≫는 다양한 공간들 속에서 다양한 인물들에 의해 펼쳐지는 무관한 듯하지만 상호 긴밀하게 연결된 장면들이 조합되어 특이한 구조를 이루고 있다. 전선과 고향 사이를 번갈아 오가면서 펼쳐지는 9개의 장면들은 전쟁 중의 한 특정한 화요일이라는 시간 단위 속에서 다양한 순간 상황들을 반영함으로써 모자이크 단화, 순간 단화, 오버랩 단화 등으로 지칭되는 독특한 단화 유형의 표본이 되고 있다.

이 단화는 전체적으로 보아 대립적 구도 속에서 형상화되어 있는데, 전쟁의 직접적 영향을 받지 않는 무사안일한 고향의 삶과 끊임없는 전쟁과 죽음의 위협 속에 처한 전선에서의 삶이 대조를 이루면서 전쟁의 처절한 상황이 극단적 아이러니 속에서 극명하게 부각된다.

한편 이 단화의 줄거리는 화요일과 시대의 문제를 제시하고 있는 서두의 도입부와 장면마다 고향과 전선이 교체되는 극히 간결하면서도 긴밀하게 엮어진 9개의 장면들에 의해 전개된다. 각 장면은 짧고 단절적인 문장과 조각난 대화, 주해 없는 압축된 표현

---

57) Ebd., S. 122: "Der Tod Hesses und die seelenlose Strafarbeit seiner Tochter Ulla, die zehnmal den Satz "Im Kriege sind alle Väter Soldat" schreiben muß, lassen die Diskrepanz zwischen Ideologie und Realität schneidend hervortreten."

으로 이루어져 독자 스스로가 배후에 담긴 숨겨진 진실을 파악해 낼 수밖에 없는데 이는 바로 모든 단화의 보편적인 장르적 특성이기도 하다.

또한 이 단화에서는 마지막 장면이 첫 장면의 반복, 연속으로서 이루어짐으로써 현재 상황에 대한 처절한 현실감을 강화해 주는 동시에 결말이 완결되지 않고 개방되어 있음으로써 독자에 의해 보충되고 완성되어질 수밖에 없는 단화의 또 다른 원리를 제시하고 있다.

단화 ≪이번 화요일에≫에서의 특별히 예술적인 묘사 수단들인 기교적인 호소력 강한 구성, 상반적인 두 세계의 대치, 간결하면서 이따금 조각난 문장 형태, 압축, 주도 모티브의 반복 등은 현대 단화의 익히 알려진 구성 요소들이다.

〈참 고 문 헌〉

1. Text

Wolfgang Borchert: An diesem Dienstag, in, Das Gesamtwerk, Hamburg 1975.

2. Sekundärliteratur

Brinkmann, K.: Wolfgang Borchert. Drauβen vor der Tür und Erzählungen, C.Bange Verlag, [o.J.].

Brustmeier, H.: Der Durchbruch der Kurzgeschichte in Deutschland. Versuch einer Typologie der Kurzgeschichte, dargestellt am Werk W. Borcherts, Diss. Marburg 1966.

Durzak, M.: Die deutsche Kurzgeschichte der Gegenwart, Stuttgart 1980.

Gumtau, H.: Wolfgang Borchert, Berlin 1969.

Hirschenauer, R.: An diesem Dienstag, in: Ders./Weber, A., Interpretationen zu Wolfgang Borchert, München 1976.

Höller, W.: Die kurze Form der Prosa, in: Akzente 9, 1962.

Lorbe, R.: Die deutsche Kurzgeschichte der Jahrhundertmitte, in: Der Deutschunterricht 9, 1, 1957.

Piontek, H.: Graphik in Prosa. Ansichten über die deutsche Kurzgeschichte, in: Ders., Buchstab — Zauberstab, 1959.

Schmidt, M.: Wolfgang Borchert. Analysen und Aspekte, Halle 1970.

Schnurre, W.: Kritik und Waffe. Zur Problematik der Kurzgeschichte, in: Deutsche Rundschau 87, 1, 1961.

Ulshöfer, R.: Unterrichtliche Probleme bei der Arbeit mit der Kurzgeschichte, in: Der Deutschunterricht, H.6, 1958.

Unseld, S.: An diesem Dienstag. Unvorgreifliche Gedanken über die
Kurzgeschichte, in: Akzente 2, 1955.

Zimmermann, W.: Deutsche Prosadichtungen unseres Jahrhunderts,
Bd.2, Düsseldorf 1981.

제3장
≪밤에는 쥐들이 잠잔단다≫

· · · · ·

· · ·

·

1. 머리말

볼프강 보르헤르트는 1921년 함부르크에서 태어나 20세에 군인으로서 동부전선에 배치되어 2차 대전을 직접 체험했다. 그의 단화 ≪밤에는 쥐들이 잠잔단다≫는 보르헤르트가 전쟁에서 얻은 질병을 치료하기 위해 스위스의 바젤에 머물면서 쓴 작품으로 그의 대표적 작품인 방송극 ≪문 밖에서≫와 거의 같은 시기인 1947년 1월경에 쓰인 것으로 추측된다.

이 단화는 보르헤르트의 다른 단화들과 마찬가지로 구성형식, 상징적 내용, 표현기법 등 여러 가지 측면에서 현대적인 독일 단화의 표본으로 평가되고 있으며 독일에서 학교 수업 시에 가장 많이 읽혀지고 분석 연구되는 작품들 중의 하나로 꼽히고 있다. ≪밤에는 쥐들이 잠잔단다≫는 보르헤르트의 단화모음집인 ≪이번 화요일에≫ 속에 맨 처음 수록되어 간행되었는데 방송극 ≪문 밖에서≫나 ≪그리고 어디로 갈지 아무도 모른다≫, ≪이번 화요일에≫, ≪우리의 작은 모짜르트≫, ≪신의 눈≫과 같은 단화들과는 다분히 다른 정신을 담고 있다. 즉 다른 작품들이 전쟁의 무의미성과 전후의 폐허화된 참상을 적나라하게 고발하는 절규와 외침으로 이루어졌다면 이 단화는 거기에서 한걸음 더 나아가 좀 더 밝은 변화된 미래에의 지향에까지 시야를 넓히고 있다. 이 단화에서는 긴밀하고 짧은 문장들을 통해 전쟁, 파괴, 부패의 세계만이 가차 없이 드러내어지는 것이 아니라 그 배후에서 긍정적인 면, 즉 삶과 피조물과 이웃에 대한 긍정 또한 나타난다. ≪문밖에서≫의 베크만 하사가 헛되이 고향으로 귀환하여 삶에 대한 아무런 대답도 얻지 못하는 반면 ≪밤에는 쥐들이 잠잔다≫에서는 대답이 주어지고 소년 위르겐은 인간적 삶으로 되돌아가게 되는 것이다.

　본 논문에서는 이 같은 작품 내면적 특성을 토대로 하여 줄거리의 구조와 내용을 살펴보고 등장인물들과 사물들, 어휘들이 나타내는 대조현상과 그 상징적 의미를 찾아보기로 한다. 또한 단절적 문장과 반복 등 표현상의 특징적 기법에 대해서 고찰함으로써 이 작품에서 드러나는 현대적인 독일 단화의 특성을 총체적으로 규명해 보기로 한다.

2. 개방형식과 줄거리구조

　단화의 가장 대표적인 구조적 특성인 서두와 결말이 개방된 비폐쇄적 형식은 이 작품에서도 그대로 적용되고 있다. 이 작품에서는 서두에 언제 어떻게 하여 폐허상태가 되었으며 그곳이 어디인지 등에 대한 아무런 설명도 없이 단지 다음과 같은 3개의 짤막한 문장을 통해 황량한 폐허상태가 간략하게 묘사된다.

휑한 담장 안의 텅 빈 창문은 이른 저녁햇살을 가득 받아 청적색으로 하품하고 있었다. 먼지구름이 가파르게 뻗쳐 있는 굴뚝잔해들 사이에서 반짝였다. 폐허더미는 졸고 있었다.1)

그런 다음 곧장 이야기는 다음과 같이 이어진다.

그는 두 눈을 감았다. 갑자기 좀 더 어두워졌다. 그는 누군가가 살며시 다가와서 그의 앞에 어둠침침하게 서 있다는 것을 깨달았다. 이제 그들이 나를 잡아가겠구나! 라고 그는 생각했다.2)

여기에서도 3인칭대명사로만 지칭된 '그'가 누구인지, 어떤 상황에 처해 있는지 도무지 오리무중이다.

배경설명이나 전제사항 등이 담긴 도입부분이 제외된 채 이렇게 돌연히 시작된 개방된 서두 이후에도 계속하여 줄거리의 배경과 전후 연관관계는 드러나지 않으며 사건이 서술되는 대신 주인공인 소년과 노인 간의 대화만으로 이야기가 전개된다. 마지막으로 작품의 끝부분은 "그 안에는 토끼먹이가 있었다. 녹색 토끼먹

---

1) W. Borchert, Nachts schlafen die Ratten doch, in: Das Gesamtwerk, Hamburg 1975, S. 216: "Das hohle Fenster in der vereinsamten Mauer gähnte blaurot voll früher Abendsonne. Staubgewölke flimmerte zwischen den steilgereckten Schornsteinresten. Die Schuttwüste döste."
2) Ebd., S. 216: "Er hatte die Augen zu. Mit einmal wurde es noch dunkler. Er merkte, daß jemand gekommen war und nun vor ihm stand, dunkel, leise. Jetzt haben sie mich! dachte er."

이, 그것은 폐허잔해에 의해 조금은 회색이 되어 있었다."[3]로 끝 맺고 있는데, 이것은 작가적 관점에 의한 객관적인 상황묘사일 뿐 문제의 해결을 이루거나 궁극적 결말을 맺는 역할을 하지 못 함으로써 결말을 열어 두고 있다. 발단도, 절정도, 전환점도, 결말 도 없는 이 같은 개방형식은 단화가 취하는 대표적인 구조상의 특성이다.

이제 이러한 개방된 형식 속에서 전체 이야기가 어떻게 압축되 어 긴밀하게 전개되는지 줄거리구조를 살펴보기로 한다.

한 인간의 삶의 결정적 사건이 예기치 않은 방식의 상황묘사 속에서 해결되는 것이 단화의 본질에 속하듯이[4] 이 작품에서도 모든 결연관계들이 끊어진 한 소년의 위협들과의 절망적이며 무 의미한 싸움으로부터 의미 있는 존재로의 변전이 그려지고 있다. 소년 위르겐은 겨우 아홉 살이지만 안전하게 의지할 곳이라곤 전 무하며 오로지 자기 자신에게 몸이 맡겨져 있다. 소년을 에워싼 온갖 고난과 위협과는 반대로 삶의 의지와 사랑이 훨씬 더 강렬 한 한 가난한 노인의 정겨운 말들은 소년에게 있어서 새로운 삶 으로의 교량역을 하고 있다.

이야기는 폐허 사이에 숨어서 졸고 있는 소년이 한 노인에 의 해 발견되는 것으로 시작된다. 그때 "이제 그들이 나를 잡아가겠 구나!"[5]가 소년의 머릿속에 맨 처음 떠오른 생각이다. 그러나 그 가 좀 더 자세히 바라보았을 때 그의 앞에는 경찰관 대신 바구니

---

3) Ebd., S. 219: "Kaninchenfutter war da drin. Grünes Kaninchenfutter, das war etwas grau vom Schutt."

4) Vgl. K. Brinkmann, Wolfgang Borchert. Draußen vor der Tür, C. Bange Verlag, S. 71.

5) W. Borchert, a.a.O., S. 216: "Jetzt haben sie mich!"

와 과도를 손에 든 허름한 옷차림의 한 노인이 서 있다. 노인은 소년에게 그곳에서 무엇을 하고 있는지를 조심스레 묻는다. 위르겐은 반항적이며 거부반응적으로 대답한다. 그러나 그럼에도 불구하고 태연함을 보이는 노인의 태도는 소년을 어리둥절하게 만든다. 노인은 자신의 앞에 서 있는 소년이 냉혹한 현실에 상처받아 방황하고 있음을 깨닫고는 소년에게 마음을 누그러뜨릴 수 있는 시간적 여유를 준다. 노인은 소년에게 자신의 바구니 안에 무엇이 들어 있는지를 알아내 보라고 말하며 위르겐은 토끼먹이가 들어 있음을 어렵지 않게 알아맞힌다. 그러고 나서 노인은 소년에게 아주 느닷없는 계산 문제를 제시한다. 소년이 이 문제를 쉽게 풀자 그에게서는 천진난만한 호기심이 생겨난다. 위르겐은 3 곱하기 9를 계산해 냈던 것이며 노인은 소년에게 "바로 그만큼의 토끼들을 나는 가지고 있단다."[6]라고 설명한다. 이에 대해 소년이 믿을 수 없다는 듯 놀라워하자 노인은 직접 자기 집에 가서 토끼들을 구경할 것을 제의한다. 이 제안은 어린이다운 호기심을 자극하여 소년을 유혹하지만 그는 망설이다가 계속 그곳에 머물러 있어야 하기에 그곳을 떠날 수 없다고 슬프게 설명한다. 소년은 아마도 아이들로 하여금 전율적인 전쟁의 현실로부터 관심을 돌리기 위해 했을 학교 선생의 설명, 즉 쥐들은 시체들을 먹고 산다는 말에 따라 죽은 동생을 쥐들로부터 보호해야 하는 자신의 과제만을 고수하고 있는 것이다. 소년은 노인에게 당당한 태도를 보이면서 그곳을 지킬 태세를 취하며 빵과 담배를 챙긴다. 그러나 그는 자신이 그곳에서 떠날 수 없는 이유에 대해서는 여전히 입을 다문다. 노인은 여전히 태연하게 머물면서 위르겐이 토끼들

---

6) Ebd., S. 217: "Genau soviel Kaninchen habe ich."

을 구경할 수 없으며 자신이 선사하고픈 토끼 한 마리를 골라 가질 수 없다는 것을 애석해 한다. 노인은 "아, 네가 여기에 머물러 있어야만 한다니 – 안됐구나."[7]라고 말하고는 몸을 돌려 그곳을 떠나려고 한다. 이 순간에 위르겐은 스스로 선택한 고립과 품고 있는 비밀을 더 이상 지탱하지 못한다. 그는 자신이 폐허 아래 묻혀 있는 동생 때문에 그곳에 머물면서 쥐들을 지키고 있어야 한다고 노인에게 완전한 신뢰감을 가지고 털어 놓는다.

내 동생이 바로 저 밑에 누워 있어요. (⋯) 우리집이 폭격을 맞았거든요. 갑자기 지하실에서 불이 나갔어요. 그리고는 그도 사라졌어요. 우리는 서로를 불렀지요. 그는 나보다 훨씬 더 어려요. 겨우 네 살이에요. 그는 틀림없이 아직 여기에 있을 거예요. 그는 나보다 훨씬 어려요.[8]

노인은 곰곰이 생각하면서 위르겐을 바라보다가 소년과 같은 어린이들이 가장 큰 신뢰의 대상으로 삼는 학교 선생님을 끌어들여 다음과 같이 해결의 실마리를 풀어 간다.

그래, 선생님께서 밤에는 쥐들이 잠잔다는 얘기를 너희에게 해주지 않으시던?[9]

---

7) Ebd., S. 217: "Na ja, wenn du hierbleiben muß t – schade."
8) Ebd., S. 218: "Mein Bruder, der liegt nämlich da unten. (⋯) Unser Haus kriegte eine Bombe. Mit einmal war das Licht weg im Keller. Und er auch. Wir haben noch gerufen. Er war viel kleiner als ich. Erst vier. Er muß hier ja noch sein. Er ist doch viel kleiner als ich."
9) Ebd., S. 218: "Ja, hat euer Lehrer euch denn nicht gesagt, daß die Ratten nachts schlafen?"

소년이 어리둥절하여 그런 얘기를 해준 적이 없다고 말하자 노인은 다음과 같이 선의의 거짓말을 통해 소년을 안심시킨다.

그런 것도 모르면서 선생이라니. 밤에는 쥐들이 잠잔단다. 그러니 너는 밤에는 안심하고 집에 가도 되지. 그것들은 밤에는 항상 잠을 잔단다. 어두워지기만 하면 말이다.[10]

여기에서 소년에게는 자신이 가치 있는 것으로 믿어 온 착각으로부터의 출구가 마련된다. 지금까지 소년은 조금씩 노인에게 마음을 열어 오다가 결국 불신과 냉소로부터 신뢰를 발견하게 되고 이 신뢰는 노인으로 하여금 효과적인 선의의 거짓말을 통해 소년을 지배하고 있던 근심들을 떨쳐 버리도록 한 것이다. 위르겐의 변전은 그가 폐허 속에 작은 구덩이들을 파는 데에서 묘사된다. 그 구덩이들은 소년에게 처음에는 아주 작은 침대들로 여겨지다가 곧 아주 작은 토끼들이 된다. 노인이 사랑의 마음으로부터 소년에게 안겨 준 가정적 안온함의 영상은 돌연 소년의 마음속을 지배하고 있던 냉혹한 현실을 몰아내고 어린이적 존재의 3대 요소인 가정, 학교, 놀이를 환기시키고 감동을 주는 힘이 됨으로써 이 잘못된 길에서 방황하는 소년을 그에게 걸맞은 세계로 돌아가게 한 것이다.

이제 노인은 비로소 안심하게 된다. 그는 토끼들에게 먹이를 준 다음 돌아와서는 위르겐을 데리고 함께 집으로 가려고 한다. 노인은 돌아올 때 소년에게 귀여운 토끼 한 마리도 가져다주겠다

---

10) Ebd., S. 218: "Na, das ist aber ein Lehrer, wenn er das nicht mal weiß. Nachts schlafen die Ratten doch. Nachts kannst du ruhig nach Hause gehen. Nachts schlafen sie immer. Wenn es dunkel wird, schon."

고 말한다. 노인이 가져다주기로 약속한 토끼가 이제 소년의 마음을 가득 채우게 된다. 소년은 흰색 토끼를 기대한다. 여기에서 회색 폐허의 황폐함으로부터 벗어나고자 하는 소년의 갈망이 상징적으로 표현되고 있다. 노인은 소년에게 좀 더 확실한 믿음과 안정을 주기 위해 소년의 아버지에게 가서 토끼장을 만드는 법을 알려줄 계획이라고도 설명한다. 여기에서 흥미 있는 무언가를 행할 수 있다는 기대는 소년을 전쟁의 고난과 공포가 몰아넣은 외로운 방황으로부터 벗어나게 하여 그는 "우리는 집에 판자들도 있어요. 나무상자 판자들이요."[11]라며 방금 토끼장을 만들어야 하겠다고 말한 노인을 향해 흥분하여 외친다. 이제 소년은 완전하게 구제된 것이다.

이야기는 처음에 시작된 장소인 폐허 사이에서 끝난다. 그러나 비록 외적으로는 처음과 아무것도 달라진 것이 없으나 이제는 더 이상 출구부재의 상황은 아니다. 토끼먹이가 잔해에 의해 약간 회색빛을 띠기는 했지만 그것은 녹색으로서 삶과 평온의 색채를 나타내고 있다. 또한 마지막 단락에서의 문장들의 내용 역시 첫 단락의 그것과 비하여 거의 변화된 것이 없지만 언어적 역동이 이루어지고 있음이 주목할 만하다. 이에 따라 정적인 것이 동적인 것으로 이행되는데 이것은 무엇보다도 "달렸다(lief)", "이리저리 흔들렸다(schwenkte hin und her)"와 같은 동사들에 의해 분명하게 이루어진다. 이리저리 흔들리는 바구니의 마지막 영상은 절망과 죽음으로부터 희망과 생동감 있는 삶으로의 상황변전을 암시하고 있다.

이상으로 전체적인 줄거리를 살펴보았는데 핵심적인 의미는

---

11) Ebd., S. 219: "Wir haben auch noch Bretter zu Hause. Kistenbretter."

인간적인 신뢰와 이해가 곤경 및 소년의 타락을 극복할 수 있게 한다는 점이다. 처음에 위르겐은 경멸적으로, 무시하면서 불손하게 대답하지만 노인의 다정함과 태연스러움이 그를 유혹하여 어린애답지 않던 그를 불안하고 소심하며 슬픈 어린이적 정서로 돌려놓는다. 소년은 점점 스스로 택한 무모하고 위험한 상황들로부터, 단지 전쟁에 의한 발작으로부터, 냉혹하게 믿고 있는 무의미하고 실현불가능한 과제로부터 벗어나게 된다. 마침내 소년은 완전한 어린이가 되는 것이다. 소년을 압도한 파괴와 불신과 부정의 힘보다 노인에게서의 순수한 인간성의 힘과 무조건적인 인간 사랑이 더 위대한 것으로서 증명되는 이 작품은 따라서 그 배경이 그토록 절망적이고 황폐함에도 불구하고 절망적이기보다는 미래지향적이며 희망적인 내용과 의미를 함축하고 있음을 알 수 있다.

3. 대조와 상징

이 작품에서는 상반적 개념의 인물들, 사물들, 색채들이 각각 서로 대조를 이루면서 상징적인 심층적 의미를 내포함으로써 전체적인 상황을 좀 더 예리하고 신랄하게 부각시키고 있는데 이 점은 현대적인 단화의 보편적 특성이다. 이제 대표적인 대조 현상들을 추출하여 분석하고 그 각각의 상징성을 찾아보기로 한다.

1) 소년과 노인

작품에서 등장인물은 폭격으로 폐허가 된 집의 잔해 위에 앉아 있는 아홉살 소년과 우연히 그곳을 지나던 한 노인 등 두 사람의 대화상대자 뿐이다. 폐허 속에 묻혀 있을 어린 동생을 쥐들로부터 지키고 있는 소년과 끊임없는 대화를 통해 소년을 혼돈과 공포로부터 정돈된 삶으로 이끄는 노인은 전체 작품에 내적인 역동성을 부여하는 양극적인 대조를 이룬다. 즉 회의와 불신으로 가득 찬 폐허세계의 절망적 현실과 삶의 질서에 대한 친숙한 믿음이 있는 좀더 정겨운 세계의 또 다른 현실 사이의 팽팽한 긴장이 이루어진다. 침머만은 "이 긴장은 중심사건의 양극성을 이루는 데 작용할 뿐만 아니라 대화 상대자 간의 상반적인 표명 및 행동방식, 분위기의 변천, 사실적이며 투명한 언어의 독특성을 규정하기도 한다."[12]고 설명한다.

앞서 살펴보았듯이 이야기는 폐허의 땅에 대한 이미지가 짧고 강렬한 표현으로 묘사된 후 소년의 외적 혹은 내적 상황에 대한 설명이 없이 돌연히 "그(Er)"를 통해 서술되기 시작한다. 이러한 불분명성은 폐허의 영상과 연결되어 팽팽한 긴장을 주며 독자로 하여금 결국에는 범죄자인 그가 체포될 것이라는 예감에 이르게 한다. 그러나 곧 긴장은 해소된다. 짐작되었던 경찰관 대신 토끼풀바구니를 든 구부정한 다리를 한 한 노인이 나타나며, 엄청난 비밀에 쌓인 "그"는 무너진 집의 폐허더미 속에 몸을 숨기고 있는 아홉 살짜리 소년으로서 밝혀지는 것이다. 이 어린 소년의 모습에서는 전쟁 중 및 전후에 고유한 삶의 공간을 빼앗긴 청소년층의 총체적인 고난, 즉 궁핍과 폐허, 더 이상 가정이 존재하지 않는

---

12) W. Zimmermann, Deutsche Prosadichtungen unseres Jahrhunderts, Bd. 2, Düsseldorf 1981, S. 62: "Diese Spannung ist nicht nur in der genannten Zweipoligkeit des zentralen Ereignisses wirksam, sie bestimmt auch die gegensätzliche Sprech- und Verhaltensweise der Gesprächspartner, die Veränderung in der Atmosphäre und die Eigenart der Sprache, die wirklichkeitsnah und transparent zugleich ist."

현실을 홀로 견뎌야만 하는 운명이 적나라하게 드러난다. 그는 이미 며칠째 폐허 속으로 사라진 동생의 시체를 밤낮으로 지키고 있으며 부모의 보호에서 벗어나 오로지 홀로 견뎌나가면서 반쪽의 빵으로 배를 채우고 담배를 말아 피운다. 소년의 이러한 모습은 자신의 상황의 출구부재성과 무망성에 대한 상징이며 총체적 절망과 버림받은 국외자적 존재에 대한 상징이라 할 수 있다.

그러나 어린이답지 않은 자립성과 주변세계로부터의 고립 속에서 온통 죽음의 세계에 빠져 있는 이 소년에게 있어서 노인은 혼돈으로부터 삶의 자연스런 질서를 되찾게 하는 원초적 믿음을 일깨우는 존재가 된다. 소년과 노인의 상반성은 외적 현상 외에 서로의 대화 속에서 직접적으로 드러난다. 또한 소년이 폐허더미 속에 묻힌 죽은 동생을 지키고 있는 반면 노인은 살아 있으며 현존하는 어떤 것, 즉 토끼들을 가지고 있다는 사실도 소년과 노인의 상반적인 양극성을 부각시키고 있다. 노인은 대화를 주도하는 편이며 이따금 그의 질문은 "3 곱하기 9는 얼마인지"[13)와 같이 대화를 지속시키는 단순한 역할만을 하는 듯이 보인다. 그러나 엄격한 질서세계로부터 이루어진 이 같은 아무 이해관계가 없는 듯이 보이는 질문과 함께 그는 처음으로 소년의 관심을 불러일으키며 소년과의 지속적인 대화를 통해 마침내 황폐화된 소년의 정서를 결정적으로 변전시킨다.

노인은 소년의 마음속에 있는 전쟁과 공포를 깨뜨리기 위해 계속적으로 말을 이어 간다. 처음에는 노인의 대화 노력에도 불구하고 파괴, 불신, 부정에 사로잡힌 소년은 냉혹한 거부감만을 나타낸다. 노인의 다정스런 질문들에 대해 소년은 "경멸적으로

---

13) W. Borchert, a.a.O., S. 217: "wieviel drei mal neun sind"

(verächtlich)"14), "무시하면서(geringschätzig)"15) 대답한다. 소년은 전적으로 최소한의 것만을 말하고는 무엇 때문에 그가 밤낮 없이 폐허더미를 지키며 지내는지에 대해 밝히기를 오래 동안 완강하게 거부한다. 그러나 노인은 계속하여 질문을 하는데, 단순히 대화를 이어가기 위해서가 아니라 소년의 마음속으로 계속 파고들어 황폐화된 어린이적 천진난만성을 회생시키기 위해서이다. 크리스트만은 소년에게서 관심을 불러일으키기 위한 노인의 다양한 질문들은 "단순히 호기심을 일으키기 위한 것일 뿐만 아니라 사람과 사람간의 관계, 즉 세계의 본질을 다시 세우기 위한 시도이기도 하다."16)고 해석한다. 노인의 질문들은 흔히 '도발적 질문(Herausfordernde Fragen)'17)이라고 지칭되는데 실제로 노인은 소년에게 도발적 자극을 일으키고자 한다. 노인은 소년에게 적대적인 의미에서가 아니라 돕고 지원해 주기 위한 그런 도발을 하고 있는 것이다.

소년은 이 같은 노인의 호의적이고 신중한 대응 앞에서 끝까지 입을 다물 수만은 없게 된다. 이미 살펴본 대로 소년의 마음을 누그러뜨리고 그로 하여금 처음으로 반문을 하도록 만든 것은 전혀 이해관계가 없는 계산 문제이다. 소년은 서두에서 "이제 그들이 나를 잡아가겠구나!"라고 생각했듯 자신에게 달갑지 않은 적대적인 비밀경찰쯤으로 여겼던 노인이 27마리의 토끼를 가지고 있다

---

14) Ebd., S. 216.

15) Ebd., S. 217.

16) Helmut Christmann, Nachts schlafen die Ratten doch, in: R. Hirschenauer u. A. Weber, Interpretationen zu Wolfgang Borchert, München 1976, S. 78.: "nicht bloße Neugier, sie sind auch ein Versuch, das Verhältnis von Mensch zu Mensch, das heißt letzten Endes: das Wesen der Welt, wieder einzurenken."

17) Ebd., S. 78.

는 것을 알게 되자 놀라서 입을 동그랗게 오므린다. 소년에게서 어린이다운 마음이 열리는 순간인 것이다. 소년의 행동방식만이 아니라 언어양식 속에서도 변화가 이루어져 말하는 방식이 더 부드러워진다. 그때까지 사용된 단절문장과 성숙치 못한 말이 중지된다. 소년은 노인에게 반감어린 말투로 대답해 왔으나 이제는 주어로서 인칭대명사가 사용되는 정확한 문장들을 말하게 된다. 토끼들을 구경하라는 노인의 제의를 소년은 거절하지만 처음과 같은 거친 톤은 훨씬 부드러워져 대화를 계속할 수 있게 하는 출구를 찾게 되기를 바라는 은밀한 소망이 드러내어진다. 그리하여 소년은 처음에는 "그건 말할 수 없어."18), "그건 말할 수 없어. 다른 어떤 것이야."19)라고 거칠게 대답했으나 이제는 "저는 그렇게 할 수 없는데요. 저는 망을 보아야만 해요."20)라는 공손하고 구체적인 답변을 한다.

소년은 이제 더 이상 "힘차게(mutig)" 말하지 않고 대신 "흐릿하게(unsicher)" 말하다가 "속삭이고(flüstert)", "겁먹은듯(zaghaft)", 나아가 "슬프게(traurig)" 이야기하며 점점 더 목소리를 작게 낸다. 그는 자신의 개인적 사정을 점점 더 많이 털어놓게 되며 마침내 처음으로 자유로운 충동으로부터 스스로의 실체를 드러내면서 "당신이 저를 배신하지 않는다면"21)이란 말과 함께 노인을 직접 신뢰 속으로 끌어 들인다. 노인이 밤에는 쥐들이 잠잔다는 선의의 거짓말을 통해 소년에게서 밤에 대한 걱정을 제거해 주었을 때 소년의 마음속에서는 변전이 완전하게 이루어진다. 그 변전은

---

18) W. Borchert, a.a.O., S. 216: "Ich kann es nicht sagen."
19) Ebd., S. 216: "Ich kann es nicht sagen. Was anderes eben."
20) Ebd., S. 217: "Ich kann doch nicht. Ich muß doch aufpassen."
21) Ebd., S. 217: "Wenn du mich nicht verrätst"

"위르겐은 자신의 막대기로 폐허더미 속에 작은 구덩이들을 만들었다."22)에서 행동으로 나타나는데 소년은 이 구덩이들을 "작은 침대들"로, 그리고는 "작은 토끼들"로 여긴다. 폐허와 쥐들의 냉혹한 현실이 가정적 안정감을 일깨우는 작은 침대들과 토끼들의 이미지에 의해 추방되는 것이다. 폐허더미와 침대들, 쥐들과 토끼들은 상대적인 의미를 띤 사물들로서 그 상징적인 상호관계를 주목할 필요가 있다.

마지막으로 노인이 토끼먹이를 주고 돌아오는 것을 기꺼이 기다리겠다는 반복된, 대화를 끝맺는 소년의 확언은 그가 전쟁과 파괴로 인해 빨려 들어갔던 굴절된 상태로부터 궁극적으로 풀려났다는 증거이다.23) 또한 소년의 약속에 덧붙여진 "우리 집에는 판자들도 있어요. 나무상자판자들이요."와 두 번이나 사용된 "외쳤다(rief)" 속에서 노인에 대한 신뢰와 함께 일상의 단순하며 천진스런 사물들에 대한 자연스런 관심이 일깨워지고 있으며 소년의 혼돈된 영혼이 안정된 사회적 삶으로 자리를 되찾았음이 분명하게 드러난다.

지금까지 살펴보았듯 이 작품 속의 이야기는 전적으로 소년과 노인이라는 대조적 양극 사이에서 팽팽하게 펼쳐지고 있다. 소년의 세계인 절망과 불신, 고난과 위험이 지배하는 무망한 현실 앞에 역시 파괴된 도시의 폐허 속이지만 삶의 온전한 질서에의 믿음을 고수하는 노인의 또다른 세계가 서로 화해될 수 없는 대립처럼 제시된다. 그러나 궁극적으로 소년은 좀 더 인간적이며 안온한 노인에 의해 죽음과 절망으로부터 삶과 희망으로 위대한 변

---

22) Ebd., S. 218: "Jürgen machte mit seinem Stock kleine Kuhlen in den Schutt."
23) Vgl. W. Zimmermann, a.a.O., S. 65.

전을 이루고 있다.

2) 쥐와 토끼

소년이 폐허더미 속에 묻힌 어린 동생을 먹어치울까 봐 불안해 하며 감시하고 있는 쥐들은 중요한 상징물로서 노인이 기르고 있는 토끼들과 극단적인 대조를 이루고 있다. 쥐들은 일반적으로 "역겨움을 일으키며 검고 긴 꼬리를 지닌 혐오스런 동물이다. 쥐들은 쓰레기와 오물, 인간의 배설물을 먹고 살며 인간과 인간문명의 떨쳐버릴 수 없는 동반자로 나타나고 결코 뿌리 뽑을 수 없는 것들로서 그 앞에서는 어느 것도 안전하지 않다. 그것들은 모든 아름다운 것과 선한 것을 가차 없이 습격하며 보이지 않는 배후에서 섬뜩하며 악마적으로 작용한다."24)고 설명된다. 이 작품에서도 역시 쥐들은 "그것들은 시체들을 먹고 살아요. 사람들을. 그것들은 그걸 먹고 산단 말이에요."25)라는 소년의 말에서 나타나듯 죽음, 부패, 몰락의 상징이다.

반면에 노인이 키우고 있으며 소년에게 구경시켜 주기로 한 토끼들은 상반적 개념의 동물로서 쥐들이 초래한 소년의 공포와 불안을 천진난만한 어린이적 감정으로 누그러뜨리는 존재이다. 토끼들의 정겹고 활기찬 영상은 시체를 먹고 사는 쥐들의 혐오스런 영

---

24) G. Burger(Hrsg.), Methoden und Beispiele der Kurzgeschichten‑ interpretation, C. Bange Verlag 1980, S. 61: "Ekelerregende Tiere, schwarz, mit einem langen Schwanz. Sie ernähren sich von Abfällen, vom Schmutz und Kot der Menschen und stellen eine nicht abzuändernde Begleiterscheinung des Menschen, seiner Zivilisation dar; nicht auszurotten – nichts ist sicher vor ihnen. Sie fallen alles Schöne und Gute erbarmungslos an; sie wirken im Untergrund, unheimlich‑dämonisch."

25) W. Borchert: a.a.O., S. 218: "die essen doch von Toten. Von Menschen. Da leben sie doch von."

상과는 극단적인 대조를 이룬다. 토끼는 긍정적 상징물이며 특히 나이든 사람일지라도 사육을 위한 여유를 가질 수 없는 전쟁기에 노인이 기르고 있는 토끼들은 "평화의 상징(Friedenszeichen)"[26]이다.

노인은 소년에게 토끼들 중 한 마리를 골라 갖도록 하는데 소년은 "제가 한 마리를 가질 수 있다면 흰색 것으로 가져도 되겠지요?"[27]라고 물으면서 회색이 아닌 흰색 토끼를 원한다. 여기에서 특별히 흰색 토끼는 순수와 희망의 이미지로서 죽음과 부패의 초래자인 검은 쥐들과 대립되고 있다. 노인은 도래하는 세대를 대표하고 있는 소년에게 흰색 토끼 한 마리를 선사하는데 그것은 미래의 삶을 선사하는 것이다.

3) 색채들

대조는 상반적 의미를 띤 색채들에서도 이루어지고 있는데 우선 다음과 같은 첫 문장을 예로 들 수 있다.

훵한 담장 안의 텅 빈 창문은 이른 저녁햇살을 가득 받아 청적색으로 하품하고 있었다.[28]

여기에서는 직접적으로 색채가 표현되지는 않았으나 폭격으로 무너져 내린 회색의 폐허세계가 저녁햇살의 밝은 청적색 빛에 의해 대비되어 폐허의 참상이 더욱 처절하게 돋보인다. 햇살은 희

---

26) G. Burger, a.a.O., S. 61.
27) W. Borchert, a.a.O., S. 219: "Wenn ich eins kriegen kann? Ein weißes vielleicht?"
28) Ebd., S. 216: "Das hohle Fenster in der vereinsamten Mauer gähnte blaurot voll früher Abendsonne."

망의 빛으로서 삶에 대한 표현이며 문학 속에서 언제나 "온정, 삶, 인간성 등에 대한 상징으로서"29) 사용된다. 이 햇살은 결말부분에서 다음과 같이 다시 한 번 등장하는데 서두에서보다 훨씬 더 강렬하고 힘차다.

그는 구부정한 다리로 햇살을 향해 달려갔다. 해는 저녁노을로 이미 붉어졌고 위르겐은 햇살이 두 다리 사이를 뚫고 비치는 것을 볼 수 있었다.30)

마지막 문장은 다음과 같이 녹색과 회색이 대조를 이루고 있다.

녹색 토끼먹이, 그것은 폐허잔해에 의해 조금은 회색이 되어 있었다.31)

여기에서도 녹색은 신선한 토끼풀의 생동력을 상징하고 있는데 파괴를 상징하는 상반적 개념의 폐허분진에 의해 표면이 회색으로 변색됨으로써 삶과 죽음이 대비되고 있다.

작품을 통틀어 볼 때 회색의 폐허에도 불구하고 색채들은 다양하게 변화되어 펼쳐지고 있는데 이것은 이야기의 내적 상황변전을 암시하는 본질적인 역할을 하고 있다. 색채들은 서두의 "청적색(blaurot)"으로부터 "흰색, 회색, 회백색(weiß, grau, weißgrau)" 토끼와 "붉은색(rot)" 햇살을 거쳐 마지막으로 "녹색(grün)" 토끼

---

29) Vgl. G. Burger, a.a.O., S. 61: "als Symbol von Wärme, Leben, Menschlichkeit etc."

30) W. Borchert, a.a.O., S. 219: "Er lief mit seinen krummen Beinen auf die Sonne zu. Die war schon rot vom Abend und Jürgen konnte sehen, wie sie durch die Beine hindurchschien."

31) Ebd., S. 219: "Grünes Kaninchenfutter, das war etwas grau vom Schutt."

먹이로 전개된다. 마지막의 이 "녹색"은 폐허화된 죽음의 세계 속에도 아직 삶이 있으며 파괴 속에도 아직 파괴될 수 없는 것이 존재하고 있음을 의미한다.[32]

4) 어휘들

앞서 살펴본 바 있는 서두에서의 특징적인 색채와 함께 폐허의 분위기를 잘 나타내는 두 개의 동사 "하품하다(gähnen)"와 "졸다(dösen)"는 게으르고 수동적이며 태연한 모습을 나타낸다. 주인공인 소년 위르겐 역시 "그는 눈을 감았다."[33]라는 표현을 통해 얼핏 그같은 모습과 연관되어 나타난다. 또한 작품의 제목을 이루고 있으면서 노인의 설명 속에 나오는 "밤에는 쥐들이 잠잔단다."와 노인의 첫 질문인 "너 여기서 잠자고 있구나?"[34]에서도 동일한 모습이 연관되고 있다. 그러나 소년은 잠을 자지 않으며 죽은 동생을 쥐들로부터 보호해야 하기에 결코 잠을 잘 수 없다는 데에서 이들 동일한 이미지의 동사들, 즉 "하품하다", "졸다", "눈감다", "잠자다"와는 상반적인 의미의 동사가 대조를 이루면서 등장한다. 그것은 정신을 바짝 차린 채 깨어 있음을 의미하는 "감시하다(aufpassen)"라는 동사로서 소년은 잠자고 있느냐는 노인의 질문에 대해 "아니에요, 나는 잠자고 있는 게 아니에요. 나는 여기서 감시를 해야만 돼요."[35]라고 대답한다. 소년이 잠을 자서는 아니 되는 왜곡된 상황과 시대의 무의미성이 대조적인 어휘들에 의

---

32) Vgl. R. Hirschenauer u. A. Weber: a.a.O., S. 77.

33) W. Borchert, a.a.O., S. 216: "Er hatte die Augen zu."

34) Ebd., S. 216: "Du schläfst hier wohl was?"

35) Ebd., S. 216: "Nein, ich schlafe nicht. Ich muß hier aufpassen."

해 상징적으로 강화되고 있다.

대조적인 어휘는 하나의 문장 속에서도 사용되고 있는데 그 대표적인 예는 다음의 문장이다.

위르겐은 그의 막대기를 단단히 움켜잡고는 겁먹은 듯 말했다.[36)]

여기에서 '단단히'와 '겁먹은 듯'은 상반적인 의미를 띤 어휘로서 두 어휘 사이에 아홉 살 소년의 총체적 비극이 드러나고 있다. 그는 비록 손수 담배를 말아 피우고 폐허 속의 밤을 지키면서 어른들의 책임을 떠맡고 있지만 아직 어린이이며 두려움에 떨고 있다. 그는 단단히 막대기를 움켜잡지만 두려움을 떨치는 데에는 아무 소용이 없다. 그는 어디까지나 어린이인 것이다. 이 소년에게는 어린이로서 머물 수 있는 것이 아무것도 없다. 그는 감시를 해야하기 때문에 놀 수도 토끼를 구경하러 갈 수도 없다. 아이의 어깨 위에 어른들과 똑같은 전쟁의 짐이 부과되어 있는 것이다. 이로써 정당성을 벗어난 전쟁의 시대가 특징적으로 묘사되고 있다.

한편 소년이 들고 있는 막대기는 그에게 있어서 유일한 지지물이다. 이 막대기는 나아가 전쟁과 폭력에 의해 특징지어지는 사회체제 속에서는 "폭력도구(Gewaltinstrument)"[37)]만이 지지물이자 발판이며 방어물이 될 수 있다는 것을 상징하고 있다. 전후의 이 같은 폭력의 악순환을 보르헤르트는 또다른 단화 ≪독본이야기들≫에서 다음과 같이 적절히 묘사하고 있다.

---

36) Ebd., S. 217: "Jürgen faβte seinen Stock fest an und sagte zaghaft."
37) G. Burger, a.a.O., S. 60.

전쟁이 끝났을 때 그 군인은 집으로 돌아왔다. 그러나 그는 빵이 없었다. 그때 그는 빵을 가지고 있던 한 사람을 보았다. 그는 그를 때려 죽였다. 당신은 사람을 죽여서는 아니 된다고 재판관이 말했다. 어째서 아니 되냐고 그 군인은 물었다.[38]

이같이 전쟁은 끝났지만 폭력은 전쟁을 지속시켜 나가고 있으며 폭력을 막을 수 있는 도구야말로 이러한 세계에서의 가장 믿을 수 있는 보호막인 것이다. 그런 의미에서 노인이 들고 있는 과도 또한 소년의 막대기와 유사한 상징성을 띠고 있다고 볼 수 있다.

지금까지 여러 가지 대조현상들을 살펴보았는데 두르착은 이 작품에서의 대조현상을 잘 요약하고 있다. 그에 의하면 이 작품의 내적 사건은 소년과 노인의 짧은 대화 속에서 펼쳐지는 동생에 대한 소년의 사랑 내지 소년에 대한 노인의 애정 어린 연민과 전쟁의 혹독한 파괴 사이의 대조와 함께 "쥐들과 토끼들, 폐허잔해의 회색과 토끼먹이의 녹색, 죽은 동생에 대한 소년의 소용없는 사랑과 살아있는 소년에 대한 노인의 도움이 되는 사랑, 선생의 말과 노인의 선의의 거짓말"[39]과 같은 또 다른 대조들을 나타내고 있다는 것이다.

38) W. Borchert, Lesebuchgeschichten, in: Ders., Das Gesamtwerk, Hamburg 1975, S. 317: "Als der Krieg aus war, kam der Soldat nach Haus. Aber er hatte kein Brot. Da sah er einen, der hatte Brot. Den schlug er tot. Du darfst doch keinen totschlagen, sagte der Richter. Warum nicht, fragte der Soldat."

39) Manfred Durzak, Die deutsche Kurzgeschichte der Gegenwart. Autorenporträts. Werkstattgespräche. Interpretationen, Stuttgart 1980, S. 324: "zwischen Ratten und Kaninchen, zwischen dem Grau des Schutts und dem Grün des Kaninchenfutters, zwischen der nutzlosen Liebe des Jungen für den toten Bruder und der helfenden Liebe des Mannes für den lebenden Jungen, zwischen dem Satz des Lehrers und der Notlüge des älteren Mannes"

4. 특징적 표현기법

단화에서 주로 나타나는 단절적이며 조각난 문장은 이 작품에서도 많이 사용되고 있는데 두드러진 예를 들면 다음과 같다.

Na, was denn?
Was anderes eben.
Na, denn nicht.
Nachts auch. Immerzu. Immer.
Und er auch.
Erst vier.
Lauter kleine Kaninchen. Weiße, graue, weißgraue.

이와 같이 주어나 술어 등 문장요소들이 결여된 짧고 단절적인 문장들을 브링크만은 "깨어지고, 빈약하고, 냉담하며, 산산조각 난"[40] 것으로 특징지으면서 단화의 전형적인 표현기법으로 들고 있다.

반복적 표현 또한 이 작품에 나타나는 단화로서의 특징적 기법이다.

Immerzu? fragte der Mann, nachts auch?
Nachts auch. Immerzu. Immer.[41]
계속해서? 노인이 물었다. 밤에도?

---

40) K. Brinkmann, a.a.O., S. 62: "zerbrochen, verarmt, eiskalt, zertrümmert"
41) W. Borchert, a.a.O., S. 217.

밤에도. 계속해서. 항상.

이와 같은 동일한 어휘의 반복적 나열은 표현의 강도를 높이면서 여기에서는 죽음과 파괴의 이 세계에서 아마도 무언가 살아있는 것, 즉 노인이 소년에게 소개해 준 토끼들과 함께 놀고 싶은 희망을 통한 소년의 양심의 가책을 강하게 반증하고 있다. 그러면서 소년 위르겐은 쥐들로부터 죽은 동생을 지키는 자신의 책임을 우선시 하는데 역시 다음과 같이 반복적인 어휘로 묘사된다.

Nein, sagte Jürgen traurig, nein nein.[42]
안돼요, 위르겐은 슬프게 말했다. 안돼요, 안돼요.

여기에서도 연거푸 세 번이나 반복된 부정의 표현 'nein(안돼요)'은 의미강화의 효과를 일으키면서 노인의 말이 소년에게 얼마나 깊은 영향을 주었는지를 짐작케 함과 함께 소년의 내적인 갈등을 강하게 암시하고 있다.

한편 이 작품은 보르헤르트의 초기 단화들이 그러하듯 다분히 표현주의적 색채를 띠고 있다. 보르헤르트는 2차 대전 직후 독일의 작가들이 다시 자유롭게 글을 쓰기 시작했을 때 새로운 울림의 목소리로 재빨리 주목을 받았다. 전후체험에 대한 묘사의 직접성은 그를 독일 전후문학의 가장 감동적인 인물들 중의 한 사람으로 남게 했으며 최초의 완전무결한 단화작가로서 문학사 속에 기록되게 했다. 그리하여 그에게서는 새로운 형식의 태동이 분명하게 드러나며 그는 많은 기존 작가들과는 달리 고전적인 독

---

42) Ebd., S. 217.

일적 전통과 연관을 맺으려 하지 않았다. 그는 분노에 찬 격정적 몸짓으로 전통적인 온갖 장중한 형태들을 배제했다. 그러나 그는 표현주의의 전통만은 간직하여 이 표현주의의 영향으로 그의 단화는 격정적인 언어형태를 이룸으로써 미국의 단편들과는 다른 독특한 독일적 기풍을 형성했다. 이와 관련하여 보르헤르트는 자신의 글을 통해 다음과 같이 선언한 바 있다.

우리는 더 이상 잘 조율된 피아노들을 필요로 하지 않는다. 우리 스스로가 너무 큰 불화덩이인 것이다. (…) 우리는 훌륭한 문법의 작가들을 필요로 하지 않는다. 훌륭한 문법에 이르기에는 우리에게 인내가 결여되어 있다. 우리는 뜨거운, 목이 쉬도록 흐느끼는 감정을 지닌 작가들을 필요로 한다. 큰 소리로 분명하게 접속사 없이 나무를 나무라 말하고 여편네를 여편네라 말하며 예와 아니오를 말하는 그런 작가들을.43)

앞서 살펴본 바 있는 서두의 세 문장만으로도 이 작품은 표현주의의 전형적 요소에 속하는 이미지들을 담고 있음을 알 수 있다. "텅 빈(hohl)", "가파르게(steil)", "횡한(vereinsamt)", "청적색(blaurot)" 등 강렬한 이미지를 풍기는 어휘들과 "먼지구름(Staubgewölke)"과 같은 시적인 영상들은 표현주의적 언어의 전형적 요소이며 표현주의 미술의 전형적 표현양식이기도 하다. 이 서두 부분에서는 외향적 관점을 지닌 한 화자가 모든 것을 인지하여 서술함으로써 주관적

---

43) W. Borchert, Das ist unser Manifest, in: Das Gesamtwerk, Hamburg 1975, S. 310: "Wir brauchen keine wohltemperierten Klaviere mehr. Wir selbst sind zuviel Dissonanz. (…) Wir brauchen keine Dichter mit guter Grammatik. Zu guter Grammatik fehlt uns Geduld. Wir brauchen die mit dem heißen heiser geschluchzten Gefühl. Die zu Baum Baum und zu Weib Weib sagen und ja sagen und nein sagen: laut und deutlich und dreifach und ohne Konjunktiv.'"

인 작가중심적 관점(auktoriale Perspektive)이 강화되어 있는데 이 점 역시 표현주의적 서술기법에 속한다.

표현주의적 색채를 띤 작가적 관점의 서두에 이어 대화로 이끌어지는 줄거리전개에서도 화자의 간섭을 통해 작가적 감정이입이 서술의 흐름 속으로 밀려듦으로써 이야기는 감상적이 된다. 독자에게 좀 더 강한 공감을 일으키는 단편들을 쓴 체홉의 경우에는 모든 감정이입이 거부되는 대신 짧은, 불변의 괴리로부터 서술됨으로써 결코 감상성의 인상이 일어나지 않는다. 반면에 보르헤르트의 이 작품에서는 "자체로서 이미 감동적인 것을 지닌 상황을 감정이입을 띤 외적 관점과 내적 관점 사이를 오가면서 제시하기 때문에"[44] 감상성의 인상을 지울 수 없다. 따라서 이작품은 2차 대전 당시의 느낌들을 대단히 강렬하게 일깨우는 강한 감상성을 지니고 있으며 특히 전쟁과 전후시대를 체험한 사람들에게는 오늘날에도 여전히 강한 공감을 일으키고 있으며 독일어 수업에서 가장 많이 다루어지는 작품들 중의 하나가 되고 있다.

5. 맺음말

현대적인 독일 단화의 표본으로 인정되고 있는 보르헤르트의 단화 ≪밤에는 쥐들이 잠잔단다≫는 우선 구조상 개방형식을 이루고 있다. 전체 줄거리는 폭격으로 폐허가 된 황량한 분위기의

---

44) Hans-Dieter Gelfert, Wie interpretiert man eine Novelle und eine Kurzgeschichte?, Stuttgart 1993, S. 160: "weil er die Situation, die für sich genommen schon etwas Rührendes hat, durch das Schwanken zwischen Außen- und Innenperspektive mit Einfühlung auflädt."

간략한 묘사로 된 서두에 이어 아홉 살 소년 위르겐과 토끼를 기르는 노인과의 긴 대화로 이야기가 진행된 다음 마지막 부분에서 다시 서두에서와 유사한 폐허상황이 등장하면서 결말을 맺는다. 도입으로부터 전개를 거쳐 정점에서 사건이 반전되어 해결을 이루며 끝맺는 정연한 폐쇄형식과 상반되는 이 같은 개방형식은 이 작품을 단화의 구조상의 전형으로 만들고 있다.

줄거리는 서로 대립적인 세계 속의 소년과 노인의 상호 대화를 통해 전개되는데 이 같은 "말해진 말(das gesprochene Wort)"[45]로서의 대화문체는 보르헤르트의 특징적 서술방식으로서 작품의 긴박성과 집중성 및 심층성을 낳는다. 소년은 막대기를 들고 폐허 속에 묻혀 있는 어린 동생을 쥐들로부터 감시하는 보초 역을 하고 있다. 그는 파괴된 세계 속에 홀로 남아 어린이적 순수성을 상실한 채 냉혹하게 고난과 위협들과의 무의미한 싸움을 벌이고 있다. 반면 노인은 안온한 가정적 삶과 질서의 세계를 지향하며 무조건적 이웃사랑을 실천하는 대립적 인물로 등장한다. 노인은 끈질긴 대화를 통한 노력에 의해 소년의 비정상적이 되어 버린 내면적 상황을 파악해 내고 소년에게서 토끼를 매개로 한 어린이적 호기심을 일깨워 그의 정신세계를 불신, 부정, 죽음, 절망으로부터 신뢰, 긍정, 삶, 희망으로 변전시킨다. 이에 따라 이 작품은 비록 폐허세계를 바탕으로 하고 있지만 보르헤르트의 모든 단화들 중에서 가장 미래지향적이며 희망적인 작품으로 간주된다.

작품에서는 많은 대조현상들을 통해 심층적인 상징적 의미들이 좀 더 뚜렷하게 부각되고 있다. 소년과 노인의 대조 외에 쥐와 토끼가 파괴와 평화의 상징으로 대조되며 회색과 녹색 등 색채들

---

45) R. Hirschenauer u. A. Weber, a.a.O., S. 76.

의 대조가 이루어지는가 하면 어휘들도 상반적인 의미로 대비되고 있다. 또한 잔해와 폐허화된 집은 전후의 무망성에 대한 상징으로, 소년의 막대기와 노인의 과도는 전쟁과 폭력으로 특징지어지는 체제에 대한 대표적 상징으로 해석된다. 이 상징들은 체념, 비극성, 절망적 비애 등이 처절하게 혼합되어 부정적 영상을 그려낸다. 이 부정적 상징들에 대해 햇살과 토끼는 희망과 평화의 긍정적 상징으로 제시되고 있다.

한편 이 작품은 2차 대전 이후 미국 등 다른 나라의 단편양식들과 구별되는 독일적인 최초의 현대적 단화로 평가된다. 전후작가들은 우선 미국의 단편, 특히 헤밍웨이의 단편들의 영향을 받아 새로운 형식의 가능성을 인식하고 그것을 기법적으로 완성시키고자 시도했는데 보르헤르트는 그러한 시도를 가장 성공적으로 행한 작가로 기록되고 있다. 이 작품은 헤밍웨이나 체홉의 단편들과 비교할 때 소재상의 질적인 차이만이 분명해지는 것이 아니라 완전무결하며 예리한 형식 또한 드러난다. 특히 보르헤르트는 고전적인 장중한 독일문학의 전통에서 벗어나 분노에 찬 격정적인 목소리를 적나라하게 표출했는데 이에 따라 이 작품에서는 다분히 표현주의적인 표현양식이 엿보인다. 또한 이야기는 작가중심적 관점의 감정이입에 의해 감상성을 농후하게 풍겨 독자로 하여금 자기체험적인 공감을 불러일으킨다.

〈참 고 문 헌〉

1. Texte

Wolfgang Borchert: Nachts schlafen die Ratten doch, in: Das Gesamtwerk, Hamburg 1975.

Ders.: Das ist unser Manifest, in: Das Gesamtwerk, Hamburg 1975.

2. Sekundärliteratur

Brinkmann, Karl: Wolfgang Borchert. Drauβen vor der Tür und andere Erzählungen, C. Bange Verlag.

Brustmeier, Horst: Der Durchbruch der Kurzgeschichte in Deutschland. Versuch einer Typologie der Kurzgeschichte, dargestellt am Werk Wolfgang Borcherts, Marburg 1966.

Burger, Gerda: Methoden und Beispiele der Kurzgeschichteninterpretation, C. Bange Verlag 1980.

Christmann, Helmut: Nachts schlafen die Ratten doch, in: R. Hirschenauer u. A. Weber, Interpretationen zu Wolfgang Borchert, München 1976.

Doderer, Klaus: Die Kurzgeschichte in Deutschland. Ihre Form und ihre Entwicklung, Wiesbaden 1972.

Durzak, M.: Die deutsche Kurzgeschichte der Gegenwart. Autorenporträts. Werkstattgespräche. Interpre-
tationen, Stuttgart 1980.

Ders.: Die Kunst der Kurzgeschichte. Zur Theorie und Geschichte der deutschen Kurzgeschichte, München 1989.

Freydank, Konrad: Das Prosawerk Borcherts. Zur Problematik der

Kurzgeschichte in Deutschland, Marburg 1964.

Gelfert, Hans-Dieter: Wie interpretiert man eine Novelle und eine Kurzgeschichte?, Stuttgart 1993.

Glaser, H.: Weltliteratur der Gegenwart. Dargestellt in Problemkreisen, Verlag Ullstein

Kilchenmann, Ruth J.: Die Kurzgeschichte. Formen und Entwicklung, Stuttgart 1967.

Marx, Leonie: Die deutsche Kurzgeschichte, Stuttgart 1985.

Nayhaus, Hans-Christoph Graf von(Hrsg.): Theorie der Kurzgeschichte, Stuttgart 1977.

Rohner, Ludwig: Theorie der Kurzgeschichte, Frankfurt a. M. 1973.

Schmidt, M.: Wolfgang Borchert. Analysen und Aspekte, Halle 1970.

Skorna, Hans Jürgen: W. Borchert, Nachts schlafen die Ratten doch, in: Ders., Die deutsche Kurzgeschichte der Nachkriegszeit im Unterricht, Ratingen 1967.

Zimmermann, Werner: Deutsche Prosadichtungen unseres Jahrhunderts, Bd. 2, Düsseldorf 1981.

제4장
≪내 창백한 형≫

●●●●●

●●●

●

1. 머리말

보르헤르트의 모든 작품이 그러하듯 단화 ≪내 창백한 형≫ 역시 전쟁과 그로 인한 파괴된 세계질서를 배경으로 하고 있다. 특히 이 작품에서는 전쟁에서 행해지는 명령과 그에 의한 죽음에 대한 정당성 및 책임 여부가 문제로서 제기되고 있다.

보르헤르트의 대부분의 단화들이 순간적인 상황을 포착하여 이를 단순하고 직접적으로 묘사하는 데 반하여 이 작품에서는 시간 연결이 뒤죽박죽되고 장면들도 정연한 연결 대신 혼란스레 뒤섞여 있어 줄거리와 의미를 제대로 파악하기 위해서는 독자의 세심한 주의력을 요하고 있다.

이에 따라 본 논문에서는 우선 줄거리의 파격적 구성에 대해 살펴보고, 전체적인 내용을 개관한 다음 주제라 할 수 있는 전쟁에서의 죽음에 대한 책임의 문제를 고찰해 보고자 한다.

2. 파격적 구성

이 작품에서는 매끄러운 장면전환이 없으며 정연한 줄거리의 연결이 이루어지지 않고 있다. 작가는 한 장면으로부터 돌발적으로 다른 장면으로 이끌며 이를 통해 독자를 이질적이며 부조리한 깨어진 세계상으로 이끈다. 이에 따라 문장표현상의 시제 또한 뒤죽박죽 혼돈스럽게 나타나 있다. 즉 서두는 어느 일요일 아침의 모습이 과거형으로 서술되고 있으나 중간 부분에서는 느닷없이 주인공 소대장의 현재시점에서 이루어지는 긴 독백이 삽입되고 과거에의 회상과 앞으로의 소망 등이 현재, 현재완료, 과거완료, 접속법 등 다양한 시제들로 얽혀져 서술되고 있다. 그런 다음 죽은 헬러 상사의 시신을 옮겨 오는 문제에 대한 소대장과 부하 병사들과의 대화와 소대장의 이를 잡는 모습이 과거형으로 그려진다.

여기까지는 일요일의 장면인데 느닷없이 행도 바뀌지 않은 채 "Gestern hatte er sich auch gelaust. Da sollte einer zum Bataillon kommen. (그는 어제도 이를 잡았었다. 그런데 어느 한 사람이 대대로 가야만 되었다.)"[1]로 과거완료형과 과거형이 혼재된 채 전날인 토요일의 사건, 즉 헬러 상사가 숨지게 된 전말이 압축되어 전개됨으로써 무심코 읽어 나가던 독자를 혼돈스럽게 만든다.

결말 부분은 "Der Leutnant zog sein Hemd über den Kopf. Er hörte, wie sie draußen zurückkamen. (소대장은 셔츠를 머리 위로 벗었다. 그는 밖에서 그들이 돌아 오는 소리를 들었다.)"[2]로 시작되어 부하 병사들이 죽은 헬러 상사를 옮겨 온 후 헬러의 시신 앞

---

1) W. Borchert, Mein bleicher Bruder, in: Das Gesamtwerk, Rowohlt Verlag 1976, S. 177.
2) Ebd., S. 178.

에서의 소대장의 언행을 중심으로 또다시 일요일의 장면이 서두 부분과 단절되었다가 다시 연결된다.

따라서 이 작품은 시간상 크게 일요일→토요일→일요일의 이 야기가 뒤죽박죽 전개되면서 돌발적인 장면전환이 이루어짐에 따라 세심한 주의를 기울이지 않는 독자에게는 전체적인 줄거리 의 파악조차 쉽지 않을 정도로 파격적인 구성을 이루고 있다.

이 같은 파격적 구성은 전쟁에 의해 파괴된 세계질서에 대한 암 시이며 그 세계의 한가운데로부터 튕겨져 나온 혼미에 빠진 인간 들을 상징적으로 묘사하는 데 있어서 적절한 방식이 되고 있다.[3]

3. 줄거리 개요

이 작품의 무대는 러시아의 어느 겨울 평원이다. "이 눈과 같이 그렇게 하얀 것은 아직 아무것도 없었다."[4]에서와 같이 땅은 온 통 눈으로 뒤덮여 깨끗함, 반짝임, 고요함이 함께 하며 한없는 평 화의 모습을 보이고 있다. 또한 "어떤 일요일 아침도 이날처럼 그 렇게 깨끗한 적은 없었다. (…) 이 세계, 이 눈 덮인 일요일의 세계 가 웃고 있었다."[5]에서 알 수 있듯 유난히도 청명한 어느 일요일 아침을 시간적 배경으로 하고 있다.

서두 부분에서는 눈, 땅, 숲, 햇살 등 모든 것이 제자리에 정돈

---

3) Vgl. Manfred Horst, Mein bleicher Bruder, in: R. Hirschenauer/A. Weber, Interpretationen zu Wolfgang Borchert, München 1981, S. 70.

4) W. Borchert, a.a.O., S. 175: "Noch nie war etwas so weiß wie dieser Schnee."

5) Ebd., S. 175: "Kein Sonntagmorgen war jemals so sauber gewesen wie dieser. (…) Die Welt, diese schneeige Sonntagwelt, lachte."

되어 있어 깨끗함과 질서정연한 평화만이 존재하며 이를 깨뜨리는 것은 아무것도 없는 것처럼 보인다.

그러나 새하얀 눈을 강조하는 '소름끼치도록(fürchtlich)'이란 어휘가 이 평화로운 아침에의 찬미 속에서 불협화음과도 같이 울리듯 하얀 눈 위의 얼룩 한 점이 총체적인 평화의 모습을 깨뜨린다. 그것은 이날의 평화가 허위이며 눈은 혼돈을 드러내고 있음을 암시한다. 눈 위의 얼룩은 작가의 시선을 격렬하고 예리하게 사로잡는다. 그것은 "모든 일요일 아침들 중 가장 깨끗한 일요일 아침의 지금껏 보지 못한 새하얀 눈 속의 얼룩"[6]이다. 하얗고 깨끗한 눈세계가 더럽혀지면서 얼룩은 질서를 깨뜨리고, 융화되지 않고 이탈하며 도발적이 된다. 작가의 시선은 그 자극적인 목표물을 발견하고 그곳으로 다가간다. 그것은 얼룩→사람→쓰레기보따리→깎인 머리털→어느 군인임이 차례로 밝혀진다. 여기에서 '군인(Soldat)'이라는 어휘가 비로소 이 작품의 공간이 전쟁 중임을 일깨운다.

이제 눈 위의 얼룩, 즉 '줄이 끊어진 꼭두각시(abgerissene Marionette)'로서의 죽은 병사 앞에 아직 온전한 꼭두각시로서의 살아 있는 병사 소대장이 서서 긴 침묵의 독백을 이어 간다. 소대장의 이 독백과 다음에 이어지는 이야기를 통해 죽은 자가 바로 자신을 놀리며 괴롭혀 온 헬러 상사라는 사실과 두 사람간의 갈등의 전말이 상세하게 밝혀진다.

소대장은 "내 창백한 형이 매달고 있는 눈썹"이라는 별칭으로 자신을 놀려 온 헬러 상사의 사체 앞에서 비통해 하기 보다는 마

---

6) Ebd., S. 176: "Fleck in dem niegesehenen Schneeweiß des saubersten aller Sonntagmorgende"

치 성가신 이(die Laus)가 제거된 것과 같은 흐뭇함을 느낀다. 소대장은 외모 상 정상에서 벗어난 자이며 따라서 정상적인 자들의 집단으로부터 배척당하면서 성장해 왔음이 다음과 같은 그의 독백에서 드러난다.

> 그들은 일찍이 학교에서도 나를 괴롭혔었다. 마치 이들과 같이 그들은 내게로 와 둘러앉았었다. 내 눈에 작은 흠터가 있고 눈썹이 아래로 늘어져 있기 때문이다. 또한 내 피부가 너무 희기 때문이다. 치즈와 같이.[7]

소대장의 유년기와 청소년기는 더욱 고립되고 비참했었을 것으로 여겨진다. 그에게 쏟아지는 조롱들은 격하고 불손하였으며 모든 사람들은 그의 반응에 대해 물러서지 않고 비정하게 응대했을 것이다. 그는 언제나 밖에 서 있고, 다른 사람들의 권역은 그에게 폐쇄되어 있으며, 끝없이 계속되는 조소적인 웃음소리만이 그의 귀에 밀려들었을 것이다.

이 같은 상황은 그 젊은이가 장교가 되었을 때에도 변하지 않았다. 그는 부하 병사들에게 힘을 행사할 수 있고 명령을 내릴 수도 있다. 실제로 그는 자신을 괴롭히는 이들(die Läuse)과도 같은 병사들에게 명령을 내릴 수 있게 되기를 기대했었음에 틀림없지만 그들은 물러서지 않았다. 전쟁의 냉혹하고 획일화된 규칙은 병사들을 더욱 밀접하게 결속하도록 강요했으며 이러한 한계상황 속에서 그는 그들이 자신의 몸을 더욱 심하게 괴롭히고 있음

---

7) Ebd., S. 177: "Sie haben mich nämlich schon in der Schule gequält. Wie die Läuse haben sie auf mir herumgesessen. Weil mein Auge den kleinen Defekt hat und weil das Lid runterhängt. Und weil meine Haut so weiß ist. So käsig."

을 느낀다.

이런 정황 속에서 소대장은 약간 특이한 성격을 띠고 활달하며 항상 웃음을 잃지 않는 헬러 상사와 함께 한다. 그가 헬러의 외모에 많은 관심을 두었음은 다음의 독백에서 알 수 있다.

자네가 하사가 되었을 때 자네는 가죽 군화들만 신고 다녔지. 그리고 그 군화들은 저녁에 시내에 나갈 때면 몇 시간 동안 광택이 내어졌지.[8]

헬러는 골치 아프게 생각하지 않고, 되는 대로 살아가며, 전쟁 중의 끊임없이 위험한 삶 속에서도 항상 즐거운 기분으로 온갖 향락과 함께 한다. 오로지 지금, 여기에만 몸을 맡기고 살아가는 정상적인 인간인 그가 소대장에게서 무심코 그 엄청난 약점 부위를 발견한다. 그는 소대장에게 어린 시절 인디언 영화를 연상시키는 "내 창백한 형이 매달고 있는 눈썹"이라는 이름을 부여한다. 이 조롱조의 이름은 동료 병사들에게도 적절한 것으로 여겨져 소대장은 이미 자신의 책임과 그들에 대한 권한 등 장교로서의 존재가치를 상실한다. 외모를 통해 타인들에게 만족감을 불러일으키는 헬러 상사에게 굴욕을 당한 소대장에게서는 자신이 배척당하는 자로서, 타인들의 자기확인의 대상으로서 살아가야만 한다는 비관적 인식이 강하게 일게 된다. 이제 헬러 상사는 소대장의 외모에 맞섬으로써 자신의 계급 상 열등함을 손쉽게 보상받으며, 소대장은 명령을 내리면서 복무에 몰두함으로써 스스로를 방어할 수 있게 된다.

---

8) Ebd., S. 176: "Als du Korporal wurdest, gingst du nur noch mit Lackstiefeletten. Und die wurden stundenlang gebohnert, wenn es abends in die Stadt ging."

사건은 소대장의 헬러 상사에 대한 명령으로 시작된다. 작품 속에서는 마치 깜깜한 밤이 그 안에서 무슨 일이 일어났는지를 은폐하는 듯 묘사된다. "밤이 그토록 검은 적은 없었다고 그는 여겼다."9)에서처럼 유례없는 어둠이 행위와 행위자를 은폐하고 이격시킨다. 이날 밤에 소대장은 한 사람을 대대로 보내야 하는 문제를 놓고 헬러 상사에게 "자, 헬러, 자네의 들뜬 기분을 좀 가라앉히게."10)라는 완곡한 명령을 했다. 그는 "헬러 상사는 대대로 갈 것!"과 같은 직접적인 명령을 하지 않고 마치 다정한 요구와도 같이 들리는 명령을 내렸다. 그것은 내용이나 형식상 군대식의 명령은 아니다. 헬러는 지금껏 줄곧 다음과 같이 대대로 가는 것에 대해 반기를 들어왔다.

소대장, 나는 대대로 가고 싶지 않소. 나 같으면 무엇보다 두 배의 급식량을 요구하겠소. 당신의 늑골로 실로폰도 칠 수 있겠구려. 당신이 그렇게 보이는 건 비극이오.11)

소대장을 괴롭히는 이는 털려 떨어지지 않고 다른 사람들에게 자기만족적인 찡그림을 일으켜, "그리고 어둠 속에서 그들은 모두 얼굴을 찡그렸다."12)로 묘사된다. 여기서 결정은 소대장의 몫으로 그는 비록 짧은 기간이나마 헬러 상사를 떨쳐 내 버릴 수 있다. 그러나 다른 사람들, 즉 헬러 상사와 열두 명의 냉혹한 병사들

---

9) Ebd., S. 177f.: "Noch nie war eine Nacht so schwarz, fand er."

10) Ebd., S. 178: "Na, Heller, dann kühlen Sie Ihre gute Laune mal ein bißchen ab."

11) Ebd., S. 178: "Herr Leutnant, ich würde nicht zum Bataillon gehn. Ich würde erst mal doppelte Ration beantragen. Auf Ihren Rippen kann man ja Xylophon spielen. Das ist ja ein Jammer, wie Sie aussehn."

12) Ebd., S. 178: "Und im Dunkeln hatten sie wohl alle gegrinst."

은 내심 소대장을 배척한다. 호르스트는 이들은 소대장에게 아마도 다음과 같이 음흉하게 속삭였을 것이라고 말한다.

당신은 우리 일행이 아니야! 유별난 모습을 한 당신이 여기서 찾는 게 뭐지? 당신은 예외자고 우리는 정상인들이야. 우리는 당신을 견뎌 내야만 하지만 당신으로부터 우리 자신을 지켜야겠어. 우리는 힘이 있어. 왜냐하면 우리는 당신의 모습을 보고 웃을 수 있으니까. 우리가 적어도 잠시나마 평온하게 지낼 수 있도록 당신이 대대로 가시오. 가시오, 떠나시오. 우리는 여기서 당신을 필요로 하지 않소.[13]

소대장은 그러나 명령권을 갖고 있으므로 그들 모두를 굴복시킬 수 있다. 그는 어둡고 총알이 난무하는 밤 속으로 자기 자신이 가든지 다른 한 사람을 보내든지 선택할 수 있다. 자신의 유별난 외모에 의해 헬러로부터 괴롭힘을 당해 온 소대장은 노래를 부르며 흥겹게 여자얘기를 이어 가는 헬러에게 완곡하게 갈 것을 요구하고 결국 헬러는 하얀 눈 위의 얼룩이 되어 삶을 마감한다. 작가는 여기서 소대장의 비통한 자아감정에 대한 직접적인 조망은 하지 않고 짧은 문장 속에서 외적인 사건만을 그리기 때문에 독자는 소대장이 헬러를 의도적으로 죽음 속으로 보내고자 했는지, 즉 그가 헬러를 죽였는지에 대해 아무것도 알 수 없다.

마지막 부분에서는 지금까지의 혼돈상으로부터 연약한 불빛과도 같이 조그만 질서와 희망이 깜박인다.

---

13) M. Horst, a.a.O., S. 73: "Du bist keiner von uns! Was suchst du hier, du Gezeichneter? Du bist eine Ausnahme, wir sind die Norm. Wir müssen dich ertragen, aber wir erwehren uns deiner. Wir sind mächtig, denn wir können über dich lachen. Geh zum Bataillon, damit wir wenigstens eine Weile ungestört sind. Geh, mache dich fort; wir brauchen dich hier nicht."

그는 내게 더 이상 '내 창백한 형이 매달고 있는 눈썹'이라고 말하지 않을 거라고 소대장은 속삭였다. 그는 이제부터는 더 이상 그 말을 내게 하지 않을 거야.14)

소대장의 이 독백 속에는 헬러 상사가 죽은 것에 대한 만족감이 섞여 있지만 그것은 속삭임으로 약해져서 자신의 행위의 정당성을 주장하기 위한 힘겨운 시도로 변하면서 꼭두각시가 아닌 인간으로부터의 불확실성의 목소리가 울려 나오고 있다. 연약하고 흐릿하게 혼돈을 통해 절대가치의 빛이 빛나고 있는 것이다.

마지막의 "이 한 마리가 그의 엄지손톱 사이로 끼어들었다. 딱 소리가 났다. 이는 죽었다. 그의 이마 위에 작은 핏자국이 졌다."15) 에서는 앞서의 사건, 즉 헬러 상사의 죽음이 비유적으로 제시되고 있다. 이마의 핏자국은 소대장에게 되새겨진 하나의 표식으로서 그것은 전쟁이 없앨 수 없는, 단지 은폐할 수 있을 뿐인 전도된 가치들을 나타내고 있다. 그를 괴롭혀 왔으며 그가 털어 내어 죽여 버린 그 이는 그의 이마에서 핏자국으로 남아 '그대는 무슨 일을 저질렀는가?'라는 질문을 던지고 있을지도 모른다.

---

14) W. Borchert, a.a.O., S. 178: "Er wird nie mehr 'Mein bleicher Bruder Hängendes Lid' zu mir sagen, flüsterte der Leutnant. Das wird er von nun an nie mehr zu mir sagen."

15) Ebd., S. 178: "Eine Laus geriet zwischen seine Daumennägel. Es knackte. Die Laus war tot. Auf der Stirn - hatte er einen kleinen Blutspritzer."

4. 전쟁과 책임의 문제

1) 파괴된 질서

작품 서두에서의 웃고 있는 평화로운 일요일 아침의 모습은 섬뜩한 환상이었음이 드러난다. 이 깨끗하고 질서정연한 무대 위에 한 군인이 쓰러져서 배를 깔고 구부린 채 왜곡되고 파괴된 세계를 암시하고 있는 것이다. 이제 어휘들도 공포의 장소에 걸맞은 것들로 바뀐다. 평화의 장소에 어울리던 서두 부분에 상용된 어휘들, 즉 '하얀(weiß)', '푸른(blau)', '노란(gelb), '깨끗한(sauber), '짙푸른(dunkelblau)', '눈 덮인(schneeig)', '새로운(neu)' 등의 형용사들이 이제 '구부린(verkrümmt)', '배를 깔고 엎드린(bäuchlings)', '제복을 입은(uniformiert)', '검붉은(schwarzrot)', '죽은(tot)' 등 정반대의 정취를 나타내는 말들로 대체되는 것이다.

이러한 말들로 이루어지는 불화의 모습은 사건의 골격을 이룰 뿐만 아니라 그 자체로서 파괴된 질서의 일부분이 된다. 또한 전쟁에 의해 평온으로부터 이탈된 이 같은 정경은 인간의 삶을 갈기갈기 찢어 놓은 죽음의 증거가 된다. 작가는 과연 이러한 모습의 세계가 온전히 유지될 수 있을 것인지를 의문시한다. 보르헤르트는 처참하게 죽은 자들의 말없는 외침과 귓전을 때리는 하소연은 어느 누구도 참을 수 없는 것이라며 다음과 같이 쓰고 있다.

우리들 중 누가, 과연 우리들 중 누가 죽은 자들의 말없는 외침을 견딜 수 있을 것인가? 눈만이, 차가운 눈만이 그것을 참아낼 수 있다. 또한 태양이. 우리의 사랑하는 태양이.16)

여기에서는 태양과 눈 덮인 일요일의 세계는 아무렇지도 않은 듯 무심하고 냉담하게 머무른다는 것을 나타내고 있다. 태양은 어두워지지 않으며 눈은 녹지 않는 등 자연은 죽은 자들의 외침을 견뎌 낸다는 것이다. 자연에게는 아무것도 문제되지 않으며, 그 속에서 무슨 일이 일어나든 그것은 자연의 책임이 아니라는 뜻이다. 나아가 러시아의 겨울 혹한 또한 전쟁터의 셀 수 없을 만큼 많은 죽은 자들 위에 가차 없이 엄습하지만 그것 또한 스스로 책임질 일이 아니라는 의미로도 받아들일 수 있을 것이다.

전쟁은 인간을 굴종시킴으로써 질서를 파괴한다는 것이 작가의 관점이다. 따라서 군인은 명령의 끈에 의해 움직이는 제복을 입은 꼭두각시로 간주된다. 그는 혼자 힘으로 방향을 잡지 못하고 명령에 의해 이끌려지며, 행동하는 것이 아니라 도구화된 기능을 할 뿐이다. 그의 존재의 복합적 의미는 조작적인 도구에 국한됨으로써 사멸된다. "더 이상은 아무 말도 하지 않았다. 그저 예라는 말 밖에는."17)에서와 같이 군인은 명령에 스스로를 양도했으며 따라서 오직 그 명령에 그의 삶과 죽음의 책임이 지워져 있다. 따라서 죽은 병사 헬러 상사의 종말은 바로 꼭두각시의 종말이다. 그는 "밧줄에서 떨어져 관절을 삔 채 겸연쩍게 무대 위에 나뒹굴어 있다."18)에서와 같이 줄이 끊어질 경우 도전적인 겸연쩍은 모습을 보이는 꼭두각시와 유사한 형상을 하고 있는 것이다.

---

16) Ebd., S. 176: "Wer, oh, wer unter uns erträgt die stummen Schreie der Toten? Nur der Schnee hält das aus, der eisige. Und die Sonne. Unsere liebe Sonne."

17) Ebd., S. 178: "Mehr sagte man nie. Einfach: Jawohl."

18) Ebd., S. 176: "von den Drähten abgerissen so blöde verrenkt auf der Bühne rumliegen"

줄이 끊어진 꼭두각시 앞에 아직 홈이 없는 또 하나의 꼭두각시가 서 있었다. 아직 기능을 하는 꼭두각시가.[19]

참으로 끔찍스런 상황이다. 두 사람 중 한 사람만의 공간이 존재하는 세계 속에서 명령의 하달자와 수행자로서의 두 꼭두각시, 두 무기력한 '도구들(Apparate)'[20]이 함께 하고 있는 것이다. 여기서 아직 홈 없는 꼭두각시는 또 다른 꼭두각시가 밧줄로부터 떨어져 나감으로써 상대적으로 엄청난 존재가치를 얻는다. 헬러의 죽음에 대한 소대장의 만족스런 태도에서 독자에게는 순간적으로 소대장에 의한 살인이 행해지지 않았을까 하는 의문이 인다. 죽은 자에 대한 살아 있는 자의 승리는 곧 이야기의 중심이기도 하다. 차가운 눈과 무심히 내리쬐는 사랑스런 태양을 제외하고는 이 소대장이야말로 그 죽은 자의 외침을 유일하게 견뎌 내는 자이다. 죽은 자는 소대장이 괴롭힘을 당하며 살아 온 긴 생애 동안 도달할 수 없었던 만족감을 제공한다. 소대장은 죽은 자를 바라보며 "이제 누가 내 창백한 형이 매달고 있는 눈썹이지? 누구지? 이봐, 도대체 누구야? 너야, 나야? 난가?"[21]라고 흥분하면서 외쳐 댄다. 소대장은 마침내 자신의 상징이며 놀림거리 별명이었던 '내 창백한 형이 매달고 있는 눈썹'을 떨쳐 내 버린 것이다. 부하 병사의 죽음을 기뻐하는 소대장의 이 같은 태도는 보편적 인간세계에서는 흔치 않은 경우로서 전쟁의 비인간성과 그로 인한 파괴된

---

19) Ebd., S. 176: "Vor der abgerissenen Marionette stand eine, die noch intakt war. Noch funktionierte."

20) Manfred Horst: a.a.O., S. 72.

21) W. Borchert, a.a.O., S. 177: "Wer ist jetzt 'Mein bleicher Bruder Hängendes Lid'? Wie? Wer denn, mein Lieber, du oder ich? Ich etwa?"

질서를 상징적으로 나타내고 있다. 그리하여 호르스트는 이와 관련하여 다음과 같이 해석하고 있다.

소대장의 이러한 만족은 거룩한 인간상이 전쟁 속에서 산산조각 났다는 것에 대한 상징이다. 왜냐하면 이 같은 만족은 질서가 잡힌 세계에서는 있을 수 없을 것이며, 이 순간에서처럼 문제성 있을 수는 없을 것이기 때문이다.22)

전쟁은 사람들을 꼭두각시의 감각을 지닌 꼭두각시로서의 인간으로 만들었다. 보르헤르트는 그런 사람들에게 "일어나라, 창백한 형이여"23)라고 부르짖으면서 죽은 자들의 침묵의 절규를 아무도 견딜 수 없다고 비탄에 차 애절하게 외친다. 그러나 꼭두각시들은 이 목소리를 듣지 못한다. 줄에서 떨어져 버린 자들도, 아직 온전한 자들도 똑같이 듣지 못하며, 그들 모두에게는 더 이상 인간의 피가 흐르지 않고 있는 것이다.

2) 죽음과 그 책임

작품에서는 과연 소대장이 헬러 상사를 의도적으로 죽음으로 몰아넣었는지에 대한 책임의 문제가 제기될 수 있다. 그러나 이 같은 문제에 대한 해답은 쉽게 내려질 수 없다. 왜냐하면 전쟁에

---

22) Manfred Horst, a.a.O., S. 72: "Diese Genugtuung des Leutnants ist das gräßliche Zeichen dafür, daß das gottähnliche Menschenbild im Kriege zertrümmert wurde. Denn nie wäre sie möglich in einer geordneten Welt, nie wäre sie so fragwürdig wie in diesem Augenblick."

23) W. Borchert, a.a.O., S. 176: "steh auf, bleicher Bruder"

의해 질서가 파괴된 세계에서는 정돈된 가치체계를 전제로 한 이성적 판단과 행위의 가능성은 불가능하기 때문이다. 소대장의 행위를 측정하고 평가할 모든 척도는 무너져 버린 것이다. 이미 인간이 아닌 명령의 꼭두각시가 되어 버린 소대장에게 죄를 씌울 수는 없을 것이다. 우선 법률적인 의미에서 소대장은 대대의 명령에 따라 헬러 상사를 내 보낼 정당한 권한을 가지고 있었기 때문이다. 또한 도덕적으로도 소대장의 행위는 죄가 될 수 없는데, 그날 밤의 총성이 밖으로 나가는 자는 더 이상 돌아올 수 없음을 누구나 예감케 했으며, 소대장이 헬러 상사에게 직접적인 명령을 내려 그를 죽음 속으로 보내지는 않았기 때문이다. 자신을 괴롭혀 온 헬러와 함께 하는 비참한 상황 속에서 얼마 동안이나마 헬러를 내 보내고자 했을 소대장의 심정 또한 인간적으로 이해할 만하다. 따라서 소대장의 정황으로부터는 이 작품에서 열렬히 제기되고 있는 죄책의 문제가 풀리지 않는다. 명령을 내리는 순간의 급박한 상황과 함께 명령은 소대장을 온갖 죄책으로부터 벗어나게 한다.

소대장의 죄는 그가 헬러를 내 보냈다는 단순한 사실에 있지 않다. 소대장은 헬러의 죽음에 대해 만족을 느끼며 그의 죽음은 자신에게 "어마어마한 가치"[24]를 띤다. 차가운 눈과 태양을 제외하고는 어느 누구도 참아낼 수 없는 것, 즉 죽음에 대해 소대장은 승리의 환성을 울리는 것이다. 그는 "흥겨운 기분이 사라진 그대는 아주 비참해 보이는군."[25]에서 보이듯 죽은 자를 깡마른 어깨 위에 얹어 끌고 가는 것이 아니라 마치 패배한 적 앞의 승리자와

---

24) Ebd., S. 177: "eine ganze Masse wert"
25) Ebd., S. 176: "Ganz erbärmlich siehst du ohne deine gute Laune aus."

같이 죽은 자를 밟고 꼿꼿이 서 있는 것이다.

이제 예외자는 소대장이 아니라 헬러이다. 왜냐하면 그는 "역겹게(unappetitlich)" 보이며 핏방울로 얼룩져 있고, 지금까지 소대장이 그러했던 것 보다 더욱 더 우스꽝스런 모습을 하고 있기 때문이다. 소대장은 "이제 그대는 마치 셋까지도 셀 수 없는 듯한 모습으로 거기 누워 있군. 정녕 그대는 셀 수 없지. 더 이상은 셋까지도 셀 수 없지."26)와 같은 "섬뜩한 침묵의 대화"27) 속에서 그를 괴롭히던 자들로부터 해방된다. 여기에서 그의 내면심리는 드러나지만 자신의 명령과 헬러 상사의 죽음 사이에 인과적 관계가 있는지에 대한 확증은 보이지 않는다. 소대장은 헬러의 죽음에 대해 엄청난 만족을 느끼면서 기뻐하고 있으며, 그가 내린 명령은 그에게 이 같은 승리를 전쟁의 산물로서 받아들이는 데 충분한 공간을 부여한다.

전쟁 속에서 명령과 죽음 간의 연관관계는 결코 특별한 것이 아니며 아주 정상적인 것이다. 누군가가 타인의 죽음에 대해 만족한다고 하여 징벌할 법칙은 존재하지 않는다. 죄는 의식적인 행위를 전제로 한다. 그런데 헬러 상사의 죽음에 있어서는 바로 그러한 의식적인 살인행위가 결여되어 있다. 소대장은 헬러 상사의 죽음을 기쁘게 "수용하는 자(Empfangender)"28)이지 그에게 죽음을 부여한 자는 아니다. 이 같은 타인의 죽음의 수용 속에는 소대장의 법률적으로는 파악될 수 없는 도덕적인 죄가 놓여 있다고 볼 수 있다.

---

26) Ebd., S. 177: "Jetzt liegst du da, als ob du nicht bis drei zählen kannst. Kannst du auch nicht. Kannst nicht mal mehr bis drei zählen."
27) Ebd., S. 176: "fürchterlich stumme Rede"
28) Manfred Horst, a.a.O., S. 74f.

한편 헬러 상사의 죽음을 소대장을 자극해 온 데 대한 적절한 벌로 인정하는 데에는 이론이 있을 수 있다. 그러나 헬러 상사가 자주 소대장의 우스꽝스런 외모에 대해 조롱해 왔으므로 헬러 자신도 스스로의 죽음에 어느 정도 공동책임이 있는 것만은 부정할 수 없다.

전쟁에 의해 스스로 꼭두각시가 되어 버린 소대장은 이 같은 죄를 의식할 수 없다. 호르스트는 소대장에 대해 "그는 파괴된 우주, 둔주곡들로 이루어진 세계의 한 부분으로 냉혹하게 무심한 무대 위의 한 꼭두각시이다."[29]라고 평가하고 있다.

전쟁에서는 혼돈이 규범이 될 수 있다는 것이 작가 보르헤르트의 관점이다. 전쟁은 명령 속에서 새로운 척도들을 세움으로써 "혼돈적 질서(chaotische Ordnung)"[30]를 창조한다. 전쟁에서는 신성한 인간의 자리에 기름칠되어 작동하는 데에서 만족하는 소리 나는 도구가 대신하게 되는데, 이것이 바로 보르헤르트가 많은 작품들에서 그토록 처절하게 묘사하는 기계인간이다. 이 작품 속의 소대장 역시 전쟁 속의 꼭두각시로서의 도구화된 인간으로서 온갖 죄책에 있어서 자유로운 존재로 평가되어야 할 것이다.

호르스트는 헬러 상사를 죽음으로 내 몰고 자신을 꼭두각시로 전락시킨, 명령이 마련해 준 공간에서 소대장이 손톱으로 이를 잡으며 남긴 이마의 핏자국에 대해 그것이 다음과 같이 말하고 있다고 해석한다.

---

29) Ebd., S. 75: "Er ist selbst ein Teil des zertrümmerten Kosmos, einer Welt, die aus den Fugen ist: eine Marionette auf eisig gleichgültiger Bühne."
30) Ebd., S. 75.

그대(헬러 상사: 저자 주)를 회상하게 될 한 사람이 존재한다. 그는 주의 손 안에 떨어진 자신을 아무도 죽이지 못하게 하기 위해 카인을 그렸다.[31]

여기에서도 소대장의 죄책의 문제는 이미 현실세계의 판단영역을 벗어나 하늘의 심판에 맡겨져 있음이 드러나며, 소대장의 이마의 핏자국은 카인에의 상징으로서 하느님 외에는 어느 누구도 그를 죽일 수 없다는 해석을 뒷받침하고 있다.

5. 특징적 표현양식

작품에서 소대장과 헬러 상사 사이의 개인적 알력은 커다란 기회들의 제공자이며 파괴자인 전쟁 속에 파묻혀 버린다. 사람을 죽이는 일은 기술적인 기법의 연속적인 수행일 뿐이며, 죽이는 자들과 죽음을 당하는 자들은 서로 별개로 존재한다. 죽이는 일에의 강요는 더 이상 고통이 되지 않는다. 전쟁은 죽이는 일과 양심 사이에서, 명령과 사정거리 사이에서 안전장치를 허물어 버렸다. 그러나 진정한 혼란은 효율적으로 죽일 수 있는 곳이 어디인가에 있다.

그리하여 작가 보르헤르트는 전쟁을 질서의 교란자로 보면서 이에 걸맞은 짧고 불규칙적인 리듬과 고조되는 반복표현을 통해 혼돈적인 영상을 강화시킨다. 또한 조합된 세계상을 나타내는 문

---

31) Ebd., S. 75: "Es ist einer da, der sich deiner erinnern wird. Er zeichnete Kain, damit keiner ihn töte, der in die Hand des Herrn gefallen war."

장 구성방식인 부문장을 사용하지 않음으로써 파괴와 혼돈의 언어를 이룬다. 보르헤르트는 대상을 엄격하게 포착하여 모든 것을 이미 자신이 고백한 대로 "세 배로 접속사 없이"[32] 말하고자 한다.

언어의 이 같은 급속한 호흡은 첫 문장으로부터 마지막 문장에 이르기까지 전체 작품을 지배하고 있다. 또한 서술적이며 묘사적인 방식과 극적인 방식이 문체상 구별되지 않으면서 혼돈 속에서의 동일성의 모습을 형성한다. 이는 모든 전쟁의 희생자들은 죽지 않기 위해 죽인다는 동일한 법칙 아래에 서 있다는 것과도 일맥상통한다.

있는 그대로의 현상을 냉정하게 포착하여 묘사하는 객관적 서술기법과 시간적 연결이 파괴된 뒤죽박죽된 서술장면들 또한 파괴된 질서를 반영하고 있다. 보르헤르트는 인물들의 외적인 모습만을 그리면서 독자로 하여금 표정, 몸짓, 말, 행동으로부터 그들의 특성을 간접적으로 찾아내도록 한다. 이 같은 서술형식은 그를 극작가로 보이게 하면서 동시에 독자의 세심한 주의를 요하는, 단화에 특징적인 독특한 언어표현 형식을 나타내고 있다.

6. 맺음말

이 작품 속의 주인공 소대장은 건강하고 정상적인 자만이 인간 감정을 폭발시키지는 않는다는 사실을 보여 주고 있다. 자신의 우스꽝스럽고 비정상적인 외모에 의해 정상으로부터 벗어난 그

---

32) W. Borchert, Das ist unser Manifest, in: Das Gesamtwerk, Rowohlt Verlag 1975, S. 310: "dreifach und ohne Konjunktiv"

는 정상적인 자들의 집단으로부터 배척되어 그들의 냉혹함 속에 무력하게 내던져지고 급기야는 그들에게 감정을 폭발시킨다. 소대장은 자신을 괴롭혀 온 이와도 같은 헬러 상사를 명령 하달을 통해 죽음으로 내몰며 그 죽음 앞에서 슬픔 대신 만족감을 나타낸다. 명령이 죽음과 연결될 때 그 명령을 내리는 자가 과연 법률적으로 책임을 질 수 있는 것인지의 문제는 전쟁의 비인간성과 연관되어 깊이 음미해 볼 주제라 하겠다.

형식상 이 작품은 시간적으로 다양한 시제들이 뒤섞여 표현되면서 부자연스런 장면전환이 이루어짐으로써 대단히 파격적인 구성을 이루고 있다. 이 같은 파격적 구성은 전쟁에 의한 파괴된 세계질서와 그에 따른 전도된 가치를 드러내는 데 있어서 상징적인 역할을 하고 있다.

한편 이 작품은 파괴되고 핍박받는 세계와 폐허화된 인간상들만을 묘사하는 데에서 나아가 이 땅에는 불멸의 질서가 존재한다는 희망을 어렴풋이나마 던져 주고 있음을 주목할 필요가 있다. 작가 보르헤르트는 작품을 통해 어떤 결론이나 판결을 내리지 않으며 독자에게도 판결을 요구하지 않는다. 그는 이 작품을 통해 강 건너편을 제시하면서 그곳에는 견고한 땅이 있음을 암시하는데, 다만 그곳으로 건너는 다리가 전쟁에 의해 무너져 내렸음을 알리고 있다. 후세인들이 그 다리를 다시 일으켜 세우리라는 것이 그의 희망이며 유언이기도 하다.

그리하여 보르헤르트는 "아니야, 아니야. 우리는 이 부조리한 세계 속에서 다시금 계속하여, 여전히 사랑하고자 한다."[33]라고

---

33) Ebd., S. 315: "Doch, doch: Wir wollen in dieser wahnwitzigen Welt noch wieder, immer wieder lieben."

말했듯이 전쟁으로 파괴된 세계 속에서의 희미한 희망의 불빛을
이 작품 속에 남겨 두고 있는 것이다.

⟨참 고 문 헌⟩

1. Texte

Wolfgang Borchert: Mein bleicher Bruder, in: Das Gesamtwerk, Hamburg 1975.

Ders.: Das ist unser Manifest, in: Das Gesamtwerk, Hamburg 1975.

2. Sekundärliteratur

Brinkmann, Karl: Wolfgang Borchert. Drauß en vor der Tür und andere Erzählungen, C. Bange Verlag.

Brustmeier, Horst: Der Durchbruch der Kurzgeschichte in Deutschland. Versuch einer Typologie der Kurzgeschichte, dargestellt am Werk Wolfgang Borcherts, Marburg 1966.

Burger, Gerda(Hrsg.): Methoden und Beispiele der Kurzgeschi - chteninterpretation, C. Bange Verlag 1980.

Doderer, Klaus: Die Kurzgeschichte in Deutschland. Ihre Form und ihre Entwicklung, Wiesbaden 1972.

Durzak, Manfred: Die deutsche Kurzgeschichte der Gegenwart. Autorenporträts. Werkstattgespräche. Interpretationen, Stuttgart 1980.

Ders.: Die Kunst der Kurzgeschichte. Zur Theorie und Geschichte der deutschen Kurzgeschichte, München 1989.

Freydank, Konrad: Das Prosawerk Borcherts. Zur Problematik der Kurzgeschichte in Deutschland, Marburg 1964.

Gelfert, Hans-Dieter: Wie interpretiert man eine Novelle und eine Kurzgeschichte?, Stuttgart 1993.

Glaser, H.: Weltliteratur der Gegenwart. Dargestellt in Problemkreisen, Verlag Ullstein.

Gra ß l, H.: Die Küchenuhr, in: Rupert Hirschenauer u. Albrecht Weber, Interpretationen zu Wolfgang Borchert, München 1976.

Kilchenmann, Ruth J.: Die Kurzgeschichte. Formen und Entwicklung, Stuttgart 1967.

Marx, Leonie: Die deutsche Kurzgeschichte, Stuttgart 1985.

Nayhaus, Hans-Christoph Graf von(Hrsg.): Theorie der Kurzgeschichte, Stuttgart 1977.

Rohner, Ludwig: Theorie der Kurzgeschichte, Frankfurt a. M. 1973.

Schmidt, M.: Wolfgang Borchert. Analysen und Aspekte, Halle 1970.

Skorna, Hans Jürgen: W. Borchert, Nachts schlafen die Ratten doch, in: Ders., Die deutsche Kurzgeschichte der Nachkriegszeit im Unterricht, Ratingen 1967.

Zimmermann, W.: Deutsche Prosadichtungen unseres Jahrhunderts, Bd. 2, Düsseldorf 1981.

제5장
≪부엌시계≫

●●●●●

●●●

●

1. 머리말

볼프강 보르헤르트의 단화 ≪부엌시계≫는 작가가 대표적 방송극인 ≪문밖에서≫를 완성한 후 요양지 바젤에서 죽음을 기다리는 길고 절망적인 시간 속에서 쓰여 그가 죽은 후에 발표되었다. 이 작품은 보르헤르트의 다른 단화들과 마찬가지로 형식의 개방성에 의해 전형적인 현대단화의 구조특성을 띠고 있다. 또한 암시와 상징을 통한 긴밀한 함축성도 단화적 특성으로 부각되고 있다. 부엌시계는 사물제목(Dingtitel)[1]을 이루면서 동시에 이야기를 이끌어 나가는 중심적 객체로서 주인공의 운명을 극명하게 드러내는 역할을 한다. 또한 부엌시계의 다양한 상징과 심층적 의미내포는 짧지만 독자의 세심한 주의와 관찰을 요하는 단화의 특성과 일치하고 있다.

---

1) Vgl. L. Rohner, Theorie der Kurzgeschichte, 1973, S. 134.

이에 따라 본 논문에서는 서두와 결말의 비폐쇄성으로서의 이 작품의 구조적 특성을 살펴보고 줄거리 분석을 통해 작품내재적 해석을 해 보기로 한다. 또한 중심적 객체인 부엌시계와 그것을 둘러싼 현실상황이 펼치는 상징적 의미를 파악함으로써 이 작품에 대한 좀 더 심층적인 이해에 접근하고자 한다. 한편 이 작품에서는 간결한 문장과 반복적 표현 등 단화로서의 전형적 표현양식이 사용되어 있는 바 그 같은 문체 및 표현기법에 대해서도 자세히 살펴보기로 한다.

2. 서두와 결말의 비폐쇄성

이 단화의 서두는 다음과 같이 배경이나 도입부가 없이 완전히 열린 상태로 되어 있다.

> 그들은 이미 멀리서부터 그가 다가오고 있는 것을 보았는데, 그가 두드러지게 눈에 띄었기 때문이다. 그는 아주 늙은 얼굴을 하고 있었으나 걸어오는 모습에서는 이제 겨우 스무 살임을 알 수 있었다. 그는 늙은 얼굴을 한 채 벤치로 가서 그들 곁에 앉았다. 그러고 나서 그는 손에 들고 있는 것을 그들에게 보여 주었다.[2]

여기에서는 '그'가 누구이며 '그들'은 어떤 사람들인지 도무지

---

2) W. Borchert, Die Küchenuhr, in: Das Gesamtwerk, Hamburg 1975, S. 201: "Sie sahen ihn schon von weitem auf sich zukommen, denn er fiel auf. Er hatte ein ganz altes Gesicht, aber wie er ging, daran sah man, daß er erst zwanzig war. Er setzte sich mit seinem alten Gesicht zu ihnen auf die Bank. Und dann zeigte er ihnen, was er in der Hand trug."

암시조차 되어 있지 않으며 벤치 외에는 공간과 시간이 제시되어 있지 않다. 따라서 단화의 특징적 요소인 서두의 완전한 개방이 이루어져 있다.

개방적 서두와 함께 결말부도 다음과 같이 개방되어 있다.

그러고 나서 그는 더 이상 아무 말도 하지 않았다. 그러나 그는 아주 늙은 얼굴을 하고 있었다. 그리고 그의 곁에 앉은 남자는 자신의 구두를 바라보았다. 그러나 그는 자신의 구두를 바라보지 않았다. 그는 계속해서 천국이라는 말을 생각했다.[3]

이 결말부에서도 서두에서의 늙은 얼굴을 하고 있었다는 부분과 이야기의 중간에 묘사된 천국이 반복적으로 등장할 뿐 전체 이야기를 매듭짓거나 결정적 해결을 이루지 않음으로써 완전한 개방적 결말을 이루고 있다. 로너에 의하면 이 같은 서두 문장의 반복과도 같은 마지막 문장은 "종결된 것의 종점이며 생성되는 것의, 더 이상 상술되어지는 것이 아닌, 단지 그것의 첫 국면에서 암시된 것의 시작"[4]으로서 역할을 하며 언제나 이 결말 문장은 행동과 몸짓을 지닌다.

서두의 비폐쇄성은 이미 첫 문장에 앞서 사건이 오래 전에 시작되었고 첫 문장에서는 그것이 이미 상당히 진행되었음을 의미하는데 로너는 이를 "독자는 이를테면 달리는 열차 위로 뛰어 오

---

3) Ebd., S. 204: "Dann sagte er nichts mehr. Aber er hatte ein ganz altes Gesicht. Und der Mann, der neben ihm saß, sah auf seine Schuhe. Aber er sah seine Schuhe nicht. Er dachte immerzu an das Wort Paradies."

4) L. Rohner, a.a.O., S. 250: "Endpunkt eines Abgeschlossenen und der Anfang eines Werdenden, nicht mehr Auszuführenden, nur eben in seiner ersten Phase noch Angedeuteten"

르게 된다"5)고 비유한다. 한편 결말의 개방성에 따라 사건의 긴장은 마지막 문장을 지나 계속 이어지며 해결이 제공되지 않음으로써 독자를 감정적으로나 사고적으로 풀어 주지 않고 공동작업에 얽매어 놓는다. 이 같은 서두와 결말에 있어서의 비폐쇄성은 단화를 특징짓는 구조특성으로서 인정된다.

3. 줄거리 해석

이 작품은 전쟁에 의해 분별력과 이성을 상실한 한 젊은이를 다루고 있다. 앞서 살펴보았듯 서두에서 소수의 흐릿한 윤곽들로 돌연히 하나의 상황이 형성된다. 무대는 햇살을 받고 있는 한 벤치로서 거기에는 얼굴도 이름도 알 수 없는 사람들이 앉아 있다. 즉 2차 대전의 공습이 끝난 어느 날 유모차를 끌고 있는 한 부인과 계속 자신의 구두를 바라보는 한 남자와 또 다른 남자가 앉아 있는데 그들에 관해서는 이야기가 전개되는 동안 아무것도 구체적으로 밝혀지지 않는다. 그들은 말없는 관찰자이며 청자이다. 그들에게 한 남자가 접근하는데 그는 폐허가 된 양친의 집에서 끄집어 낸 낡은 부엌시계를 가지고 있다. "그는 아주 늙은 얼굴을 하고 있었으나 걸어오는 모습에서는 이제 겨우 스무 살임을 알 수 있었다."에서 알 수 있듯 그의 특별한 모습은 "멀리서부터(von weitem)" 사람들의 시선을 끈다. 그의 겉모습 속에는 걸음걸이는 젊은이다우나 얼굴은 매우 늙어버린 부조화가 있다. 그 젊은이는 자랑스레 손에 들고 있는 부엌시계를 벤치 위의 사람들에게 내보

---

5) Ebd., S. 249: "der Leser springt sozusagen auf den fahrenden Zug"

인다. 그것은 파괴된 양친의 집으로부터 손수 끌어낸 그에게 남아 있는 유일한 물건인데 그의 사고는 오로지 이 부엌시계 주변만을 맴돌고 있다. 그 부엌시계는 더 이상 물질적인 가치를 지니고 있지 않으며 이미 헐값상태였고 지금은 고장 나 있다. 젊은이는 "그것이 고장 난 것을 나는 잘 알고 있지요. 그러나 그밖에는 그것은 전과 똑같은 상태지요. 하얗고 푸르고."[6]라고 말한다. 그러나 문제는 그 낡은 시계가 아니라 그 젊은이가 이 짧은 단화 속에서 다섯 번이나 반복해서 말하는, 시계가 하필이면 2시 반에 멈췄다는 수수께끼 같은 사실이다. 이에 대해 벤치 위의 한 남자는 "폭탄이 떨어지면 시계는 멈추지. 그것은 압력에 의해서야."[7]라며 즉시 합당한 설명을 해댄다. 그러나 그 젊은이는 다음과 같이 반박한다.

아니에요, 아저씨, 당신 말은 틀려요. 그것은 폭탄과는 아무 연관도 지을 수 없어요. 당신은 언제나 폭탄에 대해서만 얘기해서는 안돼요. 아니에요. 2시 반에는 아주 다른 어떤 일이 있었는데 당신은 알지 못해요. 그것이 정각 2시 반에 멈췄다는 것은 흥미로운 일이지요.[8]

물론 부엌시계는 폭발하는 폭탄의 압력이나 폭격 맞은 집의 붕괴에 의해 멈췄다. 그러나 그러한 것은 시계가 유일한 소유물로

---

6) W. Borchert, a.a.O., S. 202: "Kaputt ist sie, das weiß ich wohl. Aber sonst ist sie doch noch ganz wie immer: weiß und blau."

7) Ebd., S. 202: "Wenn die Bombe runtergeht, bleiben die Uhren stehen. Das kommt von dem Druck."

8) Ebd., S. 202: "Nein, lieber Herr, nein, da irren Sie sich. Das hat mit den Bomben nichts zu tun. Sie müssen nicht immer von den Bomben reden. Nein. Um halb drei war ganz etwas anderes, das wissen Sie nur nicht. Das ist nämlich der Witz, daß sie gerade um halb drei stehengeblieben ist."

남아 있는 젊은이에게는 중요한 것이 되지 못한다. 2시 반은 젊은이가 항상 일터에서 집에 돌아오곤 했던 시각이었다. 물론 그는 그때 배가 고팠다. 그래서 그가 깜깜한 부엌에 들어섰을 때 갑자기 불이 들어왔고 그의 어머니는 털 재킷을 입고 맨발인 채 거기에 서 있었다. 그녀는 그에게 저녁식사를 따뜻하게 마련해 주고 그의 곁에 앉아서 그가 다 먹을 때까지 기다렸다. 그는 자기 방에 들어가 잠자리에 들었을 때에도 어머니가 아직 접시들을 치우고 있는 소리를 들었다. 젊은이는 어머니의 자신에 대한 헌신적인 돌봄을 당연한 것으로 여겼다고 다음과 같이 고백한다.

나는 그녀가 밤 2시 반에 부엌에서 내게 먹을 것을 마련해 준 것은 아주 당연한 일이었다고 여겼다. 나는 그것을 지극히 당연한 일로 여겼다. 그녀는 항상 그렇게 했던 것이다. 그리고 그녀는 또 늦었구나라는 말 외에는 아무 말도 하지 않았다. 그녀는 매번 그 말을 했다. 그래서 나는 그 말은 결코 중단되지 않을 것이라고 생각했다. 그것은 내게 아주 당연한 것이었다. 그 모든 것이 언제나 그렇게 행해져 왔던 것이다.[9]

그런데 모든 것이 사라졌다. 양친 "또한 함께 사라졌으며(auch mit weg)" 모든 것은 파괴되었다. 단지 낡은 부엌시계만이 남아 있으며 그것은 하필이면 2시 반에 멈춰 있다. 그리고 그 시계는 그 늙은 얼굴의 젊은이에게 다음과 같이 회상시킨다.

---

9) Ebd., S. 203: "Das war ganz selbstverständlich, fand ich, daß sie mir nachts um halb drei in der Küche das Essen machte. Ich fand das ganz selbstverständlich. Sie tat das ja immer. Und sie hat nie mehr gesagt als: So spät wieder. Aber das sagte sie jedesmal. Und ich dachte, das könnte nie aufhören. Es war mir so selbstverständlich. Das alles war doch immer so gewesen."

이제, 이제 나는 알아요, 그때가 천국이었다는 것을. 진정한 천국이었
다는 것을.10)

벤치 위의 사람들은 아무도 그가 무슨 말을 하는지 알지 못하
며 그는 더 이상 아무 말도 하지 않은 채 이야기는 다음과 같이
끝난다.

그러나 그는 아주 늙은 얼굴을 하고 있었다. 그리고 그의 곁에 앉은
남자는 자신의 구두를 바라보았다. 그러나 그는 자신의 구두를 바라
보지 않았다. 그는 계속해서 천국이라는 말을 생각했다.

이 작품의 해석에 있어서 특기할만한 점은 이율배반적인 기이
한 젊은이의 태도이다. 그의 행동과 말의 억양은 그가 말하는 내
용과는 심한 모순을 이룬다. 사람들이 그가 모든 것을 잃었느냐
고 묻는 데에 대한 다음과 같은 그의 흥겨운 답변 태도가 그 단적
인 예이다.

예, 예, 여러분들도 아시겠지만 모든 것을 잃었지요. 라면서 그는 흥겹
게 말했다. 여기 있는 이것, 이것만이 남아 있어요.11)

또한 모든 것을 잃은 채 유일하게 남아 있는 부엌시계가 2시 반
에 멈춰 있는 것을 그는 "흥밋거리(Witz)"로 여긴다. 그리고 그는
자신의 양친도 역시 사라졌다고 설명할 때에도 미소를 짓는다.

---

10) Ebd., S. 203: "Jetzt, jetzt weiß ich, daß es Paradies war. Das richtige Paradies."
11) Ebd., S. 202: "Ja, ja, sagte er freudig, denken Sie, aber auch alles! Nur sie hier, sie
   ist übrig."

그는 부엌시계를 높이 들어 올리고는 웃는다. 부엌시계는 그의 기쁨이며 행복이고 그는 그것이 하필 2시 반에 멈춰 있는 것을 가장 멋진 일로 여긴다.

젊은이의 이 같은 모순적 언행은 기이한 황홀경이 그를 뒤덮고 있어 그로 하여금 자신의 외톨이가 된 고난에 찬 냉혹한 현실을 알아차리지 못하게 하는 데에서 비롯되고 있다고 볼 수 있다. 젊은이에게는 전쟁으로 고장 난 낡은 부엌시계에서 상징적으로 구체화되는 추억만이 살아 있으며 그것은 그에게 과거인 동시에 현재이다.

이같이 자신이 처한 환경에 반한 모순적 태도를 보이는 그 젊은이는 틀림없이 순진무구한 정신이상자이다. 그가 살아가는 시대 자체가 비정상적이었기에 젊은이의 마음속에서는 무언가가 시계처럼 "고장 나(kaputt)" 있으며 정확하게 똑딱거리지 않거나 똑딱임을 상실했을지도 모른다. 개인을 집단 속에 내던지고 그로부터 개성을 강탈하고 비정상적으로 만드는 것은 전쟁의 법칙이라고 할 수 있는데 이는 작가 보르헤르트가 또 다른 단화 ≪이번 화요일에≫ 속에서 엘러스 중위의 붉은 목도리를 통해 상징화한 바 있다. 전쟁이 오래 계속되고 혹독해질수록 한 거대한 기기의 기능화 된 부품이 되지 않기 위해 개성을 주장하는 일은 점점 더 불가능해진다. 실존적 위험은 천재든 문맹자든 개인을 중시하지 않으며 총알은 선택의 여지없이 목표를 맞힌다. 개인은 또 다른 개인을 믿고 머무르지만 아무 관계도 없이, 무감각하며 의지할 수 없이 이웃사람 곁에 서 있게 된다. 따라서 모두가 홀로 머물며, 생존이 단지 우연에 좌우되고, 전통적인 군인과 시민의 덕성은 더 이상 가치가 없는 그런 시점이 닥쳐온다. 주변세계는 계속 이어져 나가지만 더 이상 습관화된 법칙이 아닌, 단지 오로지 지금

유효한 전쟁의 법칙에 따라 지속된다. 어떤 이는 순응하고 굴복하며 적응해 나가면서 행운이 따르면 살아남는다. 또 다른 이는 그럴만한 이유가 존재하거나 의미가 내재되어 있지도 않은 상태에서 아래로 침몰한다. 아무 탈 없이 그로부터 견뎌 나가는 자는 아무도 없으며 몇몇 사람들은 이로 인해 미쳐 버린다.

이것이 객관적으로 볼 때 낡은 부엌시계를 가지고 있는 젊은이의 경우인데 그에게는 추억만이 남아 있으며 존재의 혹독함을 알고 있지만 아직 추억만을, 즉 "천국(Paradies)"을 현실로서 이해하고 있다. 이 "천국"은 단순한 세계이지만 이기적이지 않고 안온하며 정성어린 모성애의 광채를 통해 밝게 조명된다. 부엌시계가 하필 2시 반에 멈춰 있다는 기적을 통해서 외톨이 정신이상자인 젊은이에게는 돌연 다시 생기가 일고 그는 커다란 행복을 체험한다.

이 작품의 내재적 의미는 바로 이러한 면에서 찾을 수 있다. 즉 파괴, 고난, 출구부재의 세계 속에는 단지 행복의 환상만이 머문다는 점이다. 사람들은 그 행복의 환상을 체험하기 위해 투명한 이성을 상실할 수밖에 없는 것이며 정신이상자의 모습으로 그려진 젊은이의 국면도 이러한 맥락에서 해석될 수 있다.

4. 부엌시계의 상징성

부엌시계는 작품의 제목을 이루는 사물로서 푸른 숫자들이 그려져 있고 양철 바늘을 지닌 하얀 접시시계이다. 이 시계와 함께 사건의 깊은 의미와 젊은이의 운명이 아주 손쉽게 제시된다. 부엌시계는 여기서 사라져버린, 되찾을 수 없는 시간의 상징이다. 또한 부엌시계는 동시에 접시, 즉 인간이 가족과 함께 식사를 하는 그릇의 형상을 하고 있다. 어머니가 차린 식탁에서 배불리 먹는 이 같은 가족집단은 문학에서 아주 오랜 의미를 지니고 있다. 그것은 영웅가와 원시민족들의 관습 속에 면면히 전수되어 내려온 모티브이다. 식사를 함께 하는 것은 본질적인 의미에서 결코 사라질 수 없는 "끈끈한 우정, 정성, 협동"[12]을 뜻한다. 같은 식탁에서 함께 먹고 마시는 것은 어느 누구도 함부로 깨뜨릴 수 없는 숙명적인 가족의 통일을 낳는다.

이 작품은 이러한 가족관계의 단절과 시간 속에서의 그 결과를 부엌시계를 중심으로 하여 펼치고 있다. 아무런 답례도 없이 자신의 가족과 어머니의 정성어린 돌봄을 당연하며 아무렇지도 않게, 무심히 받아들였던 20세 젊은이는 전쟁의 폭격에 의해 가족과 스스로를 파괴당한다. 그는 잿더미와 폐허로부터 오직 그 부엌시계만을 끄집어냈다. 그가 설명하는 부엌시계의 모습은 다음과 같다.

그것은 더 이상 가치가 없어요. (…) 또한 그것은 특별히 멋지지도 않지요. 그것은 다만 접시와 같이 하얀 래커칠이 되어 있지요. 그러나 나로서는 그 푸른 바늘들은 아주 멋지게 보여요. (…) 그것은 안으로는 고장 났음에 틀림없어요. 그러나 그것은 여전히 전과 똑같이 보여요. 비록 그것이 지금은 더 이상 가지 않지만요.[13]

---

12) H. Graßl, Die Küchenuhr, in: R. Hirschenauer u. A. Weber, Interpretationen zu Wolfgang Borchert, München 1976, S. 83: "unverbrüchliche Freundschaft, Treue, Genossenschaft"

13) W. Borchert, a.a.O., S. 201f.: "Sie hat weiter keinen Wert, (…) Und sie ist auch nicht so besonders schön. Sie ist nur wie ein Teller, so mit weißem Lack. Aber die blauen Zahlen sehen doch ganz hübsch aus, finde ich. (…) Innerlich ist sie kaputt, das steht fest. Aber sie sieht noch aus wie immer. Auch wenn sie jetzt nicht mehr geht."

젊은이는 "손가락 끝으로 부엌시계의 둘레를 따라 조심스레 원을 그린다."[14] 그 원은 안으로 고장 난 그 시계를 뛰어 넘어 곧장 공허를 묘사하고 있다고 볼 수 있는데 어머니는 이제 더 이상 그에게 가정에서 먹을 음식을 접시에 채워 주지 않을 것이다. 따라서 부엌시계를 따라 그린 원은 아무 도움도 없이 홀로 거리 위에 서 있는 화자인 젊은이의 현실상황을 나타내고 있다.

부엌시계가 정각 2시 반에 멈춰 있다는 데에서 그것의 상징성은 더욱 커진다. 젊은이는 2시 반을 폭격시각으로서가 아닌 자신이 언제나 일터에서 귀가하던 시각으로서 의미를 둔다. 밤에 귀가하면 그는 굶주림에 살금살금 소리 없이 문을 열고 부엌으로 들어갔으나 어머니는 언제나 문소리를 듣고는 전등을 켰다. 그녀는 아무 책망도 없이 맨발로 차가운 타일바닥 위에서 전쟁 중의 궁색한 음식을 아들에게 차려 주고는 식사를 마칠 때까지 기다렸다. "또 늦었구나."가 어머니가 하는 유일한 말이었다. 그는 당시 그러한 어머니의 헌신적 행동을 지극히 당연한 것으로 여겼다. 그러나 가족과 집이 되돌릴 수 없이 사라져버린 지금 그는 부엌시계의 모습을 향하여 그때가 천국이었다는 것을 고백한다. 어머니의 보살핌을 단지 당연한 것으로만 느꼈고 주지 않고 받기만 한 그가 자신이 과거에 누렸던 모든 것이 돌이킬 수 없이 사라져버린 이제야 비로소 그 가치를 인식할 수 있게 되는 것이다. 이제 젊은이는 완전한 상실 속에서 적어도 이전의 소유물이 얼마나 위대하고 축복된 것이었는지에 대한 깨달음을 이룬 것이다.

그라슬에 의하면 "천국은 여기서 단순한 세속적 안주성 이상의

---

14) Ebd., S. 202: "Er machte mit der Fingerspitze einen vorsichtigen Kreis auf dem Rand der Telleruhr entlang."

것을 의미하며 신적인 것과 연결된 상실될 수 없는 소유물을 뜻한다."15)고 한다. 그것은 사라진 것의 미화와 변용이 아니고 파괴된 고향의 폐허더미 위에 이루어진 행복스런 깨달음의 결정이다. 그 깨달음은 신과 연결된 것과 같이 천부적이며 불멸의 것으로서 젊은이의 값진 정신적 소유물로서 머문다. 그리하여 갑자기 그 같은 깨달음 속에 빠져든 젊은이는 그의 가족에 대한 질문을 받고는 절망적이 아닌 의기양양하게 미소 지으며 다음과 같이 대답한다.

아, 당신은 내 양친을 말하는군요? 그래요, 그들도 역시 함께 사라졌지요. 모든 것이 사라졌어요. 모든 것이. 상상해 보세요, 모든 것이 사라졌다니까요.16)

여기에서 사라지는 것은 상존하는 것에 비하여, 즉 아버지와 어머니 및 모든 가정적인 것을 속에 감추고 새롭게 작용하는 천국적인 요소에 비하여 사소하게 나타나는 것이다.

젊은이는 벤치 위의 사람들이 그를 바라보지 않고 이해하지 못하자 다시 자신의 부엌시계를 높이 들어 올리고는 반복하여 그 시계에 대해 설명한다. 여기서 젊은이의 대화상대가 된 부엌시계는 가족의 죽음 이후에도 그 지속적인 삶과 지속적인 영향의 상징이 되고 있다.

침머만에 따르면 부엌시계는 모든 사라지는 것에 대한 잔존하는 것의 좀 더 높은 가치를 나타내는데 그것은 "바로 그곳에서 사

---

15) H. Graßl, a.a.O., S. 86: "Paradies meint hier mehr als bloß irdische Geborgenheit, meint unverlierbaren Besitz, der mit dem Göttlichen verbindet."

16) W. Borchert, a.a.O., S. 203: "Ach, Sie meinen meine Eltern? Ja, die sind auch mit weg. Alles ist weg. Alles, stellen Sie sich vor. Alles weg."

랑의 천국을 알리며 외적으로는 단지 파괴의 지옥만을 무의미하게 지배하는 감각적인 현실에 대한 초감각적인 현실의 우위"[17]를 묘사한다는 것이다. 그는 계속하여 다음과 같이 설명한다.

그렇게 볼 때 부엌시계는 과거에 받았던 사랑만을 회상시킬 뿐만 아니라 신비로운 상징이 되어 우리에게 이 사랑을 직접적인 현재적 힘으로서 실질적이며 효과적으로 조명하며 이렇게 막강하게 제시된 힘은 이 사랑을 베푼 사람들의 신체적인 상실에 대한 고통을 잊게 해 준다.[18]

이에 따라 다음과 같이 이어지는 작품의 마지막 부분 또한 이해할만 하다.

그러고 나서 그는 더 이상 아무 말도 하지 않았다. 그러나 그는 아주 늙은 얼굴을 하고 있었다.[19]

그에게는 엄청난 고난으로부터 본질을 현상보다 더 높이 평가하며, 실제세계보다 상징을 더 값진 것으로 여길 수 있는 능력이 자라났으며 그것은 더 이상 정의될 수 없고 말로써 표현될 수 없

---

17) K. Brinkmann, Wolfgang Borchert. Drauβen vor der Tür und Erzählungen, C. Bange Verlag, S. 69: "Vorrang der übersinnlichen gegenüber der sinnlichen Wirklichkeit, die auch dort und gerade dort das Paradies der Liebe verkündet, wo äuβerlich nur die Hölle der Zerstörung sinnlos waltet."

18) Ebd., S. 69: "So gesehen erinnert die Küchenuhr nicht nur an die in der Vergangenheit empfangene Liebe, sie wird vielmehr zum geheimnisvollen Zeichen, das diese Liebe uns auch wirklich und wirksam ausstrahlt als unmittelbar gegenwärtige Kraft. die sich als so mächtig erweist, daβ sie den Schmerz über den körperlichen Verlust derer, die diese Liebe schenkten, vergessen macht."

19) W. Borchert, a.a.O., S. 204: "Dann sagte er nichts mehr. Aber er hatte ein ganz altes Gesicht."

는 깨달음인 것이다. 정신이상 상태가 되어버린 그의 황홀한 상태
는 깨달음을 위한 대가로 볼 수 있다. 이러한 해석은 작품의 결말
이 증명하고 있는데 그것은 혼돈 속에서도 건강한 세계에 대한 인
식이 지켜져 남아 있다는 사고이다. 작가 보르헤르트는 ≪우리의
선언≫에서 다음과 같이 스스로 이 같은 해석을 증명하고 있다.

우리는 절망으로부터 부정을 말하지 않는다. 우리의 부정은 저항이다.
그리고 우리들 허무주의자들은 입맞춤에서 안식을 얻지 못한다. 왜냐
하면 우리는 무(無) 속에 들어가 다시 긍정을 세워야 하기 때문이다.
우리는 우리의 부정의 자유로운 대기 속에, 목구멍들 위에, 탄흔과 구
덩이들 위에, 시체들의 열린 입들 위에 집들을 세워야만 한다. 허무주
의자들의 깨끗이 청소된 대기 속에 집들을 세워야 한다. 나무와 머리
와 돌과 사고로 된 집들을. 왜냐하면 우리는 독일이라 불리는 이 거대
한 황무지를 사랑하기 때문이다. (…) 독일을 위해 우리는 살아가고자
한다. (…) 이 쓰디쓰고 혹독한 삶을. (…) 우리는 그리스도교도들이
그의 고난으로 인해 그들의 예수를 사랑하듯 이 독일을 사랑하고자
한다.[20]

이 ≪우리의 선언≫의 마지막 문장인 "그렇지만 우리는 이 미쳐

---

20) W. Borchert, Das ist unser Manifest, in: Das Gesamtwerk, a.a.O., S. 313: "Wir
sagen nicht nein aus Verzweiflung. Unser Nein ist Protest. Und wir haben keine Ruhe
beim Küssen, wir Nihilisten. Denn wir müssen in das Nichts hinein wieder ein Ja
bauen. Häuser müssen wir bauen in die freie Luft unseres Neins, über den Schlünden,
den Trichtern und Erdlöchern und den offenen Mündern der Toten: Häuser bauen
in die reingefegte Luft der Nihilisten, Häuser aus Holz und Gehirn und aus Stein und
Gedanken. Denn wir lieben diese gigantische Wüste, die Deutschland heiβt (…) Um
Deutschland wollen wir leben. (…) Dieses bissige, brutale Leben. (…) Wir wollen
dieses Deutschland lieben wie die Christen ihren Christus: Um sein Leid."

버린 흥미로운 세계 속에서 계속하여 사랑해 나아갈 것이다."21)는 부엌시계에 대한 주석과도 같다. 왜냐하면 하필이면 2시 반에 멈춘 낡은 부엌시계의 기적에 대해 젊은이가 사용한 "흥미로움 (Witz)"이라는 어휘가 사용되고 있기 때문이다.

5. 문체와 표현기법

보르헤르트의 모든 단화가 그러하듯 이 작품에서도 매우 간결하며 소박한 문체가 사용되고 있다. 우선 문장들이 짧으며 선정된 어휘들은 작품 속에서 다루어지는 단순하고 가난한 사람들과 완전히 합치된다. 이 작품에 등장하는 인물들은 주인공인 젊은이를 포함하여 모두가 전쟁으로부터 폐허화된 세계에서 고난과 마주하며 살아가고 있는 사람들이다. 젊은이와 벤치 위의 사람들이 나누는 짤막한 대화들이 전체 이야기를 이끌어 나가고 있는데 이 대화들은 지극히 일상적이며 평범하고 간략하게 이루어져 있다. 또한 이 대화들은 엄격하게 보면 ≪문 밖에서≫에서와 마찬가지로 단지 주인공 젊은이의 독백들의 나열에 불과하다. 따라서 어느 누구도 근본적으로 젊은이를 이해하지 못하고 모두가 서로 스쳐 지나는 이야기를 나누며 젊은이에게 현실이 된 상황을 함께 인식할 자세가 되어 있지 않음을 나타내고 있는데 이는 다음과 같은 묘사에서 잘 드러나고 있다.

---

21) Ebd., S. 315: "Doch, doch Wir wollen in dieser wahn-witzigen Welt noch wieder, immer wieder lieben."

그는 주저하며 한 사람으로부터 다른 사람에게로 미소를 지었다. 그러나 그들은 그를 바라보지 않았다.[22]

그러나 타인들에게서는 또 다른 가능한 세계에 대한 예감이 솟아올랐다는 사실도 암시되고 있다. 이러한 깊은 함축성과 암시는 단화가 지니고 있는 특징적 요소로서 참된 해석을 위한 독자의 주의력을 강하게 요하고 있다.

표현기법 상 가장 중요한 특성은 연거푸 사용된 반복이다. 반복을 통하여 점점 고조되는 작품의 복합적 의미가 분명해진다. 특히 부엌시계가 2시 반에 멈춰 있다는 것과 자신의 귀가시간이 2시 반이었다는 젊은이의 반복적인 발언은 사라져버린 가족 간의 식사라는 무상성의 상징으로부터 "천국"이라는 말로 포장된 불멸성에 이르기까지의 부엌시계의 이중영상을 분명하게 드러내고 있다. 이 부분의 반복적 표현을 모으면 다음과 같다.

∘ Denken Sie mal, sie ist um halb drei stehengeblieben.

(S. 202, Z. 18f.)

∘ Ausgerechnet um halb drei, denken Sie mal!

(S. 202, Z. 19f.)

∘ Das ist nämlich der Witz, daß sie gerade um halb drei stehengeblieben ist.

(S. 202, Z. 29f.)

∘ Um halb drei kam ich nämlich immer nach Hause.

(S. 202, Z. 31)

---

22) W. Borchert, Die Küchenuhr, in: a.a.O., S. 203: "Er lächelte verlegen von einem zum anderen. Aber sie sahen ihn nicht an."

○ Fast immer um halb drei.

(S. 202, Z. 32)

○ Da war es dann fast immer halb drei.

(S. 203, Z. 2)

○ Und meistens immer um halb drei.

(S. 203, Z. 17f.)

○ Und das Schönste ist ja, daß sie ausgerechnet um halb drei stehengeblieben ist.

(S. 204, Z. 1f.)

○ Ausgerechnet um halb drei.

(S. 204, Z. 2)

한편 다음과 같은 젊은이의 고난에 찬 표정을 강화하는 역할의 반복적 표현도 이루어진다.

○ Er hatte ein ganz altes Gesicht, aber wie er (⋯)

(S. 201, Z. 2)

○ Aber er hatte ein ganz altes Gesicht.

(S. 204, Z. 3)

그밖의 반복적 표현을 예로 들면 다음과 같다.

○ Sie ist übrig geblieben.

(S. 201, Z. 8)

○ Und sie ist übriggeblieben.

(S. 202, Z. 4f.)

○ Das war ganz selbstverständlich, fand ich, daß (…)

(S. 203, Z. 18)

○ Ich fand das ganz selbstverständlich.

(S. 203, Z. 19f.)

○ Es war mir so selbstverständlich.

(S. 203, Z. 22f.)

그런가 하면 도입부가 생략되고 상황들 및 등장인물들의 묘사 또한 극히 간략하다. 현재적인 상황은 극히 드물게 삽입되며 단지 내적인 사건들만이 반복이라는 기교적 수단을 통해 반영되고 있다. 짧은 문장들은 언어상으로 빈약하고 단절적으로 작용하지만 내적인 구성은 치밀하다. 벤치 위의 청자들의 질문들에 의해 연거푸 중단되는 젊은이의 보고는 긴장으로 가득 차 있다. 그러나 이 긴장은 점점 더 분명하게 드러나는 현실적 사건들에만 기여하는 것은 아니다. 그것은 시간과 영원성을 포괄하는 정신적 공간으로 점점 더 깊이 파고드는 몰입이기도 하다. 그리하여 아주 단순한 것, 일상적인 것이 동시에 위대한 것, 포괄적인 것이 될 수밖에 없다.

침머만은 이 단화의 가장 두드러진 특성으로서 저급한 언어표현, 궁색한 어휘, 이완된 단절적 문장구성, 반복을 꼽는다. 그에 의하면 이 같은 것들은 "모든 가치 있는 규범들과 척도들이 파괴된 폐허세계의 본질에 걸맞은 표현"23)이다. 이로써 보르헤르트의 전체 작품들에 특징적인 언어적이며 문체적인 특성이 제시되는

---

23) K. Brinkmann, a.a.O., S. 70: "der wesensgemäße Ausdruck einer zerfallenen Welt, in der alle gültigen Normen und Maßstäbe zerbrochen sind"

데, 언어는 철저한 사실주의로 규정되며 이에 따라 비사실적인 사물들도 현실 속으로 전이되며 사실과 꿈 사이의 경계들이 제거된다.

6. 맺음말

단화 ≪부엌시계≫는 앞서 살펴본 대로 개방적 형식과 함축적 내용, 사물 및 인물의 상징성, 독특한 표현양식 등에 의해 현대적인 독일 단화의 전형으로 평가될 수 있다. 이 작품은 따라서 ≪빵≫, ≪밤에는 쥐들이 잠잔단다≫와 함께 독일은 물론 타국에서도 학교 수업에서 가장 빈번히 다루어지는 단화의 표본으로 남아 있다.

내용상으로 볼 때 부엌시계라는 사물을 중심으로 한 객체이야 기인 ≪부엌시계≫에서 작가 보르헤르트는 중첩된 시간평면들을 통하여 상실된 천국에 대한 테마의 급박한 형상화를 꾀하고 있다. 이 작품에서는 양친의 집이 폭격을 받아 부엌시계만이 자신에게 남아 있는 한 살아남은 자의 관점으로부터 긴밀한 현재상황 속에 회상된 과거에 대한 반추가 삽입된다. 이를 통해 과거에는 당연하게 받아들여진 관행과 현재의 상실이 대조를 이루면서 부엌시계라는 객체를 뛰어 넘어 인간적 상실과 사랑의 불멸성이 예리하게 제시되고 있다.

이 이야기가 온갖 간결성에도 불구하고 극히 복합적이며 철저하게 효과적인 단화의 표본을 드러내고 있는 것은 부엌시계라는 중심적 객체의 삽입에 있다. 부엌시계는 회상을 풀어내는 역할을 하고 있는데 폭격시각인 2시 반에 멈춰 있음으로써 주인공인 젊은 이가 과거에 밤마다 일터에서 돌아와 어머니로부터 식사를 차려

받던 바로 그 시점을 현실화시키고 있다. 부엌시계는 따라서 과거의 귀가시간과 폭격시간과 현재시간 등 3개의 시간평면을 압축하고 있는데 두 개의 지나간 시간평면들에서 현재의 실존적 고난을 예리하게 그리면서 인간적 상실을 현실화하여 드러내고 있다.

이 작품에서의 주인공은 폭격에 의한 폐허 속에서 모든 것을 상실한 채 정신이상자가 되어 방황하는 젊은이로서 전쟁이나 곤궁, 인간의 정신적 좌절을 묘사하는 단화의 전형적 특성과 일치하고 있다. 또한 간결한 문체와 반복적 표현은 극단적 상황을 강조하면서 비정상적인 폐허세계의 본질을 극명하게 부각시키고 있다.

〈참 고 문 헌〉

1. Texte

Wolfgang Borchert: Die Küchenuhr, in: Das Gesamtwerk, Hamburg
1975.

Ders.: Das ist unser Manifest, in: Das Gesamtwerk, Hamburg 1975.

2. Sekundärliteratur

Brinkmann, Karl: Wolfgang Borchert. Drauß en vor der Tür und
andere Erzählungen, C. Bange Verlag.

Brustmeier, Horst: Der Durchbruch der Kurzgeschichte in Deutschland.
Versuch einer Typologie der Kurzgeschichte, dargestellt am
Werk Wolfgang Borcherts, Marburg 1966.

Burger, Gerda(Hrsg.): Methoden und Beispiele der
Kurzgeschichteninterpretation, C. Bange Verlag 1980.

Doderer, Klaus: Die Kurzgeschichte in Deutschland. Ihre Form und
ihre Entwicklung, Wiesbaden 1972.

Durzak, Manfred: Die deutsche Kurzgeschichte der Gegenwart.
Autorenporträts. Werkstattgespräche. Interpretationen, Stuttgart
1980.

Ders.: Die Kunst der Kurzgeschichte. Zur Theorie und Geschichte
der deutschen Kurzgeschichte, München 1989.

Freydank, Konrad: Das Prosawerk Borcherts. Zur Problematik der
Kurzgeschichte in Deutschland, Marburg 1964.

Gelfert, Hans-Dieter: Wie interpretiert man eine Novelle und eine
Kurzgeschichte?, Stuttgart 1993.

Glaser, H.: Weltliteratur der Gegenwart. Dargestellt in Problemkreisen, Verlag Ullstein

Graßl, H.: Die Küchenuhr, in: Rupert Hirschenauer u. Albrecht Weber: Interpretationen zu Wolfgang Borchert, München 1976.

Kilchenmann, Ruth J.: Die Kurzgeschichte. Formen und Entwicklung, Stuttgart 1967.

Marx, Leonie: Die deutsche Kurzgeschichte, Stuttgart 1985.

Nayhaus, Hans-Christoph Graf von(Hrsg.): Theorie der Kurzgeschichte, Stuttgart 1977.

Rohner, Ludwig: Theorie der Kurzgeschichte, Frankfurt a. M. 1973.

Schmidt, M.: Wolfgang Borchert. Analysen und Aspekte, Halle 1970.

Skorna, Hans Jürgen: W. Borchert, Nachts schlafen die Ratten doch, in: Ders., Die deutsche Kurzgeschichte der Nachkriegszeit im Unterricht, Ratingen 1967.

Zimmermann, Werner: Deutsche Prosadichtungen unseres Jahrhunderts, Bd. 2, Düsseldorf 1981.

제6장
≪민들레꽃≫

•••••
•••
•

1. 머리말

2차 대전 후의 독일문학은 전쟁과 감옥생활과 귀향의 체험으로
부터 이루어진 폐허문학(Trümmerlitcratur)[1]으로서 특징지어진다.
전쟁은 대부분의 작가들의 개인적 성장을 단절시켜 많은 사람들
이 오랜 가족관계와 고향, 지위, 직업으로부터 추방되었다. 그리
하여 직접 전선에서 전쟁을 체험한 대부분의 작가들은 자신들을
젊음을 기만당한 세대로 느꼈다. 따라서 전후 독일문학은 직접적
인 체험의 문학이며 전쟁의 참상과 무모성을 적나라하게 드러내
보인 현실고발적 내용이 주류를 이루고 있다.

전후 단 2년이라는 짧은 작품활동을 한 후 병으로 요절한 보르
헤르트 역시 예외는 아니어서 그는 전쟁과 감옥생활의 체험을 어

---

1) H. A. und E. Frenzel, Daten Deutscher Dichtung. Chronologischer Abriß der
deutschen Literaturgeschichte, Bd. 2, München 1981, S. 647.

느 누구보다도 처절하고 감명 깊게 그려 전후 문학계에 혜성 같은 존재로 남게 되었다. 전쟁체험 후에 이루어진 그의 작품들은 언어, 주제, 형식면에서 그의 조잡했던 초기 시들과는 확연하게 구별될 만큼 전쟁의 체험은 그를 작가로 만들었다.

1946년 초 단숨에 이루어진 작품 ≪민들레꽃≫은 보르헤르트의 많은 짧은 산문들 중 비교적 긴 산문으로서 보르헤르트로 하여금 갑작스레 그가 지금까지 써 온 모든 것을 넘어 서는 새로운 문체와 새로운 내용 및 표현의지에 도달하게 한 주목할 만한 작품이다. 아울러 이 작품과 함께 보르헤르트는 횔더린, 릴케와 표현주의자들을 표본으로 삼아 시작(試作)해 온 데서부터 벗어나 단지 힘의 법칙과 폭력만이 지배하는 고통스럽고 무질서하며 부정적인 시대의 고난의 작가가 되었다.2) 그가 작품 ≪민들레꽃≫을 비롯한 12편의 산문이 실려 있는, 1947년 함부르크에서 출판된 자신의 첫 산문집의 제목을 ≪민들레꽃≫으로 정한 것을 보아도 보르헤르트는 작품 ≪민들레꽃≫에 큰 비중을 두었음을 알 수 있다.

이제부터 산문 ≪민들레꽃≫을 중심으로 하여 작가의 전쟁 및 감옥생활 체험으로부터 작품의 성립배경을 살펴본 후 작품 속에 나타난 주인공의 옥중에서의 미묘한 심리상태의 변화과정을 고찰해 보고자 한다.

≪민들레꽃≫은 전쟁 중 체포되어 감옥생활을 하게 된 한 병사의 처절한 생활상이 묘사된 자서전적 산문으로서 작가인 보르헤르트 자신의 체험이 담겨 있으므로 작품을 이해하기 위해서는 우선 필연적으로 그의 전쟁체험을 살펴보는 것이 순서일 것이다.

---

2) Vgl. Karl Brinkmann, Wolfgang Borchert. Drauβen vor der Tür und Erzählungen, C. Bange Verlag [o. J.], S. 51.

2. 배경으로서 작가의 전쟁 및 옥중 체험

고등학교를 졸업한 후 방랑극단에 소속되어 연극배우 생활을 해 오던 보르헤르트는 21세 때인 1941년 5월 전쟁에의 소집명령을 받았다. 그는 가혹한 훈련과 야만적인 상관들, 이기적인 동료들 아래서 심한 고통을 당하면서 교육훈련을 마친 후 동부전선에 배속되었다. 그 해 겨울 독일군은 러시아와의 혹한 속의 전쟁에서 극심한 피해를 입는다. 보초근무 중 보르헤르트는 왼손에 부상을 입고 가운데 손가락을 잃었다. 그의 진술에 의하면 유개호에서 근무 중 갑자기 그의 앞에 러시아군이 나타나 그들은 서로 격투를 벌이던 중 보르헤르트의 총에서 우연히 실탄이 한 발 발사되었다는 것이다. 그 러시아군인은 총성을 듣고 독일군이 달려올 것을 두려워 한 나머지 보르헤르트의 상관에게로 도망쳐 가서 보르헤르트가 군복무를 회피하기 위해 스스로 자해행위를 벌였다고 허위보고를 하였다. 보르헤르트는 체포되어 뉘른베르크의 미결감으로 이송되었다. 그는 단독감방에서 3개월간을 기다려 1942년 7월의 심리에서 최종적으로 6주의 구금형을 선고받았다.

1942년 10월 말 보르헤르트는 다시 전에 소속되었던 연대의 예비대대에서 근무 중 11월 말 러시아를 향해 이동하였다. 그 해 12월 말 그는 두 발에 동상이 걸려 병원으로 이송되었다. 거기서 그는 다시 열병과 황달증세를 일으켜 스몰렌스크 전염병원으로, 다시 라돔과 민스크를 거쳐 하르츠 지방의 하이마트병원으로 옮겨졌다.

병세가 호전되자 1943년 7월 그는 다시 예나에 있는 예비대대의 수비대에 소속되었다. 그 해 10월 그는 다시금 열병과 간장장애를 일으켰다. 이때 그는 복무불능 판정을 받아 전선에서 떠나도록 되어 있었다. 그러나 전선에서 물러나기 하루 전에 다시 체포되었다. 그의 동료들이 정치적인 농담과 제국 공보상 괴벨에 대한 조롱을 이유로 그를 고발했기 때문이다. 1944년 1월 보르헤르트는 예나로부터 베를린의 레르터街에 있는 미결감으로 이송되었다. 그 낡을 대로 낡은 감방 안에서 그는 재판을 받기 위해 9개월간을 기다려야 했다. 그것은 무시무시한 공포의 기간이었다. 마침내 1944년 9월에 재판이 열려 징역 9월에 집행유예 4월이 최종 선고되었다.

예나의 예비대대에서 몇 달을 보낸 보르헤르트는 1945년 초 부대를 따라 남쪽으로 후퇴하게 되었다. 후퇴 도중 프랑스군에 의해 포로가 되었으나 그는 포로망을 뚫고 달아나 끝없이 고통스런 600km의 긴 행군 끝에 고향 함부르크에 도착, 부모 품에 안기게 되었다.

이상에서 살펴 본 바와 같이 보르헤르트는 어린 나이에 전쟁에 소집되어 혹독한 전투와 함께 몇 차례의 감옥생활과 병마로 심한 고통을 받았다. 당시 부조리한 제3제국의 사회체제와 전쟁의 무의미성이 젊은 보르헤르트를 더 큰 갈등의 고통 속으로 몰아넣었음은 능히 추측할 수 있다. 보르헤르트는 당시 병영을 '제3제국의 폭군의 城'으로 느끼며 자신은 '군복을 걸친 본질을 상실한 날품팔이꾼'으로 여겼다.[3]

≪민들레꽃≫은 1946년 1월 간장염과 열병에 시달리는 보르헤르트에 의해 함부르크의 병원에서 단숨에 쓰였다.[4] ≪민들레꽃≫은 처절한 전쟁의 체험으로부터 한 젊은 병사가 토해낸 비극적 상

---

3) Vgl. Ebd., S. 52.

4) Vgl. Peter Rühmkorf, Wolfgang Borchert in Selbstzeugnissen und Bilddokumenten, Reinbeck bei Hamburg 1981, S. 118.

황을 담고 있으며 앞서 살펴본 대로 1942년 적군 도망병의 무고로 인한 보르헤르트의 뉘른베르크 감옥에서의 3개월간의 체험과 1944년 정치적 농담으로 인한 베를린에서의 9개월간의 옥중 체험이 그 배경이 되고 있음을 짐작할 수 있다. 그러나 이 두 옥중 체험 중에서도 이 작품이 나오게 된 보다 더 직접적인 배경은 작가 자신이 밝힌 대로 전자인 뉘른베르크 감옥에서의 3개월간의 체험이다. 보르헤르트는 세상을 떠나기 1주일 전 스위스의 친지 코르데스(Martin Friedrich Cordes)에게 보낸 편지에서 자신은 뉘른베르크 감방에서의 100일간의 기억에서 벗어나기 위하여 민들레꽃 이야기를 쓰지 않으면 안 되었다고 다음과 같이 알리고 있다.

잊지 마시오, 여기 21살 된 민들레꽃 청년이 총으로 자살을 기도했다는 혐의로 100일간을 독방에서 앉아있었다오! 100일. 21살. 그는 실제로 민들레꽃 한 송이를 꺾어 쥐었으며 그로 인하여 1주일간 순환운동을 금지 당했다오! 그는 총이 어떻게 하여 발사되었는지 정확히 알고 있었으며 이것저것을 곰곰이 생각하는 데 100일을 보냈다오.[5]

이로써 작품 ≪민들레꽃≫은 철저히 작가 자신의 뉘른베르크 감옥 생활의 체험으로부터 이루어진 자서전적 성격을 띠고 있음을 알 수 있다.

보르헤르트는 또한 여류 연극배우 부스만(Aline Bußmann)에게

---

5) P. Rühmkorf, a.a.O., S. 67: "Sie dürfen nicht vergessen, daß es diesen Hundeblumenmann gibt, daß er 21 Jaahre alt war und 100 Tage in einer Einzelzelle saß mit dem Antrag der Anklagevertretung auf Tod durch Erschießen! Er hat wirklich eine Hundeblume geklaut und durfte zur Strafe eine Woche nicht mit im Kreis gehen! Er wußte ganz genau, wie es bei einer Erschießung hergeht, er hatte 100 Tage Zeit, über dies und das nachzudenken."

보낸 1946년 5월 1일자 편지에서 다음과 같이 이 작품과 감옥생활과의 밀접함을 설명하고 있다.

(…) 내가 감옥에 가지 않았다면 나는 ≪민들레꽃≫을 쓰지 못했을 것이며, 내가 병들지 않았다면 단 한 마디의 말도 쓰지 못했을 것이라는 사실을 나는 점점 더 절감하게 되었다.[6]

이상에서 살펴본 대로 작품 ≪민들레꽃≫은 작가 자신의 1942년 당시의 옥중 체험을 자신의 내심의 응얼거림을 바탕으로 하여, 읽어줄 독자를 의식하지 않고 단지 스스로를 위하여 적나라하고 자연스럽게 실체화시킨 것임을 쉽게 알 수 있다.

3. 옥중인물의 심리상태의 변화

작품 ≪민들레꽃≫ 속에는 어떠한 긴박한 사건의 전개도 보이지 않는다. 모든 가능성이 철저히 배제된 감방 안에서의 한 주인공을 중심으로 한 상황묘사이기 때문이다.

이 작품은 크게 ① 감방 속에 홀로 버려진 옥중인물 ② 다른 수감자들과의 순환운동 ③ 민들레꽃의 발견 등 세 부분으로 나눌 수 있다. 이 세 개의 상황 속에서 주인공인 옥중인물의 심리상태가 어떻게 변전되어 가는지를 차례로 살펴보기로 한다.

---

6) H. Gumtau, a.a.O., S. 44: "(…) ich habe mich allmählich abgefunden – wenn ich nicht ins Gefängnis gekommen wäre, hätte ich keine ≪Hundeblume≫ geschrieben – wenn ich nicht krank geworden wäre, hätte ich überhaupt kein Wort geschrieben."

1) 감방 속의 객체화된 존재

한 인간이 그의 뒤에서 감옥 문이 닫히면서 갑자기 황량한 상황 속에 간히게 된다.

이제 그들은 나를 홀로 버려두었다. 아니, 홀로가 아니라 내가 가장 두려워하는 존재와 함께 나를 가둬 버렸다. 바로 나 자신과 함께.
Und nun hat man mich mit dem Wesen allein gelassen, nein, nicht nur allein gelassen, zusammen eingesperrt hat man mich mit diesem Wesen, vor dem ich am meisten Angst habe: Mit mir selbst.[7]

여기서 드라마 ≪문 밖에서≫에서 영원한 대립자이면서 또한 서로를 필연적으로 보충해 주는 주인공 베크만(Beckmann)과 他者(der Andere)로 묘사되는 자아의 분열이 이 작품 속에서도 나타나고 있음을 다음의 예에서 알 수 있다.

너는 아는가, 너 스스로에게 내팽개쳐진다는 것, 너 자신과 함께 홀로 내버려진다는 것, 너 자신에게 인도되어 버리는 것이 어떠하다는 것을? 나는 그것을 무턱대고 무시무시하다고 말할 수는 없으나 그것은 이 세상에서 우리가 가질 수 있는 가장 미치광이 같은 모험이다. 자기 자신과 만나는 것 말이다. 바로 여기 432호 감방 안에서, 헐벗고 무기력하고 자기 자신 이외의 아무 것에도 집중할 수 없고 아무런 속성도 편향도 없고 아무런 행위의 가능성도 없이 말이다. 또한 완전히 행위

---

7) W. Borchert, Die Hundeblume, in: Ders., Das Gesamtwerk, Rowohlt Verlag 1975, S. 25.

의 가능성이 배제된 채 존재한다는 것은 가장 모욕적인 것이다. 마시거나 깨뜨려버릴 병도 없고 걸어 놓을 수건도 없으며 무얼 자르거나 동맥을 절단할 칼도 없고 글을 쓸 펜도 없이 – 아무것도 가지지 않고 – 단지 자기 자신 밖에 없이 말이다.

Weißt du, wie das ist, wenn du dir selbst überlassen wirst, wenn du mit dir allein gelassen bist, dir selbst ausgeliefert bist? Ich kann nicht sagen, daß es unbedingt furchtbar ist, aber es ist eines der tollsten Abenteuer, die wir auf dieser Welt haben können: Sich selbst zu begegnen. So begegnen wie hier in der Zelle 432: nackt, hilflos, konzentriert auf nichts als auf sich selbst, ohne Attribut und Ablenkung und ohne die Möglichkeit einer Tat. Und das ist das Entwürdigendste: Ganz ohne die Möglichkeit zu einer Tat zu sein. Keine Flasche zum Trinken oder zum Zerschmettern zu haben, kein Handtuch zum Aufhängen, kein Messer zum Ausbrechen oder zum Aderndurchschneiden, keine Feder zum Schreiben – nichts zu haben – als sich selbst.[8]

여기서 감방 속의 인간은 자신의 의지와 결단과 행위의 자유를 강탈당한 채 하나의 객체로 전락해 버렸다. 그에게는 다만 철저한 소외와 고립 속으로 점점 더 깊이 빠져 들어가는 것만이 남아 있는 것이다. 그러나 아직은 막연한 희망이나마 그의 뒤에 놓여 있다. 그것은 어떤 추상적 힘에 대한 믿음 같은 것으로서 다음과 같이 표현되고 있다.

태양이 창틀로부터 손가락을 거둬들이고 구석으로부터 밤이 기어 나

---

8) Ebd., S. 25.

올 때 어둠 속으로부터 내게 다가서는 무언가가 있었다. 나는 그것이 신이 아닌가 생각했다. 누군가가 문을 열어 주었는가? 나는 이제 더 이상 혼자 몸이 아니지 않을까? 나는 무언가가 거기에서 숨쉬고 자라나고 있음을 느꼈다. 감방은 너무 좁아졌다. 나는 거기에 있는, 내가 신이라고 부르는 것 앞에서 벽들이 무너져 없어질 것이라고 느꼈다.

Als die Sonne ihre Finger von dem Fenstergitter nahm und die Nacht aus dem Ecken kroch, trat etwas aus dem Dunkel auf mich zu – und ich dachte, es wäre Gott. Hatte jemand die Tür geöffnet? War ich nicht mehr allein? Ich fühlte, es ist etwas da, und das atmet und wächst. Die Zelle wurde zu eng – ich fühlte, daß die Mauern weichen muß ten vor diesem, das da war und das ich Gott nannte.[9]

감방이라는 고립의 극한상황에서 누구에게나 우러날 수 있는 신의 존재에 대한 소박한 믿음이 아직 살아 있는 것이다. 그러나 시간이 흐름에 따라 자신의 상황에 대한 보다 현실적인 감각을 얻게 되어 옥중인물은 다음과 같이 현실세계로부터의 격리와 고립을 실감하기 시작한다.

그러나 나는 오랜 시간 속에서 모든 것과의, 세상의 삶과의 관계를 잃어 버렸다. 날들은 빨리, 그리고 규칙적으로 나로부터 증발해 버렸다. 나는 서서히 현실세계로부터 멀어져 나 스스로만이 남게 됨을 느꼈다. 나는 내가 발을 들여 놓았던 이 세계로부터 점점 더 멀리 떨어져 나감을 느꼈다.

Aber ich verlor in der langen Zeit den Zusammenhang mit allem, mit

---

9) Ebd., S. 26.

dem Leben, mit der Welt. Die Tage tropften schnell und regelmäßig von mir ab. Ich fühlte, wie ich langsam leerlief von der wirklichen Welt und voll wurde von mir selbst. Ich fühlte, daß ich immer weiter wegging von dieser Welt, die ich eben erst betreten hatte.[10]

감방에 갇힌 자에게 세계는 침묵으로 머무를 뿐이며 그는 좌절과 절망 사이에서 흔들거리고 있다. 그는 자신을 버린 주위세계에 대해 의지와 주관을 상실한 하나의 객체로서 존재할 뿐이며 이제 그의 가슴 속을 지배하고 있는 것은 신의 존재에 대한 한 가닥 믿음조차 사라져 버린 고독과 소외와 절망의 심리상태뿐이다.

2) 순환운동에서의 이상심리

수감자들은 서로 간에 아무런 인간적 관계도 없이 각각 고립화된 존재로서 열을 지어 원형을 그리며 감방 마당을 빙글빙글 돌게 된다. 날마다 반시간씩 감시를 받으며 행해지는 주기적인 순환운동 속에서 옥중인물의 또 하나의 심리상태가 전개된다.

그때 우리를 둘러싸고 우리를 향해 개가 짖기 시작했다. 배에 가죽 띠를 두른 푸른 개들의 목쉰 부르짖음. 그것들은 우리를 계속 열 지어 돌도록 했고 자신들도 계속 돌면서 공포에 가득 찬 소리로 짖어댔다. 그러나 우리가 공포에 질릴 대로 질려 오히려 침착해졌을 때 그것들은 바로 색 바랜 푸른 제복을 입은 인간들이란 것을 깨달았다.

Da explodierte ein Bellen um uns und auf uns zu – ein heiseres Bellen

---

10) Ebd., S. 27.

von blauen Hunden mit Lederriemen um den Bauch. Die hielten uns in Bewegung und waren selbst dauernd in Bewegung und bellten uns voll Angst. Aber wenn man genug Angst in sich hatte und ruhiger wurde, erkannte man, daß es Menschen waren in blauen, blassen Uniformen.[11]

여기서 감방에 갇힌 사람에게 외부세계는 아무런 모습도 갖지 않으며 타인은 조금도 인식되지 않는다. 인간과 동물의 구분조차 뒤섞여 흔들리고 있으므로 감시원들이 처음에는 개들로 보이기까지 한 것이다.

아무것도 고립된 수감자를 다른 동료들과 연결시켜 주지 않으며 수감자들은 다만 그들을 괴롭히는 관리들(감시원들)과 점점 더 가까이 연결된다. 인간적인 유대는 사라지고 모든 수감자들은 폭력의 객체가 되어 앞사람의 뒤통수만을 바라보며 기계적으로 원형을 그리며 맴돌게 된다.

감옥생활은 차단되어 있는 주변세계로부터 옥중인물을 점점 더 멀리 떼어 놓으면서 그를 변화시킨다. 처음에는 날마다의 30분간의 순환운동은 '거의 축제와도 같은 작은 행복'[12]이다. 그러나 곧 그는 스스로를 단지 객체로서 느끼며 주체적 의지가 사라지고 다만 분노와 증오와 체념만이 존재하는 다음과 같은 날을 맞게 된다.

그리고는 순환운동이 고통이 되고, 높은 하늘 아래서 조롱당하고 있음을 느끼고, 앞사람과 뒷사람을 더 이상 형제며 동료로 느끼지 못하

---

11) Ebd., S. 27.
12) Ebd., S. 28: "fast ein Fest, ein kleines Glück"

고 움직이는 시체로 여기며 무엇보다도 끝없는 울타리 속의 제 얼굴도 없는 격자창살이 되어 서로 차단되어 있어 역겨움을 일으키는 날이 온다. 회색 담 사이에서 색바랜 푸른 제복들로부터 부르짖음을 당하면서 몇 달 동안을 맴돌게 되면 그런 날이 온다.

Und dann kommt der Tag, wo der Rundgang im Kreis eine Qual wird, wo man sich unter dem hohen Himmel verhöhnt fühlt und wo man Vordermann und Hintermann nicht mehr als Brüder und Mitleidende empfindet, sondern als wandernde Leichen, die nur dazu da sind, uns anzuekeln – und zwischen die man eingelattet ist als Latte ohne eigenes Gesicht in einem endlosen Lattenzaun, ach, und sie verursachen einem eher Übelkeit als sonstwas. Das kommt dann, wenn man monatelang kreist zwischen den grauen Mauern und von den blassen, blauen Uniformen mürbe gebellt ist.[13]

수감자들은 이미 더 이상 살아 있다고 볼 수 없는 존재들이다. 수감자 서로는 단지 번호에 불과한 객체로서 주인공인 432번은 433번의 뒷모습만을 쫓을 뿐이다. 그는 동료에게서 단지 우스꽝스런 것, 역겨운 것, 어쩌면 범법자 같은 모습을 볼 뿐 더 이상 동료를 인간으로서 여기지 않게 된다. 여기서 유아적인 상태의 감정이 펼쳐지고 있음을 알 수 있다. 어린이가 다른 사람의 불행을 보고 철없이 기뻐하듯이 주인공 역시 동료의 비참한 모습에서 단지 흥겨운 것, 유쾌한 것, 우스꽝스런 것만을 보려고 하는 것이다.[14]

감옥생활은 성장 발전이 없는 기간이다. 감옥생활의 리듬은 기

---

13) Ebd., S. 28.
14) Vgl. Karl Brinkmann, Wolfgang Borchert. Drauβen vor der Tür und Erzählungen, C. Bange Verlag, S. 51.

계적이 되었고 수감자들은 오래도록 죽어 존재하는 것과 다를 바 없다. 그들은 더 이상 살아 있지 않은 것이다. 주인공인 옥중인물의 앞에는 다음과 같은 동료가 열을 서 있다.

내 앞에 가는 그는 이미 오래 전에 죽었다. 아니면 그는 우스꽝스런 괴물에 쫓겨 진열장으로부터 뛰쳐나와 마치 정상적인 사람인 양 행세하려는 것이다. 하지만 그는 오래 전에 죽었음에 틀림없다. 그렇다! 숱이 빠져 버린 더러운 몇 개의 회색 머리털로 황폐하게 되어 버린 그의 대머리는 태양빛과 빗물이 흐릿하게 비치는 살아 있는 대머리의 윤기 있는 광택을 지니고 있지 않다. 이 대머리는 빛나지 않고, 천 조각으로 된 것처럼 무디고 윤기 없다. 내가 사람이라고 부르고 싶지 않은 내 앞의 이 인간, 이 모조된 인간이 움직이지만 않는다면 사람들은 이 대머리를 생명 없는 가발로 여길 것이다. - 그것도 학자나 대폭음가의 가발이 아니라 기껏해야 종이장수나 곡마단원의 가발로.

Der Mann, der vor mir geht, war schon lange tot. Oder er war aus einem Panoptikum entsprungen, von einem komischen Dämon getrieben, zu tun, als sei er ein normaler Mensch - und dabei war er bestimmt längst tot. Ja! Nämlich seine Glatze, die von einem zerfransten Kranz schmutzig-grauer Haarbüschel umwildert ist, hat nicht diesen fettigen Glanz von lebendigen Glatzen, in denen sich Sonne und Regen noch trübe spiegeln können - nein, diese Glatze ist glanzlos, duff und matt wie aus Stoff. Wenn sich dieses Ganze da vor mir, das ich gar nicht Mensch nennen mag, dieser nachgemachte Mensch, nicht bewegen würde, könnte man diese Glatze für eine leblose Perücke halten. Und nicht mal die Perücke eines Gelehrten oder groß en Säufers - nein, höchstens die eines Papierkrämers oder Zirkusclowns.[15]

옥중인물에게 이 앞사람은 고통(Qual)이다. 그에게서 처절한 증오가 생겨난다. 어떤 행위도 할 수 없고 다만 열을 지어 기계적으로 뛸 수밖에 없는 이 감옥에서 순환운동을 계속 강요당하지 않고 행동의 자유만 주어진다면 그는 앞사람을 살해할 수 있을 정도의 강한 증오심까지 품을 수 있을 것이다. 상호간에 아무런 연결도 동정심도 존재하지 않는 상태에서 앞사람은 뒷사람에게 하나의 움직이는 시체에 불과하며 고통의 대상일 뿐이며, 마침내는 앞사람을 죽이고 싶을 정도의 격한 증오심까지 불러일으키게 하는 이러한 비정상적인 심리상태는 결코 이유 없는 것이 아니라고 작가는 다음과 같이 역설적으로 증오가 머무를 수 있는 심리적 상황을 설명하고 있다.

우리는 증오가 밀려 와 한계를 넘어 흘러 넘쳐 자기 자신조차 되돌아 볼 수 없는 상황에 처할 수 있으며 이 때 그 증오는 우리를 망쳐 놓는다. (…) 그대가 만일 우리의 이 무시무시한 순환운동에 함께 한다면 그대 역시 사랑이 없는 텅 빈 공허를 얻어 샴페인 거품과도 같이 증오심이 그대의 가슴 속에서 흘러넘칠 것이다. 그대는 단지 이 처절한 공허감을 더 이상 느끼지 않기 위해 앞사람을 증오해야 할 것이다. 그리고 그대는 텅 빈 내장과 텅 빈 심장으로 이웃사랑의 특별한 행위를 할 수 있으리라고는 믿지 말라!

Man kann in Situationen kommen, wo man so von Haß überläuft und über die eigenen Grenzen hinweggeschwemmt wird, daß man nachher kaum zu sich selbst zurückfindet – so hat einen der Haß verwüstet. (…) Denn wenn du mit uns in unserem lendenlahmen Kreise wankst, dann

---

15) W. Borchert, a.a.O., S. 28.

bist du so leer von Liebe, daß der Haß wie Sekt in dir aufschäumt. Du läßt ihn auch schäumen, nur um diese entsetzliche Leere nicht zu fühlen. Und glaube nur nicht, daß du mit leerem Magen und leerem Herzen zu besonderen Taten der Nächstenliebe aufgelegt sein wirst![16]

증오는 사랑의 결핍으로 인한 공허감으로부터 비롯되었지만 또한 이 공허감을 극복하기 위해서는 증오를 해야만 한다는 아이러니컬한 심리상태인 것이다. 앞서 살펴본 대로 죽음조차도 모든 비극성을 상실하여 흥미롭고 우스꽝스런 것이 되는 이 보편적 불합리성의 감옥세계에서는 이러한 심리상태 역시 능히 이해될 수 있을 것이다.

3) 민들레꽃의 발견과 회생

옥중인물은 감방 마당의 구석에서 작고 노란 민들레꽃 한 송이를 발견한다. 그 꽃은 그로 하여금 모험을 하도록 하여 그는 아무도 모르게 긴 원형 대열로부터 이탈하여 꽃을 손에 넣으려는 목숨을 건 시도를 하게 된다. 푸른 제복의 감시원들이 위협하는 위험한 상황을 무릅쓰고 이 작은 꽃을 획득하려는 옥중인물은 이제 '객체로부터 의지를 지닌 주체로'[17] 변모한다. 천신만고 끝에 옥중인물은 감시원들이 한눈을 팔고 있는 사이 다음과 같이 고의적으로 양말을 흘려 내린 후 재빨리 그 꽃을 꺾는 데 성공한다.

---

16) Ebd., S. 31.
17) K. Brinkmann, a.a.O., S. 56.

그리고는 갑자기 432번은 몸을 굽혀 흘러내린 양말 주변을 만지작거렸다. 그러면서 그 사이 감쪽같이 한 손을 그 깜짝 놀란 자그만 꽃으로 가져가서 그것을 꺾었다. 그러자 이미 77명의 동료들은 관행대로 마지막 한 바퀴를 남기고 돌고 있었다.

Und plötzlich bückte sich die Latte 432, fummelte an ihrem runtergerutschten Strumpf herum und - fuhr dazwischen blitzschnell mit der einen hand auf eine erschrockene kleine Blume zu, riß sie ab - und schon klöppelten wieder siebenundsiebzig Latten in gewohntem Schlendrian in die letzte Runde.[18]

동료마저 움직이는 시체로 보이는, 모든 생명력이 상실된 감방 속의 주인공에게 있어서 그 작은 꽃 한 송이야말로 유일하게 살아 숨 쉬는 존재로서 강렬한 생명력을 불러일으키기에 충분한 것이다. 이로써 그는 다시 인간적인 모습으로 되돌아 와 다음과 같이 살아 있는 자신을 발견하게 된다.

그때 그의 마음속에서 무언가가 열리고 좁은 가슴 속으로 그가 이제껏 알지 못했던 빛과 같은 어떤 것이 흘러들었다. 그 꽃에 대한 비길 데 없는 애정과 기대감과 온정이 그를 완전히 충만 시켰다.

Da öffnet sich in ihm etwas und ergießt sich wie Licht in den engen Raum, etwas, von dem er bisher nie gewußt hat: Eine Zärtlichkeit, eine Anlehnung und Wärme ohnegleichen erfüllt ihn zu der Blume und füllt ihn ganz aus.[19]

---

18) W. Borchert, a.a.O., S.38.
19) Ebd., S. 38.

옥중인물은 민들레꽃으로부터 자연(Natur)과 자유의 냄새를 맡으며 대지(Erde)와 삶의 냄새를 맡는다.[20] 이 보잘 것 없는 꽃 한 송이는 그를 잃어 버렸던 생명 속으로 다시 끌어 들이며 그로 하여금 인간적인 감정이 새로이 소생할 수 있게 한다. 감방생활과 거기에서의 무력감, 고독감, 사랑에의 굶주림, 처절한 현실과 희망 없는 미래 등 그를 괴롭혀 온 모든 고통들이 민들레꽃과 함께 잊힌다.

그는 그렇게 자유롭고 행복하여 그를 괴롭히던 모든 것을 훌훌 떨쳐 버렸다. 감옥생활, 고립, 사랑에의 굶주림, 22세의 절망, 현재와 미래, 세계와 기독교 그것까지도 모두 떨쳐 버렸다. 그는 바다와 번개와 나무를 외경하며 기도하는 "원시적"인 민족의 한 "야생인"인 갈색 피부의 발리인이었다. (…) 그렇게 그는 자유로워졌고 그 꽃에게 나도 너같이…라고 속삭일 때 보다 더 좋은 상태는 없었다.

Er war so gelöst und glücklich, daß er alles abtat und abstreifte, was ihn belastete: die Gefangenschaft, das Alleinsein, den Hunger nach Liebe, die Hilflosigkeit seiner zweiundzwanzig Jahre, die Gegenwart und die Zukunft, die Welt und das Christentum – ja, auch das! Er war ein brauner Balinese, ein "Wilder" eines "wilden" Volkes, der das Meer und den Blitz und den Baum fürchtete und anbetete. (…) So befreit war er, und nie war er so bereit zum Guten gewesen, als er der Blume zuflüstert e… werden wie du….[21]

---

20) K. Brinkmann, a.a.O., S. 57.
21) W. Borchert, a.a.O., S. 39.

그는 이제 더 이상 철저한 객체가 아니며 더 이상 홀로 버려진 존재가 아니다. 브링크만은 보르헤르트의 이와 같은 결말은 비인간화되고 모든 정신이 상실된 세계에서 이상이며 행복의 표상으로 삼고 있는 것은 자유와 개인주의, 개성 고양이 아니라 인간과 자연이 하나가 되며 그럼으로써 죽음이라는 것도 다만 하나의 존재형태의 다른 형태로의 이행에 불과하게 되는 원초상태로의 회귀라는 낭만적 발상에서 비롯된 것이라고 말한다.22)

민들레꽃은 옥중인물과 함께 하는, 신이라고도 부를 수 있는 위대한 자연인 것이며 주인공의 심리상태를 암흑과 절망으로부터 삶과 희망으로 변전시키는 중요한 모티브가 되고 있다.

4. 맺는말

≪민들레꽃≫은 작가 자신의 체험으로부터 이루어진 작품으로서 인식으로부터가 아닌 작가의 고통의 심연으로부터 나온 것이다. 보르헤르트는 그의 친지인 M. F. 코르데스에게 보낸 서한에서 자신이 곧 민들레꽃인간(Hundeblumenmann)이라고 말함으로써 이 작품이 자서전적 특성을 지니고 있음을 더욱 확실하게 해주고 있다.

그러나 이 작품을 단순히 한 인간의 개인적 운명과 자신에 대한 부당한 고발과 그가 강제로 겪어야 했던 감옥생활의 포악성에 대한 호소라고만 볼 수는 없다. 이 작품은 한 옥중인물의 삶과 죽음에 대한 회상 이상의 것으로서, 관료적이고 비현실적이며 독재적

---

22) Vgl. K. Brinkmann, a.a.O., S. 57f.

인 황폐한, 그리하여 인간적인 측면이 사라져 버린 세계에 대한 고발이며 동시에 사랑으로 인도되는 세계를 향한 경종인 것이다.

보르헤르트에게 문제된 것은 단순한 개인적 운명이 아니라 인간과 인간의 고유한 가치의 구제였으며 모든 것이 익명화, 관료화, 탈정신화로의 추락을 강요받고 있고 인간에게 있어서 남은 것이라고는 다만 자기 자신의 내면으로의 도피뿐인, 모든 것이 전도되고 모든 가치가 상대적이 되어 버린 전후 세계 속에서의 참된 인간성이 문제시되었던 것이다.

앞서 살펴본 대로 《민들레꽃》은 한 옥중인물의 극한적인 심층적 심리상태를 묘사하고 있다. 옥문(die Tür)이 닫히면서 시작되는 옥중인물의 현실세계와의 단절로부터 형성된 고독과 절망의 무의지적 심리상태가 수감자들과의 매일의 틀에 박힌 순환운동에서는 사랑의 결핍과 공허감으로 극단적 상태가 되어 살인적이며 발광적인 이상심리로 발전한다. 그러나 이 극한적 심리상태는 민들레꽃의 발견과 그것의 소유로 말미암아 완화 극복되고 새로운 소생과 희망의 상태로 변전하게 된다. 여기에서 민들레꽃은 새로운 시작의 가능성을 제시해 주며 더 나아가 전후의 절망적 상황에서 벗어나려는 유토피아적 기대와 소망을 암시하고 있음을 알 수 있다. 작품 전체로 보아 민들레꽃은 주인공의 심리상태를 암흑과 절망으로부터 빛과 희망으로 변전시키는 중요한 모티브가 되고 있다.

이상과 같이 묘사된 인간심리는 옥중인물의 개인적 운명일 뿐만이 아니라 어느 시대, 어느 누구에게서도 공감될 수 있는 심리상의 하나의 보편적 전형이라는 데에 주목할 필요가 있다.

끝으로 보르헤르트가 죽자 친지들에 의해 그의 관 위에 뿌려진 꽃들이 대부분 민들레꽃이었다는 사실[23]은 이 작품이 끼친 사회적 반향을 짐작케 해 주는 조그만 증표가 될 것이다.

23) Vgl. K. Brinkmann: a.a.O., S. 59.

⟨참 고 문 헌⟩

1. Texte

Borchert, Wolfgang: Das Gesamtwerk, Rowohlt Verlag 1975.

Ders.: Drauβen vor der Tür, Rowohlt Verlag 1976.

2. Sekundärliteratur

Brinkmann, Karl: Wolfgang Borchert. Drauβen vor der Tür und Erzählungen, C. Bange Verlag.

Cho Chang-Sub: Versuch einer materialistischen Interpretation von Wolfgang Borchert, Seoul 1976.

Frenzel, H. A. und E.: Daten deutscher Dichtung. Chronologischer Abriβ der deutschen Literaturgeschichte, München 1981.

Gumtau, Helmut: Wolfgang Borchert, Colloquium Verlag Berlin 1969.

Krell und Fiedler, L.: Deutsche Literaturgeschichte, Bamberg 1976.

Kunze, K. und Obländer, H.: Grundwissen Deutsche Literatur, Stuttgart 1976.

Migner, K. u. a.: Interpretationen zu Wolfgang Borchert, München 1976.

Rühmkorf, P.: Wolfgang Borchert in Selbstzeugnissen und Bildnissen, Rowohlt Verlag 1981.

Zimmermann, W.: Deutsche Prosadichtungen der Gegenwart, Bd. 2, Düsseldorf 1976.

제7장
≪빵≫

1. 머리말

보르헤르트의 단화들이 대부분 전쟁의 비인간성과 참상을 고발하면서 쩌렁쩌렁 울리는 공격적인 음조를 띠고 있는 데 비하여 단화 ≪빵≫은 상당히 차분하며 소극적인 묘사형태를 갖추고 있다. 그리하여 이 작품은 전후의 시대상황을 순간포착적이며 직설적으로 다루고 있는 다른 단화들과 달리 등장인물의 고난상황을 심리묘사를 통해 간접적이며 은밀하게 다룸으로써 다른 어느 작품보다도 세심하고 주의 깊은 고찰과 분석을 요한다.

한편 보르헤르트의 다른 단화들은 많은 연구자들에 의해 폭넓게 해석되어 왔으나 ≪빵≫만은 아직 세밀한 고찰이 이루어지지 않았으며 기껏해야 하인리히 뵐이 "인간의 총체적 고난과 총체적 위대함을 함께 담은"[1] 작품으로서 그 의미를 언급했을 뿐이다.

---

1) Hans-Udo Dück, Das Brot, in: R. Hirschenauer/A. Weber, Interpretationen zu

이같이 ≪빵≫이 작가의 통상적 묘사방식과 다른 특별한 서술 양식을 띠고 있으며 제대로 연구가 이루어지지 않은 점을 바탕으로 본 논문에서는 줄거리의 구성과 인물들의 심리상태를 분석함으로써 고난 속의 숭고한 인간애를 살펴보고 제목을 이루고 있는 빵의 상징성은 무엇인지 알아보기로 한다. 또한 구조적 측면에서 어휘 및 문장의 반복을 비롯한 언어표현상의 특징을 고찰함으로써 이 작품의 단화로서의 형식적 특성을 찾아보기로 한다.

2. 줄거리 해석

줄거리는 처음부터 일상적이며 단순하고 소박하게 전개되는데, 사건이 거의 전적으로 인물들의 내면으로 옮겨진 가운데 시간과 주변환경이 윤곽을 드러낸다. 집, 침실, 부엌이라는 공간 외에는 어디에서도 주변세계에 대한 좀 더 정확한 암시를 얻을 수 없다. 다만 복도와 타일바닥으로부터 그 집의 윤곽이 드러나는데 그것은 부부가 살고 있는 어느 대도시의 한 초라하고 허름한 셋집임을 암시한다. 한밤중과 2시 반이라는 시각 제시 외에는 사건시기와 연관된 어떤 언급도 없다. 그러나 전개되는 장면묘사로부터 굶주림에 고통받던 종전 직후의 시기임이 뚜렷해진다.

대부분의 단화가 그러하듯 이 작품에서도 이야기는 아무런 배경 설명이나 도입상황이 없이 다음과 같이 돌발적으로 시작된다.

Wolfgang Borchert, München 1976, S. 88: "das ganze Elend und die ganze Größe des Menschen mit aufgenommen"

갑자기 그녀는 잠에서 깨었다. 2시 반이었다.[2]

그녀는 왜 깨었는지를 곰곰이 생각하다가 부엌에서 누군가가 의자에 부딪히는 소리를 들었기 때문임을 알아차리고는 부엌 쪽에 귀를 기울인다. 그리고는 남편이 잠자고 있어야 할 자신의 침대 옆이 텅 비어 "그의 숨소리가 없었다."[3]는 것을 깨닫는다.

부인은 일어나 어두운 거실을 지나 부엌으로 걸어간다. 부엌에서 전등불을 켠 부인은 잠옷차림의 남편과 마주하게 된다. 부인은 식탁 위에 놓인 칼과 빵 접시와 빵부스러기를 통해 부엌에서 남편이 무슨 일을 하고 있었는지를 짐작하고는 차가운 타일바닥에서 솟아오르는 냉기 못지않은 전율과 충격을 느낀다.

배고픔을 이기지 못하고 한밤중에 부엌에 나와 빵을 잘라 먹은 남편은 부인 앞에서 자존심이 몽땅 무너져 내림을 느끼고는 부엌에서 무슨 소리가 나 무슨 일인지 궁금해서 나와 보았다는 엉뚱한 변명으로 자신의 행위를 은폐하려 한다.

배고픔이 초래한 부인에 대한 남편의 거짓말과 함께 인간존재의 한계상황이 빚어진다고 볼 수 있는데, 보르헤르트는 다른 작품에서 "배고픔이라는 짐승, 그것이 울부짖는다."[4]고 배고픔을 극한적으로 표현한 바 있다. 배고픔이라는 이 표면상의 위기는 또한 노부부간의 삶의 위기를 의미하기도 한다. 오랜 세월 동안의 부부공동체가 사소한 사건, 즉 남편의 부인에 대한 변명에 의

---

2) W. Borchert, Das Brot, in: Ders., Das Gesamtwerk, Rowohlt Verlag 1975, S. 304: "Plötzlich wachte sie auf. Es war halb drei."

3) Ebd., S. 304: "sein Atem fehlte"

4) W. Borchert, Vorbei, vorbei, in: Ders., Das Gesamtwerk, a.a.O., S. 67: "Das Tier Hunger, das schreit."

해 깨어져 부인은 다음과 같은 행동을 보인다.

그녀는 그를 바라보지 않았다. 그가 거짓말을 한 것을 그녀는 참을 수
없었기 때문이다. 그들이 39년간이나 결혼하여 살아 왔는데도 그가
거짓말을 했다는 사실을.5)

물론 남편은 다음과 같은 회피할 수 없는 상황 때문에 자신의
변명이 쓸데없다는 것을 알아 차렸을지도 모른다.

접시 옆에 칼이 그대로 놓여 있었다. 또한 식탁보 위에는 빵부스러기
가 놓여 있었다. 그들이 저녁에 잠자리에 들 때면 언제나 그녀는 식탁
보를 깨끗이 해 두었었다. 매일 저녁.6)

이같이 확실한 물증 앞에서도 남편은 자신의 변명에만 매달려
"나는 여기에 무슨 일이 있지 않나 생각했는데."7)라는 말만 연거
푸 반복한다.
　　남편은 배고픔에 있어서 인간적 인내의 극단적인 한계를 벗어
난 것이며 아내 앞에서의 자존심 손상과 수치심이 솔직한 자기고
백을 방해한 것이다. 그리하여 그는 엉뚱한 말만 되풀이하며 "다
시 이 구석 저 구석을 무심코 바라보게"8) 되는 것이다. 또한 그는

---

5) W. Borchert, Das Brot, a.a.O., S. 305: "Sie sah ihn nicht an, weil sie nicht ertragen
konnte, daß er log. Daß er log, nachdem sie neununddreißig jahre verheiratet
waren."

6) Ebd., S. 304: "Das Messer lag noch neben dem Teller. Und auf der Decke lagen
Brotkrümel. Wenn sie abends zu Bett gingen, machte sie immer das Tischtuch sauber.
Jeden Abend."

7) Ebd., S. ,304: "Ich dachte, hier wär was."

부인에게 "당신 신발을 신었어야지. 차디찬 타일바닥 위에서 맨발이 뭐야. 당신 감기 들겠어."[9]라고 태연하게 배려하듯 말한다. 그러나 남편의 거짓말과 부엌에서의 실상을 정확히 알아차린 부인은 남편의 이 말이 진정으로 그녀의 건강을 염려해서가 아니라 그녀가 신발을 신었더라면 자신이 부엌으로 걸어오는 소리를 남편이 일찍이 알아차려 수치스런 행동을 발각당하지 않을 수도 있었을 것이라는 일종의 책망으로부터 나온 것임을 안다.

그러나 부인은 남편의 거짓말에 대한 원망을 단지 마음속과 몸짓 속에서만 드러낼 뿐이다. 그리하여 이른바 '부부간의 위기(Ehekrise)'[10]는 초래되지 않으며 남편과 부인이 서로 언쟁을 벌이며 싸우는 일은 결코 일어나지 않고 있다. 이 작품의 참담성은 부부간의 언쟁에 있는 것이 아니라 남편의 거짓말이 속속들이 드러나는 데에 있다. 부인은 남편이 거짓말을 하는 순간 39년간을 함께 살아 온 시점에서 주체할 수 없는 무력감과 함께 모욕감에 사로잡힌다. 그러나 잠시 후 부인은 남편을 감싸주고 도와주려 마음먹으며, 다음에서 나타나듯 모든 말과 행동을 남편의 허위적 행위의 흔적을 털어내고 덮어주는 데에 집중한다.

그녀는 식탁에서 접시를 치우고는 식탁보로부터 빵부스러기를 털어냈다. (⋯) 그녀는 생각했다. 나는 이제 불을 꺼야만 되겠어. 그렇지 않으면 접시 쪽을 바라보게 될 테니까.[11]

---

8) Ebd., S. 305: "sah wieder so sinnlos von einer Ecke in die andere"

9) Ebd. S. 305: "Du hättest Schuhe anziehen sollen. So barfuß auf den kalten Fliesen. Du erkältest dich noch."

10) Vgl. Rothbauer, in: Wirkendes Wort, 10. Jg., 2. Heft, Düsseldorf 1960, S. 112.

11) W. Borchert, Das Brot, a.a.O., S. 305: "Sie stellte den Teller vom Tisch und schnippte die Krümel von der Decke. (⋯) Ich muß das Licht jetzt ausmachen, sonst

이 순간 부인에게서는 어느 정도 열정적이라고까지 할 수 있는 인간적 위대함이 드러나게 되며, 좀 더 정확하게 표현하면 모성애적 사랑과 이해가 표출된다. 부인은 자신의 남편을 스스로 감싸주고 부추겨주면서 이 작품 속에서 지배적인 인물상을 구축한다. 애정 어린 신뢰의 말로 그녀는 다음과 같이 남편을 침실로 이끈다.

> 들어가요, 여보. 그건 분명히 밖에서 난 소리였을 거예요. 들어가 자요. 당신 감기 들겠어요. 차디찬 타일바닥 위에서.12)

그녀는 침대에 누워서도 "의도적으로 깊고 고르게"13) 숨을 쉬어 잠든 체함으로써 남편이 안심하고 입속에 남아 있던 빵을 씹어 삼키도록 배려한다.

다음날 저녁 부인은 남편을 돕기 위해 다시 한 번 가슴 아픈 행동을 한다. 그녀는 남편에게 자신 몫의 빵을 한 조각 더 주면서 다음과 같이 뻔한 구실로 자신의 속마음을 은폐한다.

> 저녁에는 저는 빵을 잘 소화시키지 못해요. 당신 드세요. 당신 드세요.14)

그렇게 그녀는 스스로 남편을 부추겨주지만 엄습하는 당혹감과 수치심을 억누르지 못한다. 그리하여 그녀는 남편에게 네 조각의 빵을 건네준 후 전등불빛으로부터 멀리 떨어져 가 있다가

---

muß ich nach dem Teller sehen, dachte sie."

12) Ebd., S. 305: "Komm man. Das war wohl drauβen. Komm man zu Bett. Du erkältest dich noch. Auf den kalten Fliesen."

13) Ebd., S. 306: "absichtlich tief und gleichmäβig"

14) Ebd., S. 306: "Abends vertrag ich das Brot nicht gut. Iβ man. Iβ man."

잠시 후에야 다시 전등 아래 식탁에 앉는다. 이로써 남편이 받아들인 부인의 희생과 함께 두 사람 모두의 수치심의 흔적은 떨어져 나간 것이다.

3. 고난 속의 인간애

배고픔을 견디지 못한 남편이 한밤중에 부인 몰래 침실을 뛰쳐나와 부엌에서 빵을 잘라 먹는 상황은 전쟁으로 인한 물질적 궁핍의 한계를 드러내고 있다. 남편은 자신의 행위가 부인에게 발각됨으로써 손상된 자존심과 함께 인간존재의 상실감마저 느꼈을 것이다. 39년이라는 오랜 결혼생활 동안에도 숨겨진 채 드러나지 않았던 남편의 마지막 자존심이 부인 앞에서 깡그리 무너져 내린 것이다. 부부라는 가장 가깝고 친밀한 관계 속에서 은폐되고 억제되어 온 자기생존 본능이 배고픔이라는 극한적 요소에 의해 충격적으로 노출된 비극적 상황 속에서 한 순간 다음과 같이 서로에게 인간적 연민과 온정이 교차한다.

(…) 또한 그녀는 밤에 잠옷차림을 한 그가 한층 더 늙어 보인다는 것을 알았다. 벌써 그렇게 늙었나. 예순 살인데. 낮 동안에는 이따금 더 젊어 보였는데. 그녀가 잠옷차림을 하니 무척이나 늙어 보인다고 그도 생각했다. 그러나 그건 아마도 머리털 때문일 거야. 여자들은 밤에는 항상 머리털 때문에 늙어 보이지. 머리털이 그렇게 갑작스레 늙게 만들지.15)

---

15) Ebd., S. 304f.: "(…) und dabei fand sie, daß er nachts im Hemd doch schon recht

남편은 자신의 행위를 은폐하기 위해 부엌에서 무슨 소리가 들려서 나와 보았다는 변명으로 일관한다. 남편은 "나는 여기에 무슨 일이 있지 않나 생각했는데"라는 반복되는 말로 자신이 부엌으로 나올 수밖에 없었다고 둘러대면서 존재상실의 위기를 모면하고자 한다. 그러나 부엌의 상황은 다음과 같이 남편의 말을 뒷받침해 줄 수 없는 것이었다.

접시 옆에 칼이 그대로 놓여 있었다. 또한 식탁보 위에는 빵부스러기가 놓여 있었다. 그들이 저녁에 잠자리에 들 때면 언제나 그녀는 식탁보를 깨끗이 해 두었었다. 매일 저녁. 그러나 지금 식탁보 위에는 빵부스러기가 놓여 있었다. 그리고 칼도 거기에 있었다.16)

이같이 부엌의 상황으로 자신의 말이 거짓말이며 헛된 변명이라는 사실이 드러났음에도 불구하고 "여기에 무슨 일이 있지 않나 생각했는데"라는 말을 되풀이하는 남편의 태도는 아마도 피할 수 없는 한계상황으로부터의 부인에 의한 구원을 갈구하는 호소일지도 모른다. 그리하여 부인은 배고픔을 견디지 못한 남편의 행동을 동정하면서 자존심 상실과 수치심으로 참담해진 남편을 돕기로 마음먹는다. 그녀는 남편의 변명을 맞받아서 "나도 역시 무슨 소리를 들었어요. 그렇지만 그건 아무 일도 아니었나 봐요."17)라고

---

alt aussah. So alt wie er war. Dreiundsechzig. Tagsüber sah er manchmal jünger aus. Sie sieht doch schon alt aus, dachte er, im Hemd sieht sie doch ziemlich alt aus. Aber das liegt vielleicht an den Haaren. Bei den Frauen liegt das nachts immer an den Haaren. Die machen dann auf einmal so alt."

16) Ebd., S. 304: "Das Messer lag noch neben dem Teller. Und auf der Decke lagen Brotkrümel. Wenn sie abends zu Bett gingen, machte sie immer das Tischtuch sauber. Jeden Abend. Aber nun lagen Krümel auf dem Tuch. Und das Messer lag da."

17) Ebd., S. 305: "Ich hab auch was gehört. Aber es war wohl nichts."

응대한다.

　노부부가 나누는 다음과 같은 대화는 비록 이중성을 띠고 있지만 서로에게 위안을 주면서 이해와 포용을 낳고 있다.

> 남편: 나는 여기에 무슨 일이 있지 않나 생각했는데. (…) 나는 여기서 무슨 소리를 들었어. 그래서 나는 여기에 무슨 일이 있지 않나 생각했지.
> 부인: 나도 역시 무슨 소리를 들었어요. 그렇지만 그건 아무 일도 아니었나 봐요.
> 남편: 그래, 그건 아무 일도 아니었나 봐.
> 부인: 들어갑시다. 그건 밖에서 있었던 일이었나 봐요.
> 남편: 그래, 그건 틀림없이 밖에서 있었던 일일 거야.
> 부인: 들어가요. (…) 그건 밖에서 있었던 일이에요. 바람이 불면 항상 홈통이 벽에 부딪혀 소리를 내요. 그건 틀림없이 홈통 때문이었을 거예요. 바람이 불면 그것은 항상 덜그렁거리지요.
> 남편: 그래, 바람 때문이야. (…) 밤새 바람이 불었지.
> 부인: 그래요, 밤새껏 바람이 불었어요. 그건 분명 홈통 때문이었어요.
> 남편: 그래, 그런데 나는 부엌에서 무슨 일이 있나 생각했지. 그건 홈통 때문이었을 거야.

　여기서 남편과 부인이 교대로 주고받으며 반복적으로 이어지는 "그건 틀림없이 밖에서 있었던 일이었다."는 말은 위안과 비탄의 합성물이며, 비난인 동시에 고발이 되고 있다. 또한 밖에 책임을 돌리고 있는 이 말의 배후에는 변명과 동시에 진실이 함께 담겨 있다. 왜냐하면 밖은 적나라하게 노출된 남편의 처지, 즉 배고픔과 끝없는 고난에 대한 책임을 지고 있기 때문이다.

그러나 아무런 대책도 없는 절망적인 곳으로 여겨지는 밖은 여기서 사랑이 곁들인 이해를 통해 극복된다. 그리하여 부인은 "들어갑시다, 여보. 들어가 잡시다."라고 말하면서 남편을 침실로 이끈다. 일상적으로 흔히 사용되는 이러한 말 속에 부인의 남편에 대한 섬세한 사랑과 이해가 담겨 있음은 두말할 필요도 없다.

부인의 남편에 대한 이해와 사랑은 부엌에서 다시 침실로 들어간 후 다음과 같은 태도에서도 드러난다.

그리고는 조용해졌다. 몇 분 후 그녀는 그가 조용히 조심스레 씹는 소리를 들었다. 그녀는 자신이 아직 잠들지 않았다는 것을 그가 알아차리지 못하도록 의도적으로 숨을 깊고 고르게 쉬었다.[18]

남편의 변명을 받아들이면서 그의 자존심을 지켜 온 부인의 일관된 행동은 다음날 저녁 일터에서 집에 돌아 온 남편에게 "안심하고 네 조각 드세요. (…) 저는 이 빵이 잘 소화되지 않아요. 그러니 한 조각 더 드세요."[19]라며 자기 몫의 빵을 양보하는 데에까지 이른다. 이로써 부인은 모성애적 사랑과 이해를 넘어 자기희생을 통한 고귀한 인간애를 구현하게 된다.

---

18) Ebd., S. 306: "Dann war es still. Nach vielen Minuten hörte sie, daß er leise und vorsichtig kaute. Sie atmete absichtlich tief und gleichmäßig, damit er nicht merken sollte, daß sie noch wach war."

19) Ebd., S. 306: "Du kannst ruhig vier essen. (…) Ich kann dieses Brot nicht so recht vertragen. Iß du man eine mehr"

4. 빵의 상징성

이 작품에서 '빵'은 제목을 이루고 있으면서 사건전개의 핵심적 동인이 되고 있다. '빵'이라는 간결한 제목은 작품의 배후성을 드러내지 않고 있어 독자로 하여금 작품 속에 숨겨진 상황에 대해 거의 짐작할 수 없게 한다. 이는 일반적으로 단화가 "제목으로서 주해적이며 드러내는 것에 비해 항상 암시적이며 은폐적인 것을"[20] 선호하고 있다는 크라프트의 주장과도 상통하고 있다.

이 작품에서 빵은 앞부분에서는 배고픔을 견디지 못한 남편이 한밤중에 부엌에 나와 몰래 잘라 먹게 되는 고난의 상징으로, 결말부에서는 부인이 저녁에 퇴근해 돌아온 남편에게 자신 몫을 양보하여 한 조각을 남편에게 더 건네주는 헌신적 사랑의 상징으로 그려지고 있다.

우선 앞부분에 등장하는 빵은 전후의 폐허와 빈곤 속에서 인간의 가장 원초적인 욕구인 굶주림 속의 식욕 앞에서 부부간에 심리적 고통과 갈등의 한계상황을 초래한다. 한밤중에 부인 몰래 침실을 빠져 나와 부엌에서 빵을 잘라 먹고 있던 남편과 그 광경을 목격한 부인으로부터 시작되는 갈등상황은 마침내 39년 동안 이어져 온 부부간의 공속성의 파괴를 낳는다. 부인 앞에서 마지막 자존심을 지키고자 변명을 늘어놓는 남편은 극한적인 수치심과 존재상실감 속에서 헤어나지 못하며, 부인은 수십 년을 하나되어 살아 온 남편이 거짓말을 한다는 사실에 참을 수 없는 모욕감을 느끼게 되는 것이다.

---

20) Helga von Kraft, Die Kurzgeschichte als Gegebenheit und als Idee, Diss., Münster 1942, S. 62: "als Titel stets den andeutenden, tarnenden gegenüber dem kommentierenden und enthüllenden"

그러나 작품의 마지막 부분에서 다음과 같이 부인이 남편에게 건네주는 빵은 고난과 궁핍에 따른 비참함이 아니라 헌신적 사랑과 따뜻한 인간애를 풍긴다.

그가 다음날 저녁에 집으로 돌아왔을 때 그녀는 그에게 네 조각의 빵을 내밀었다. 전에는 항상 그는 세 조각만을 먹을 수 있었다. "당신 안심하고 네 조각 드세요"라고 말하고는 그녀는 전등불에서 멀리 떨어졌다. "저는 이 빵을 잘 소화시키지 못해요. 당신이 한 조각 더 드세요. 저는 그것을 잘 소화시키지 못해요."21)

굶주림의 곤경 속에서 부부간의 공속성 파괴의 상징이었던 빵이 이제는 부인의 헌신적이며 모성애적인 태도에 의해 '사랑'으로 승화되어 상징됨을 알 수 있다. 비극의 빵이 사랑이 담긴 '생명의 빵(Brot des Lebens)'22)으로 승화된 것이다.

따라서 전체적으로 보아 이 작품 또한 보르헤르트의 다른 단화들과 마찬가지로 절망과 암흑으로부터 희망과 빛으로의 상황변전을 이루고 있다.

부인의 모성애적 사랑과 연관 지어 주목할 만한 것은 보르헤르트가 여성을 구원의 상징이며 영원한 안식처로 여겨 왔다는 점이다. 그의 여성관에 대해 베른하르트 마이어-마비츠는 다음과 같이 말하고 있다.

---

21) W. Borchert, a.a.O., S. 306: "Als er am nächsten Abend nach Hause kam, schob sie ihm vier Scheiben Brot hin. Sonst hatte er immer nur drei essen können. ≪Du kannst ruhig vier essen≫, sagte sie und ging von der Lampe weg. ≪Ich kann dieses Brot nicht so recht vertragen. Iß du man eine mehr. Ich vertrag es nicht so gut.≫"
22) Helmut Motekat, Gedanken zur Kurzgeschichte, in: Der Deutschunterricht, 9. Jg., Heft 1, Stuttgart 1957, S. 96.

또한 그는 어머니들을 좋아했다. 그에게 여자들은 위대한, 온통 마음을 사로잡는, 성스러운 삶의 은총의 상징이었다. 그것은 환희에 찬 사람들과 절망에 빠진 사람들을 위한 아늑한 보금자리였다.[23]

보르헤르트의 작품들은 이 같은 주장을 뒷받침해 주고 있는데, ≪부엌시계≫에서는 마음을 내맡기며 쉴 수 있는 평온함의 상징으로 어머니를 표현하고 있으며, ≪어둠 속의 세 왕≫에서의 아내는 가난에 대해 울분을 느끼는 남편을 따뜻하게 위로하고 희망으로 이끄는 모습으로 나타난다. 또한 드라마 ≪문 밖에서≫에서 주인공 베크만을 돕는 여인은 "약간은 부드럽고 따스한 연민"[24]으로 베크만에게 새로운 희망으로 다가 온다.

≪빵≫에서의 부인은 남편의 거짓말에서 구원을 열망하는 목소리를 들으며 이해와 관용으로 모든 것을 극복하고 비극을 사랑으로 반전시킨다. 그녀의 숭고한 인간성 속에 녹아든 이해와 사랑은 인간적 비극에 대한 구원의 상징이기도 하다.

---

23) Bernhard Meyer-Marwitz, Wolfgang Borchert, in: W. Borchert, Das Gesamtwerk, a.a.O., S. 346: "Und er liebte die Mütter. Frauen waren ihm Sinnbilder der großen, berauschenden, heiligen Gnade des Lebens. Schoß der Geborgenheit für Verzückte und Verzweifelte."

24) W. Borchert, Draußen vor der Tür, in: Das Gesamtwerk, a.a.O., S. 112: "einem bißchen weichen warmen Mitleid"

5. 표현상의 특징

1) 개방형식과 간접적 묘사

이 작품도 단화의 전형적 구성양식인 개방형식(offene Form)을 취하고 있다. 따라서 이전상황에 대한 어떠한 암시나 설명도 없이 다음과 같이 돌연히 이야기는 시작된다.

갑자기 그녀는 잠에서 깨었다. 2시 반이었다.[25]

여기서 주인공인 그녀(sie)에 대하여는 아무런 부연설명이 없으며, 그녀가 왜 깨었는지에 대해서도 궁금증만 남기고 있다. 다만 시간의 경과에 따라 일직선적으로 전개되는 이야기의 흐름 속에서 주변환경, 즉 복도, 타일바닥, 부엌, 침실 등 그녀가 머물고 있는 공간의 윤곽이 서서히 드러날 뿐이다. 독자는 이 같은 주변환경의 파악과 함께 이야기를 읽어 나가면서 서서히 그녀에 대한 개괄적인 조망을 할 수 있게 될 뿐이다.

이야기는 또 다른 주인공인 그녀의 남편 그(er)를 등장시켜 굶주림의 고난 속에서 빚어지는 부부간의 애증과 갈등을 거쳐 결국 부인의 모성애적 사랑과 이해를 숭고하게 부각시키면서 끝나는데, 서두 부분에서와 마찬가지로 결말부도 상황의 결정적 매듭이나 문제의 해결이 내려지지 않은 채 다음과 같이 지극히 평범하며 미온적으로 끝나고 있다.

---

25) W. Borchert, Das Brot, a.a.O., S. 304: "Plötzlich wachte sie auf. Es war halb drei."

잠시 후에야 그녀는 전등불 아래 식탁에 가 앉았다.[26]

다만 순간포착적인 대부분의 단화들에서와 달리 이 작품에서는 서두와 결말의 시간에 간격이 벌어져 있는 점이 색다르다. 즉 시간의 도약이 이루어져 새벽 2시 반인 서두의 시간이 결말부에서는 다음과 같이 저녁 시간으로 도약되어 있다.

그가 다음날 저녁 집에 돌아왔을 때 그녀는 그에게 네 조각의 빵을 건네주었다.[27]

이 작품에서의 시간은 한밤중으로부터 저녁까지 펼쳐진다. 그러나 결말부에 도약되어 덧붙여진 저녁시간의 상황은 밤중에 이미 이루어진 해결의 완성일 뿐 특별한 의미를 띠고 있지 않다. 본질적으로 중요한 시간은 한밤중으로서 첫 단락에서 "2시 반이었다"로 세 번이나 제시된다. 이 한밤중의 2시 반이란 시각은 이미 절망적인 것, 뒤틀린 것, 혼란스러운 것을 나타내고 있다. 그것은 초저녁이나 새벽, 혹은 자정 등 통상적인 밤 시각이 아닌 가장 깊은 밤중이며 따라서 출구와 해결이 없는 어둠의 시각으로 여겨진다.

특별히 보르헤르트에게 있어서 이 2시 반이란 시각은 자신의 기억할 만한 가치가 있는 순간으로서 주목할 만한데, 그는 단화 ≪부엌시계≫에서도 폭격을 맞아 정지된 부엌시계가 가리키고 있는 시각을 "가장 기막힌 일은 그것이 하필 2시 반에 멈춰 있다는 것이요. 하필이면 2시 반에."[28]로 서술하고 있다.

---

26) Ebd., S. 306: "Erst nach einer Weile setzte sie sich unter die Lampe an den Tisch.".
27) Ebd., S. 306: "Als er am nächsten Abend nach Hause kam, schob sie ihm vier Scheiben Brot hin."

그에게 있어서 이 시각은 숙고의 시간이며 정신집중의 시간이고 혼자만의 휴식의 시간이다. 이 같은 혼자만의 고요한 시각에 부엌의 전등불빛은 모든 것을 노출시키면서 주인공 부부를 중심으로 한 특별한 상황을 펼치게 되는 것이다.

한편 이 작품 속의 이야기는 직설적이지 않은 간접적인 묘사기법을 통해 한 역사적 시기와의 시간적 관계를 통해 풀려 나간다. 그리하여 파괴된 세계와 전후시대가 이곳저곳에서 감지는 되지만 이러한 시대상을 나타내는 전형적인 어휘들은 찾아 볼 수 없다. 독자는 '식량전표', '연탄배급표', '단전' 등과 같은 어휘들이 나올 법도 하다고 여기지만 결코 이를 발견하지 못한다. 모든 것은 배후에 숨겨져 있어 그것을 찾아내어 이해하는 것은 독자의 몫인데 이것은 바로 단화의 전형적 특성이기도 하다.

그리하여 무의미한 듯 보이는 시도가 담긴 단순한 이야기 속에서 작은 불빛과 같은 어떤 것이 점화된다. 모테카트는 이에 대해 "분명히 모든 문장과 모든 영상 속에서 눈에 띄게 두드러지지는 않지만 간과될 수 없는 의미 깊은 의문이 함께 한다."[29]고 설명한다. 여기서 의문에 대한 응답은 그러나 행간들 사이에 놓여 있으며 그것은 외적인 혼돈과 외적인 고난에 의해 파괴되지 않는 어떤 것을 잘 암시하고 있다.

부부에게서 출구부재의 감정이 내면으로 밀려드는 것은 단지 순간적으로만 이루어진다. 남편은 곧 자신을 위해 존재하며 자신에게 애정 깊게 마음을 여는 부인이 마주하고 있으며, 그녀가 자

---

28) W. Borchert, Die Küchenuhr, in: Das Gesamtwerk, a.a.O., S. 202: "Was das schönste ist, sie ist um halb drei stehengeblieben. Ausgerechnet um halb drei."

29) Helmut Motekat, a.a.O., S. 35: "Die Sinnfrage schwingt gewissermaßen in jedem Satz und in jedem Bild unauffällig und doch unüberhörbar mit."

신이 처한 곤경 앞에서 보호와 위안을 주려 한다는 데에서 행복
감을 느낀다. 이 부분에서도 사랑이라는 직접적인 표현은 전혀
등장하지 않는다. 그리하여 모테카트는 "또한 애정 어린 태도 외
에는 '사랑'이란 말은 작품의 어디에서도 언급되지 않으나 그것은
생명의 '빵'이 된다."[30]고 절묘하게 해석하고 있다.

2) 문체 및 표현기법

이 작품에서 나타나는 특징적인 양식으로는 보르헤르트의 작품
들에서 대명사 격이 되다시피 한 단절적 리듬과 어휘 및 문장의
반복을 들 수 있다. 우선 서두의 두 단락에서 다음과 같이 주로 강
약격적 리듬을 띤 딱딱한 리듬이 지배적으로 이루어지고 있다.

Plötzlich wachte sie auf.

In der Küche hàtte jèmand gègen èinen Stúhl gestóßen.

Aùf dem Küchentìsch stánd der Bróttèller.

Náchts. In der Küche.

한편 의미와 문장부호(. ! , : 등)를 통해 지정된 많은 휴지부
(Pause)들은 독자로 하여금 내용을 천천히 끊어서 읽어 나갈 수밖
에 없도록 하고 있어 단절적인 리듬에 간접적으로 기여하고 있다.
서두의 두 단락에서만 28개의 문장 속에 이 같은 휴지부가 38개
나 이루어져 있다.

---

30) Ebd., S. 96: "Und die 'Liebe' - mit keinem Wort in der Erzählung erwähnt, außer
　　mit zarten Gebärden - wird zum 'Brot' des Lebens."

문장들의 다음과 같은 접속사 없는 이어짐은 의미의 단절 및 급속한 재결합을 촉진하고 있다.

In der Küche trafen sie sich. │ Die Uhr war halb drei.
Nachts. │ Um halb drei. │ In der Küche.

두 번째 단락에 가서야 비로소 문장들의 서두에 몇몇 접속사가 붙는데, 특별히 눈에 띄는 것은 세 번이나 사용된 'Und'이다. 그렇지만 이 접속사도 본래의 의미와는 다르게 쓰이고 있다. 'Und'는 본래 문장과 문장을 자연스럽게 연결시키는 기능을 하지만 여기에서는 다음과 같이 부인이 겪는 충격적 체험의 인상을 점점 더 강화시키는 역할을 하고 있는 것이다.

Und auf der Decke lagen Brotkrümel.
Und das Messer lag da.
Und sie sah von dem Teller weg.
그리고 식탁보 위에는 빵부스러기가 놓여 있었다.
그리고 칼이 거기에 놓여 있었다.
그리고 그녀는 접시로부터 눈을 돌렸다.

단음절이나 2음절로 된 짧은 어휘들의 사용 또한 단절적 리듬을 강화하고 있다. 자주 등장하는 대표적인 단음절 어휘는 'Brot', 'Licht', 'Bett', 'Stuhl', 'still', 'fand', 'stand', 'war' 등이며 2음절 어휘는 'Küche', 'Teller', 'Messer', 'Krümel', 'Wohnung', 'wachte', 'hatte', 'horchte', 'fehlte', 'tappte', 'gingen' 등이다. 이러한 어휘들은 특별히 반복적으로 등장하여 상황에 대한 이미지를 강화시키

는데 무엇보다도 'Bett', 'Brot', 'Teller', 'Messer'가 많이 반복되며, 특히 'Küche'는 서두의 두 단락에서만 다섯 번이나 반복되어 나타난다.

'Küche', 'Brot', 'Teller', 'Messer'와 같은 어휘들의 반복을 통해 이 작품의 공간인 부엌이 강조되고 있다. 이 부엌은 바로 고난과 굶주림에 처한 인간이 온통 정신을 집중하게 되는 장소이며, 그럼으로써 부엌은 동시에 극단적 상황의 상징이기도 하다. 부엌은 굶주림과 연결되어 보르헤르트의 다른 작품에서 표현되듯 "언제나 집을 떠나 있는" 인간의 "정거장"이다. 또한 "정거장들은 담배나 립스틱이나 소주로 불린다. 혹은 신이나 빵으로"31)에서와 같이 이 작품에서 부엌은 바로 굶주림에 지친 인간이 의지할 수 있는 최고의 가치를 띤 공간으로서 반복되어 나타나고 있다.

어휘의 반복과 함께 문장의 반복적 표현 또한 특징적으로 이루어지고 있다. 대표적인 반복적 문장은 남편이 자신의 행위를 은폐하기 위해 되풀이하는 "Ich dachte, hier wäre was(나는 여기에 무슨 일이 있지 않나 생각했는데)."이다. 자신의 변명을 부인이 믿도록 만들기 위해 진력하는 남편의 이 말은 부인과의 대화 도중 네 번이나 반복된다. 굶주림의 극한상황에서 거짓말로 자존심 상실을 막아 보려는 남편과 이를 알아차린 부인이 나누는 대화 중에도 반복적인 표현이 이루어지는데, 이를 통해 남편의 변명을 그대로 받아들이면서 오히려 남편에게 용기와 위안을 주려는 부인의 숭고한 인간애가 강조되고 있다. 부부가 주고받는 대화 중 반복적인 표현을 예로 들면 다음과 같다.

---

31) W. Borchert, Eisenbahnen, nachmittags und nachts, in: Das Gesamtwerk, a.a.O., S. 64: "Tabak heißen die Stationen, oder Lippenstift oder Schnaps. Oder Gott oder Brot."

Er: Ich dachte, hier wäre was. (···) Da dachte ich, hier wäre was.

Sie: Ich habe auch was gehört. Aber es war wohl nichts.

Er: Nein, es war wohl nichts.

Sie: Komm man. Das war wohl drauβen.

Er: Ja, das muβ wohl drauβen gewesen sein.

Sie: Komm man, das war wohl drauβen.

Er: Wind war schon die ganze Nacht.

Sie: Ja, Wind war schon die ganze Nacht. Es war wohl die Dachrinne.

Er: Ja, ich dachte, es wäre in der Küche. Es war wohl die Dachrinne.

일상적인 소박한 언어의 사용 또한 특징적 표현기법인데, 이를 통해 추위와 굶주림과 수치심이라는 외적 및 내적인 고난의 분위기가 긴밀하게 묘사되고 있다. 이 작품에서는 단 하나의 군더더기 어휘도 등장하지 않으며 일상적인 언어가 사건 줄거리와 표현을 지배하고 있다. 예를 들면 불필요한 수식어가 배제되고 있어 형용사는 대부분 사용되지 않고 있는데, 다음과 같이 특징적 상황묘사를 위해 꼭 필요한 경우에만 등장한다.

dunkle Wohnung(어두운 거실), kalte Fliesen(차가운 타일바닥),
dunkler Korridor(어두운 복도), nackte Füβe(맨 발)

대명사가 많이 쓰인 것도 단화로서의 두드러진 특징이다. 남편과 부인의 고유한 이름이나 그들을 나타내는 일반명사인 'Mann'과 'Frau' 대신 전적으로 대명사인 'er'와 'sie'가 사용되고 있다. 그러나 그렇다고 하여 그들 노부부에게서 인간성이나 인간적인 온정 등이 결핍되어 나타나지는 않는다. 또한 고유한 이름이 없는 익명성이 결코 이야기를 배타적이거나 기이한 내용으로 만들지는 않는다. 노벨레에서의 확고한 특성을 지닌 '전혀 뜻밖에 발생한 사건'과 반대로 이 작품에서는 노부부를 에워 싼 일상의 상황이 담겨 있다. 따라서 이 작품 속의 상황은 사건은 사건이지만 결코 노벨레에서처럼 '전혀 뜻밖의' 사건도, '새로운' 사건도 아닌, 통상적으로 혹은 날마다 어느 곳에서건 일어나는 그런 사건인 것이다. 그 상황은 한 특정한 처지에 있는 삶을 특징지으며 그 같은 처지에 있는 특정한 인물들, 여기에서는 노부부에 의해 풀어 헤쳐져서 보편적인 것으로 일반화되는 것이다.

이 작품에서는 처음부터 부인의 모습이 특정한 상황을 지배하고 있어 모든 것이 그녀로부터 펼쳐진다. 부인은 어둠 속을 걸어나가 전등을 켜며, 그것은 남편을 적나라하게 노출시키고 남편으로 하여금 자신의 행위에 대한 수치심을 일으키게 한다. 그리하여 작품 전체를 통해 부인을 나타내는 대명사 'sie'가 주어로서 35회나 사용되며, 이 중 14회는 "Sie überlegte …", "Sie horchte …", "Sie stand auf." 등과 같이 주문장의 서두에 등장한다.

남편과 부엌에서 마주친 후에도 'sie'는 다음과 같이 계속하여 문장의 서두에 놓이고 있다.

Sie sah ihn nicht an, …
Sie stellte den Teller vom Tisch …
Sie kam ihm zu Hilfe …
Sie hob die Hand zum Lichtschalter …
Sie atmete absichtlich tief und gleichmäßig.

이에 반해 남편을 나타내는 'er'는 훨씬 적게 사용되어 작품 첫 단락의 끝 부분, 즉 부인과 부엌에서 마주친 후에야 처음 등장하여 전체적으로 23회 밖에 나오지 않으며, 문장의 서두에 등장하는 것은 겨우 다음과 같이 3회에 불과하다.

Er sah zum Fenster hin.
Er sagte das, als ob er schon halb im Schlaf wäre.
Er sah nicht auf.

6. 맺음말

단화 ≪빵≫은 빵을 사이에 두고 펼쳐지는 주인공 노부부의 갈등과 사랑을 통해 2차 대전 직후의 경제적 궁핍상을 예리하게 묘사하고 있다. 이 작품은 작가의 다른 단화들과 달리 직접적인 사건묘사 보다는 간접적 심리묘사를 위주로 하고 있어 그 안에 담긴 의미를 찾아내기 위해서는 독자의 세심한 주의를 요한다. 따라서 이 작품은 독일의 고등학교 상급학년에서 문학수업 시간에 작품해석용으로 자주 이용되는 표본적 텍스트이기도 하다.

살펴보았듯이 이 작품은 서두와 결말이 열린 개방형식을 취하고 있는 전형적 단화이며 세심한 내용분석을 통해 사랑의 위대함을 메시지로서 전달하고 있음을 알 수 있다.

문체와 언어표현기법 상으로도 보르헤르트적 단화의 전형성을 나타내 보이고 있는데, 대표적인 것들로는 단절적 리듬, 어휘 및 문장의 반복적 표현, 단음절 내지 2음절 어휘 및 평범한 일상언어의 사용, 빈번한 대명사의 사용 등을 들 수 있다.

해석 상 이 작품은 보르헤르트의 대부분의 단화들이 그러하듯 곤경과 절망 자체만을 묘사하는 데에 그치지 않고 그것을 뛰어넘어 또 다른 안식과 희망의 지평을 제시하고 있다는 점을 주목할 필요가 있다.

〈참 고 문 헌〉

1. Texte

Wolfgang Borchert: Das Brot, in: Das Gesamtwerk, Rowohlt Verlag 1975.

Ders.: Drauβen vor der Tür, in: Das Gesamtwerk, a.a.O. 1975.

Ders.: Vorbei, vorbei, in: Das Gesamtwerk a.a.O. 1975.

Ders.: Eisenbahn, nachmittags und nachts, in: Das Gesamtwerk, a.a.O. 1975.

2. Sekundärliteratur

Böll, Heinrich: Die Stimme Wolfgang Borcherts, in: Ders., Erzählungen, Hörspiele, Aufsätze, dtv 1965.

Brinkmann, Karl: Wolfgang Borchert. Drauβen vor der Tür und Erzählungen, C. Bange Verlag.

Doderer, Klaus: Die deutsche Kurzgeschichte. Ihre form und Entwicklung, W. Kohlhammer Verlag 1978.

Donnenberg, Josef: Bevorzugte Gattungen I : Kurzgeschichte, Reportage, Protokoll, in: W. Weiss u. a., Gegenwartsliteratur, W. Kohlhammer Verlag 1977.

Dück, Hans-Udo: Das Brot, in: R. Hirschenauer u. A. Weber, Interpretationen zu Wolfgang Borchert, München 1976.

Durzak, Manfred: Die deutsche Kurzgeschichte der Gegenwart. Autorenporträt, Werkstattgespräche, Interpretationen, Stuttgart 1980.

Kraft, Helga von: Die Kurzgeschichte als Gegebenheit und als Idee,

Diss., Münster 1942.

Marx, Leonie: Die deutsche Kurzgeschichte, Stuttgart 1985.

Meyer-Marwitz, Bernhard: Wolfgang Borchert, in: W. Borchert, Das
Gesamtwerk, a.a.O. 1975.

Migner, Karl: Leben und Werk Wolfgang Borchert, in: R. Hirschenauer
u. A. Weber, Interpretationen zu Wolfgang Borchert, München
1976.

Motekat, Helmut: Gedanken zur Kurzgeschichte, in: Der Deutschunterricht,
9. Jg., Heft 1, Stuttgart 1957.

Rohner, Ludwig: Theorie der Kurzgeschichte, Wiesbaden 1976.

Rothbauer, G.: Das Brot, in: Wirkendes Wort, 10Jg., 2. Heft,
Düsseldorf 1960.

Ulshöfer, R.: Unterrichtliche Probleme bei der Arbeit mit der
Kurzgeschichte, in: Der Deutschunterricht, Jg. 10, Heft 6,
Stuttgart 1958.

볼프강 보르헤르트*

―베른하르트 마이어-마비츠

1921년 5월 20일 함부르크에서 출생
1947년 11월 20일 바젤에서 사망

"그대가 진실을 밝히기를 주저하고, 진실을 숨기며, 온전한 진실을 말하지 않으면서 대중 속에서 이야기한다면 그대는 진실보다 덜 진실한 것이다."

잭 런던

---

* 이 글은 보르헤르트의 절친한 고향 친구인 작가 베른하르트 마이어-마비츠가 보르헤르트가 세상을 뜬 10년 후인 1957년에 쓴 것으로 보르헤르트의 ≪전집 Das Gesamtwerk≫ 말미에 실린 것을 옮긴 것이다.

I

내일 무슨 일이 일어나든,
비록 그것이 근심을 일으킬지라도,
나는 말하리라, 그렇다!고.
볼프강 보르헤르트

피폐와 희망, 죽음과 삶, 절망과 믿음 사이에서 볼프강 보르헤르트의 작품은 성장했다. 전쟁의 지옥으로부터 돌아온 후 그에게 주어진 시간은 단지 2년뿐이었다. 이 2년은 병자인 그의 가슴 속에서 불타올라 말해지기를 갈망한 모든 것을 드러내기에는 조금의 여유도 없는 기간이었다. 그도 이따금 치료와 회복에 대한 믿음을 가졌음직도 하고, 자신에게 닥쳐 온 유신의 분명한 위협에 대해 저항할 의지를 가졌음직도 하지만 그에게 주어진 고독한 시간들은 자신의 투쟁의 무망성을 깨닫게 하기에 충분했다. 그리하여 그의 삶의 마지막 두 해는 가차 없이 흘러가 버리는 시간들, 낮들, 밤들과의 경주였다.

전쟁은 그의 청춘의 황금기를 빼앗아 갔다. 그가 전쟁이 끝난 후 마침내 자유인으로서의 삶 속에 다시 발을 들여 놓았을 때 그는 이 삶을 열정적으로 살아가고자 했을 것이다. 왜냐하면 그는 모든 일에 아낌없이 몸을 바치기를 좋아했기 때문이다. 그러나 마냥 향락을 즐기는 자로서 삶을 탕진하는 것은 그에게 허용되지 않았다. 그는 오로지 자신의 작품에만 몸을 바칠 수 있었다. 그것은 행복이자 고통이었다. 아울러 성취이기도 했다. 왜냐하면 1947년에 그는 자신과 그의 세대와 그의 시대에게 가치 있고 영속적인 것을 말하고 세상을 떠났기 때문이다. 선한 마음으로 두려움 없이, 놀라움과 경탄과 경악을 일으킨 무조건성을 향한 용기에 사로잡혀 그렇게 했던 것이다. 고뇌와 고통, 그리고 자신의 운명은 이미 어찌할 수 없는 것으로 결정되었다는 인식이 많은 건강한 사람들에게 결여되어 있는 이러한 용기를 강화하는 데 기여했을지도 모른다. 그는 이미 저 세상에 서 있었으며 이 세상에 대해서는 더 이상 아무것도 두려워 할 필요가 없었다.

그의 삶과 사고와 글쓰기는 진실을 무게중심으로 삼았다. 진실이 고통을 주고 고독하게 만든다는 사실을 그는 이미 어린 시절에 체험했다. 그렇지만 이러한 고통과 고독을 견뎌 나가는 데에 동시에 구원이 있었다. 진실 앞에서 체념하며 침묵하는 것을 그는 참을 수 없었던 듯하다. 진실 앞에서 침묵할 수 없었던 것은 그에게 일찍이 숙명이 되었다. 그는 수백만의 사람들을 파멸로 몰아넣은 거짓 앞에서 진실을 깨닫게 되면서 병영편지들을 통해 진실을 이야기했다. 이 편지들은 함부르크에서 가택수색에 의해 발각되었다. 이 편지들은 그를 기소하는 데 좋은 재료를 제공했다. 그러나 스무 살 된 그는 체포되기 전에 이미 수십만의 다른 독일인들과 함께 러시아를 향해 내몰리고 있었다. 그는 이 수십만 명의 피가 무자비한 러시아 땅에 끝없이 뿌려지는 것을 보았다. 그도 역시 피를 흘렸다. 그런데 그를 더욱 괴롭힌 것은 질병이었다. 그를 고발한 자들은 고향에서부터 전선에까지 그를 추격했고 그에게 질병치료의 배려마저 허용하지 않았다. 그는 손에 총상을 입은 채 생명을 위협하는 황달과 디프테리아로 인한 고열로 고통을 받으면서 야전병원으로부터 뉘른베르크의 감옥으로 끌려갔다. 그는 병든 몸으로 법정에 섰다. 법정은 진실을 고백하여 산산조각난 이 젊은이에게 사형을 구형했다. 사형의 위협과 함께 그는 6주 동안 홀로 독방에 갇혀 있었다. 그것은 밤낮 없는 지옥이었다. 세메노프스크 광장 사형대에 선 도스토예프스키와도 같은 존재!

그러나 그는 다시 한 번 삶으로 되돌아 갈 수 있었다. 그가 어리다는 이유로 선고 형량이 낮춰진 것이다. 그에게 주어진 삶은 어두운 감방 안의 짓누르는 고독이었다. 반 년 후 그는 조건부로 사면되었다. 이 사면은 '전선 방어! 다시 러시아로!'가 조건이었다. 여전히 병들고 허약했음에도 불구하고 그는 최일선 대열로 내몰렸다. 질병은 온갖 가혹한 명령들 보다 더 고통스러웠다. 적을 죽이기 위한 도구로서 보르헤르트는 쓸모없게 되었다. 그는 전선으로부터 후방 수비대로 방출되었다. 그는 병든 상태로, 즉 무용지물로 머물렀다. 군복무 이전에 뤼네부르크 주립극단에서 연극배우로서 몇 개월 동안 행복한 도취의 시간을 보낸 적이 있는 그를 전선극단은 순회공연에 고용하고자 했다. 군은 무용지물인 그에게 자유를 준 것이다. 그러나 그에게 병영의 문이 열리기 전날 저녁 한 내무반 동료가 몇 가지 정치적인 농담을 했다는 이유로 그를 밀고했다. 그는 자유를 얻는 대신 다시 구금되었다. 다시금 감방의 고독이 찾아 왔다. 아홉 달 동안. 이번에는 베를린-모아비트 형무소였다. 밤낮 없는 폭격음으로 가득 찬 아홉 달이었다. 법의 보호에서 배제된 그에게 지하 대피시설은 존재하지 않았다. 폐쇄된 감방에서 그는 죽음의 공포를 감수했다. 치료되지 않은 질병에 대한 어떤 은총도, 어떤 도움의 손길도 없었다.

보르헤르트는 베를린의 종말은 겪지 않았다. 1945년 봄 그는 파괴된 제국의 남서부로 보내졌다. 거기에서 미군은 그를 석방했다. 그는 북쪽으로 진군하는 연합군 전차 뒤를 따라 걸어서 고향을 향해 갔다. 완전히 기진맥진한 상태에 고열로 시달리면서 그는 여름 같은 5월 초순 엘베강 맞은 편 함부르크에 도달했다. 이 튼날 그는 고향의 부모 집에 도착했으며 죽을 것 같은 그를 사람들은 고맙게도 마치 죽음에서 해방된 사람처럼 맞아 주었다.

그는 오랫동안 휴식을 취해야만 했었다. 그러나 그는 방 안에만 앉아 쉬지는 않았다. 삶에 굶주리고 일하는 것을 좋아한 그는 새로운 시작에 참여하고 싶어 했다. 그에게는 휴식을 취하는 것 역시 도움을 줄 수 없었으리라는 것이 오늘날 우리의 생각이다. 전쟁과 감옥생활에서 치료기회를 놓쳐 버린 그의 병든 육신은 어떤 의료적 처치에 의해서도 다시 본래 상태로 되돌아 올 수는 없었던 것이다. 따라서 새로운 삶의 첫 물결이 그를 고양시킨 것은 잘된 일이었다. 예측할 수 없는, 급속히 격해지는, 어떤 의약품으로도 다스릴 수 없는 질병은 그에게 육체적 존재를 고통스럽게 했다. 그는 저항했고 병마에 굴복하지 않으려고 했다. 그는 국립극단의 ≪나탄≫ 공연에서 조감독으로 참여했으며, 자주 계단을 오르지 못하고 공연 전이나 공연 중에 고통과 호흡곤란으로 괴로워하면서도 카바레 무대에서 배우로서 일했다.

그는 너무나도 기꺼이 삶에 함께 하고자 했던 것이다! 새로운 좀 더 품위 있는 삶에의 희망 속에서.

그러나 그의 의지가 아무리 강한들 불가능한 것을 억지로 가능하게 할 수는 없었다. 병마는 마침내 그를 쓰러뜨렸다. 어떤 병원도 좀 더 호전된 상태로 그를 퇴원시키지 못했고, 어떤 의사도 간과 비장과 담즙에서 격해지는 질병을 정확히 진단하거나 치료에 도움을 주지 못했으며 전혀 완화시키지도 못했다. 하지만 보르헤르트는 모든 문병객들을 아무렇지도 않은 듯 어린아이같이 쾌활하게 맞아 주었다. 사람들은 그의 머리맡에 닥친 확실한 죽음을 믿지 않았다. 사람들이 그를 포기할 수 없었던 것은 이 스물다섯 살 젊은이가 지녔던 삶에 대한 엄청난 애착, 커다란 관심과 희망과 의지 때문이었다.

일 년 내내 나는 거의 날마다 그를 문병했다. 그의 몸은 마치 고문을 당한 듯 자주 구부정했고, 그의 등은 받치는 손의 무게조차 견뎌내지 못했으며, 부어 오른 그의 간은 호흡을 곤란하게 했고 심장은 두려움에 경련을 일으켜 압박받고 있음을 나는 알았다. 그러나 내가 그와 인사를 나누면서 기대에 차서, 병실 밖의 삶에 관한 한 마디 한 마디 말에 고마워하면서 미소 짓는 그를 바라볼 때면 그는 더 이상 죽음을 앞둔 환자가 아니었고 삶의 신봉자이자 희망에 젖어 있는 사람이었다. 동작 하나, 흔들림 하나도 그를 고통스럽게 했다. 그럼에도 불구하고 그에게서는 자주 쾌활함과 유머가 번득였다.

그가 자신의 병에 대해 이야기하는 일은 드물었다. 그것이 그를 방문한 많은 사람들을 착각하게 했다. 그는 러시아와 감옥에 대해서도 거의 이야기하지 않았다. 그는 자신이 겪은 괴로움으로 다른 사람들의 마음을 무겁게 하지 않았다. 그가 체험하고 고통을 겪은 일은 자신의 단편들 속에서나 반영되었는데, 그것은 개인적인 영역을 벗어나 환상적으로 응축되고 비유로 고양되어 나타났다.

누군가 그를 동정하면 그는 쉽게 반감을 나타냈다. 이러한 거부감은 결코 자기기만이 아니었고 절망에서 나오는 저항이었다. 그는 미리부터 포기하려고 하지 않았다. 그는 병약성으로 인해 자신의 육신을 자주 증오했을지도 모르지만 자신에게서 극단적인 것을 쥐어짜내었다. 매일 아침 그는 침상에서 곧게 일어서서 건강한 사람과 같이 욕실에서 몸을 씻고 면도를 했다. 그는 이러한 아침마다 행해지는 사소한 일들을 해내기 위해서 지탱물들로 벽과 문틀, 그리고 지칠 줄 모르는 어머니의 손길을 필요로 했다.

그러나 그는 심약해지지 않았다. 결국 어쩔 수 없이 침상에 결박되는, 궁극적인 굴복이 그를 전율시켰다.

육체의 몰락에 맞선 한 젊은이의 굽힐 줄 모르는 투쟁은 감동적이고 충격적이었다. 비록 며칠간은 열이 가라앉았거나 아주 사라졌을지라도 보르헤르트가 죽음에 패했다는 점은 점점 분명해졌다. 잠 못 이루는 고통의 수백 밤들, 흥분이 담긴 수천의 창작시간들, 건강한 사람들의 눈앞에서의 끊임없는 극복의 고통스런 강요, 자신의 고통이 치료될 수 없다는 차갑고 어두운 확신 속으로의 공포를 불러일으키는 추락 – 이 모든 시간들이 합해져서 그의 마지막 실체를 소진시켰다. 그러나 그는 여전히 포기하지 않았다. 마지막 희미한 희망의 빛이 그를 비춰 주었는데 그것은 스위스로의 요양여행이었다. 의사들은 스위스로의 요양여행이 치료에 좋은 영향을 줄 것으로 기대했다. 그 곳 스위스에는 굶주리는 독일에서는 살 수 없는 식료품들이 있었다. 그곳에는 또한 온갖 의약품들과 난방이 잘된 병실들이 있었다. 보르헤르트는 아마도 1946/1947년의 혹독하게 추웠던 겨울에 몇몇 친지들이 곤란한 형편 속에서도 그에게 나무와 석탄을 마련해 주지 않았더라면 이미 추위의 희생자가 되었을지도 모른다.

스위스 산기슭의 한 요양원이 그를 받아 주도록 되어 있었다. 출판인 고베르츠, 오프레히트, 로볼트와 에른스트 슈나벨을 비롯한 함부르크 방송국의 관계자들이 이 계획을 실현시키고자 노력했다. 그러나 계속해서 일이 늦춰지게 되었다. 관료주의적인 방해요소들, 중환자인 보르헤르트의 이동의 어려움 등 때문이었다. 많은 친구들은 그 여행 자체가 과연 의미있는 것인지 의문을 나타내기도 했다. 환자가 여행에서 오는 피로를 이겨낼 수 있을까? 여행이 그에게 도움을 주기 보다는 오히려 해를 끼치지는 않을까?

이런 의문들은 불필요한 것이었다. 보르헤르트는 여행을 떠날 수밖에 없었으니까! 함부르크에서는 어느 누구도, 어떤 것도 그를 더 이상 도울 수 없었다. 그것을 그는 알고 있었다. 그의 인내력이 거의 한계에 달했음도 이해할 만하다. 가장 친밀한 친구들의 방문도 그에게는 더 이상 도움이 되지 않았다. 또한 친구들에게도 잦은 방문은 고통이 되었는데, 그들이 고통받는 보르헤르트에게 진정한 위안을 줄 수 없었기 때문이다. 보르헤르트는 온갖 좋은 위안의 말이 점차 공허하게 되어감을 너무도 잘 느끼고 있었다. 따라서 그는 떠날 수밖에 없었던 것이다.

1947년 9월 그는 마침내 여행을 떠날 수 있었다. 우리는 이 이별을 대단한 일로 보지 않았다. 보르헤르트는 약간 넋 나간 것처럼 보였고, 그의 시선은 우리를 지나 정해지지 않은 어떤 곳으로 미끄러져 갔다. 마음속으로 그는 이미 여행을 떠나고 있었던 것이다. 그는 마치 영원한 이별이라도 하듯 방과 책상을 깨끗이 치워 놓았다. 나중에 더 정리할 것은 아무것도 없었다.

그러나 향수는 그가 예상했던 것보다 더 빨리 닥쳐왔다. 난방이 지나치게 잘 된 환자용 객실에서 그는 호흡하는 데 곤란을 겪었다. 열차가 라인강 상류의 저지대를 지날 때 어머니는 그의 시선을 강 쪽으로 돌리려 했다. 그러나 그는 고통스러워하며 다른 쪽으로 몸을 돌렸다. 그는 사랑했던 긴 잿빛 엘베강을 더 이상 볼 수 없게 되었기에 라인강에게도 눈길을 주고 싶지 않았던 것이다.

국경역 바일에서 어머니는 기진맥진한 아들에게서 정성스레 돌보던 두 손을 거두어야 했다. 그녀에게는 국경을 넘는 것이 허용되지 않았던 것이다. 당국의 규정은 인간적 유대와 인간의 고난보다 더 막강했다. 독일과 독일인은 아직 경계를 받으며 살아가고 있었다. 그리하여 보르헤르트는 이 땅에서의 마지막 발걸음을 홀로 가야만 했다.

열차가 움직이기 시작하자 그는 창가에서 몸을 일으켜 세우고는 다시 한 번 손을 흔들었다. 그렇게 그는 떠나갔다. 그것은 어머니에 대한, 또 다시 작별을 해야만 하는 조국에 대한 마지막 인사였다. 이번에는 영원한.

Ⅱ

대지가 다시 가라앉는다.
사슬도 고통도 가라앉는다.
나는 하늘의 별이 되어
우주 속에서
신의 넓은 가슴의 고동을 느낀다.
볼프강 보르헤르트

바젤에서는 한 명의 환자를 기다렸지, 다 죽어가는 사람을 기다린 것은 아니었다. 따라서 사람들은 처음에는 약간 당황했다. 보르헤르트는 절대적으로 병원에서의 치료를 요했기에 사람들은 그를 가톨릭계의 클라라병원으로 보냈다. 서늘한 하얀 병실에서 그는 휴식을 취했다. 그러나 이 휴식은 낯선 세계에서의 고독이며 고립이었다. 또다시 향수가 그를 엄습했다. 그것은 병마에 못지않게 고통스러웠다. 그에게는 편지지를 살 돈조차 없었으며 독일 출신의 친구들도 그를 도와줄 수 없었다.

그러나 뜻밖에도 기대하지도 않았던 새로운 친구들이 생겨났다. 그리고 그가 고향을 떠나 엄청난 향수의 외로움 속에서 사라져야 한다는 사실에 대해 아마도 처음에는 대수롭지 않게 여겼을 독일인 친구들이 이 여행이 그의 운명의 일부분이자 그의 과제의 일부분이라는 것을 깨닫게 되었다. 비록 거의 거동할 수 없을 정도가 되어 수도원과 같은 고립된 병실에서 낯선 이방인으로서, 게다가 독일인으로서 누워 있었지만 그에게서는 힘이 솟구쳐 나기 시작했으며 이것은 그의 병실을 방문하는 모든 사람들을 감동시켰다. 이 같은 감동은 단지 연민만은 아니었으며 개인적 차원을 뛰어 넘어 보편적 인간의 차원에서 좀 더 깊은 작용을 했다. 보르헤르트는 우연히 평화로운 스위스에 던져진 개인에 불과하지만은 않았으며 그에게는 죄와 무죄 속에 비극적으로 얽힌, 조력과 인내와 형제애를 희망해 온 한 민족의 운명이 담겨 있었다.

그곳에서 보내 온 그의 마지막 친구들의 편지들은 감동적이면서 흐뭇한 인간애를 나타내 주는 증거들이다.

"10월의 둘째 주에 L부인이 저를 찾아 와 클라라병원에 함부르크에서 온 한 젊은 독일 작가가 매우 쓸쓸하게 누워 있다고 알려 주었습니다."라고 한 친구의 편지는 쓰고 있다. "L부인은 제게 ≪민들레꽃≫이라는 작품을 주었습니다. 저는 정말 회의적이었지요. 망명자나 난민으로서 독일을 떠나야만 했던 우리 독일인들이 독일로부터 우리에게 전해지는 온갖 것에 대하여 어떤 두려움을 갖고 있듯이 말입니다. 저는 ≪민들레꽃≫을 읽어 나가기 시작했습니다. 그리고는 제가 회의를 품은 것에 대해 몹시 부끄러워했답니다. 왜냐하면 거기에 쓰여 있는 것은 독일 젊은이의 상황에 대한 충실한 묘사였으며, '그래, 바로 그렇지! 우리는 바로 그런 상황에 처해 있어'라는 말을 할 수밖에 없는 내용이었기 때문이었지요."

또 다른 친구는 이렇게 썼다. "그 불쌍한, 사랑스런 젊은이는 참으로 비참했으며 그의 영혼은 얼어붙었고 고독했답니다. 그는 겉으로 보기에는 몇몇 가을나무들을 바라볼 수 있는 멋진 전망을 지닌 밝고 큰, 우아하기까지 한 병실에서 멋지게 지내고 있었지만 그것은 독일의 나무들이 아니었지요. 의사들은 최선을 다해 일했고 간호사들은 유능하고 가톨릭 신앙이 독실했으며, 입구의 한 아가씨는 그를 개인적으로 잘 알고 있어 우리에게 그의 병실 번호를 곧장 가르쳐 주어 우리를 무척 기쁘게 했답니다."

"그는 아주 작으면서도 대범하게 하얀 병상에 누워 있었지요. 그의 머리칼은 매우 짧게 깎여 있어 우리는 '성냥개비 길이'라면서 웃었지요. 제가 매우 좋아하는 스위스 여자 친구 B양은 그에게 두 개의 갈아 끼우는 액자와 파울 클레 및 마티스, 피카소 등 프랑스 현대화가들의 훌륭한 복제화 몇 점을 가져다주었습니다. 그는 텅 빈 벽만을 바라보는 일을 더 이상 참을 수 없었기에 그런 것들을 원했지요. 간호사들은 우리가 그에게 가져다 준 이 악마같은 물건들에 대해 당연히 깜짝 놀랐지만 의사는 갈아 끼우는 액자를 벽에 걸 수 있도록 도와주려고 했지요."

"제가 그의 병실을 들어섰을 때 저는 이미 더 이상 이 세상에 머물고 있지 않은 몰골을 한 한 존재와 마주 서 있다는 인상에 압도되었습니다. 그의 사랑스런, 섬세하고 예민한 얼굴은 기뻐서 아주 작아졌다가 다시 활짝 피어올랐고 부드럽고 재빨리 움직이는 두 눈은 움푹 들어간 검은 눈동자로부터 행복한 빛을 발하고 있었지요. 고향 사람이 와서 모든 것에 대해 서로 이야기를 나눌 수 있었기 때문이었을 겁니다. 그는 이미 걸어갔던 먼 저 세상의 길을 되돌아 와서 다시 젊고 행복한 상태가 되어 인간적 활력을 띠게 되었지요. 그래서 저는 다시 희망을 갖고 믿기 시작했지요. 그에게서는 강한 삶의 의지와 커다란 환희가 흘러 나와 더 이상 아픈 것처럼 보이지 않았기에 저의 첫 인상이 착각이었다는 느낌이 들었으며, 따라서 저는 기꺼이 그의 회생을 믿고자 했던 것입니다. 그는 커다란 애정을 가지고 당신, 즉 자기 어머니에 대해 이야기했습니다. 당신이 매우 보고 싶다고 했고, 병마는 이따금 자기 자신보다 더 크고 힘이 세다고 말했지요. 또한 그는 함부르크와 알스터강, 밤들, 소녀들과 무척이나 보고 싶어 하던 사람들에 대해서도 이야기했습니다. 이곳 스위스에서 사람들은 그에게 잘 대해 주었지만 그가 그들과 다른 언어를 쓰기에 그를 이해하지 못했습니다. 그리고 오로지 그를 위해 곁에 있어 줄 사람은 없었습니다. 입구에서 근무하는 아가씨는 그를 잘 알고 지내면서 몇 가지 것들을 돌봐 주었습니다. 이발사는 1주일에 한 번 그에게 무료로 면도를 해 주었는데, 그가 단 하루 함부르크에서 지낸 적이 있는데 그곳이 매우 마음에 들었었기 때문이랍니다. 볼프강은 어린 아이가 뽐내듯이 자랑스럽게 우리에게 작은 부적 하나를 보여 주어 감동을 주었는데, 어느 수녀 한 분이 그가 다시 건강해지기를 기원하며 그에게 준 것이기에 그는 그것을 목에 걸고 있었답니다."

병자 보르헤르트는 서서히, 그러나 쉬지 않고 말년의 사랑하는 친구들로부터 떨어져 나갔다. "11월 15일 토요일에 저는 마지막으로 볼프강을 보았습니다."라고 그들 중 한 사람은 보르헤르트의 어머니에게 편지를 썼다. "그는 그날 아침 통증이 심한 상태를 알렸습니다. 담당의사인 기곤 교수는 회진하면서 땀으로 목욕을 한 채 일종의 경련상태에 빠져 있는 그를 발견하고는 곧장 말없이 밖으로 나가 진통제를 가지고 돌아왔다고 합니다. 볼프강은 급기야 이 경련성의 통증상태에 커다란 불안을 갖게 되어 간호사들이 적정하다고 여기는 것보다 더 자주 진통제를 요구했습니다."

(바젤의 병리학자 베르데만 교수의 진단에 따르면 보르헤르트는 간염이 아니라 19세기에 한 프랑스 의사에 의해 관찰되었으나 아직 규명되지 않은, 특별히 예민한 간의 경우 영양결핍에 의해 그 기능이 정지되는 간질환을 앓고 있었다. 수년 동안 의학적 처치를 받지 못하고 구금과 전쟁 동안에 과도한 압박을 받음으로써 보르헤르트의 몸은 무척 약해져 건강하게 회복된다는 것은 기적과 같았을지도 모른다.)

"주초에, 아마도 화요일인 11월 18일에 내부출혈이 시작된 게 틀림없는데 그 결과 보르헤르트는 피를 토했습니다. 그러나 병원 입구에서 근무하는, 그가 가장 가까운 관계를 맺고 있는 M간호사의 말에 따르면 그는 그 후 다시 기분이 좋아졌으며 차가운 오렌지주스를 몸에 좋은 것으로 느꼈다고 합니다. (…) 11월 19일 수요일에 다시 출혈이 일어나 깊은 혼수상태에서 볼프강은 다시는 깨어나지 못했습니다. 11월 20일 목요일 이른 아침에 그는 숨을 거두었습니다."

"11월 24일 월요일 아침 9시에 저는 바젤의 독일과의 국경 삼림지대에 인접한 회른리 묘지에서 땅에 묻힌 볼프강을 보았습니다. 그의 이마는 바로 얼마 전에 짧게 깎인 검은 머리칼 아래에서 맑고 커다랗고 온화한 모습으로 둥글게 되어 있었습니다. 코는 더욱 오똑하고 고상했습니다. 눈과 입 주변에는 평화와 고요한 쾌활함이 감돌았습니다. '이제야 네가 좋은 대우를 받는가 보구나'라고 나는 그를 보며 말했습니다. 당신의 아들은 하얀 옷을 입고 하얀 잠자리에 자신이 좋아했던 금빛으로 빛나는 꽃술을 한 데이지꽃 류의 커다란 과꽃에 둘러싸여 누워 있었습니다. 적갈색 장미꽃이 발아래 놓이고 연분홍 과꽃은 가슴 위에 놓였습니다. 저는 아름다운 노란 장미꽃송이들 – 나중에 알고 보니 W박사가 마련한 것이었는데 – 을 관을 덮은 검은 천 위에 올려놓았습니다. 관대 위에 놓인 노란 과꽃으로 된 두 개의 화환과 함께 그 노란 장미꽃송이들은 우리 모두에게 빛나는 민들레 한 송이를, 볼프강의 작품에 나오는 그 노란 민들레를 떠올리게 했습니다."

"오르간에 의해 연주되는 바흐의 수난곡 한 악절과 찬송가 '너의 길을 명하라'가 장례식을 감쌌습니다. 바젤의 강 우안에 있는 작은 테오도르 마을에서 온 목사 카이저가 추모예배를 보면서 이사야 43장 1절로부터 인용했습니다. '두려워하지 말라, 내가 너를 구원했으니. 내가 너의 이름을 불렀으니 너는 나의 것이니라.' 이어서 뷔르츠부르거 박사가 '스위스의 독일작가 보호연맹'의 이름으로 추모연설을 했는데, 그는 무엇보다도 가슴 깊이 비통해하는 아버지 같은 친구로서 연설을 했습니다. 그에게는 특히 오늘날 50~60세 된 독일인 세대가 좀 더 용기 있는 말과 행동을 통해 우리와 그들의 운명이 되어 버린 상황으로부터 제때에 젊은이들을 보호하지 못한 죄가 스스로의 짐으로 안겨져 있었습니다. 마지막으로 고베르츠 박사가 세 가지 만남에 대해 말했는데 볼프강의 릴케풍의 초기 시와의 만남, 산문과의 만남, 자기 자신과의 만남이 그것이었습니다."

한 어린 스위스 소녀 또한 눈물을 흘리면서 그의 마지막 길을 따라 갔다.

"사랑하는 어머니"라며 그녀는 함부르크에 소식을 전했다. "그는 저에게 당신에 대해서 이야기해 주었고 편지와 갈색 잉크에 대해서도 이야기했습니다. 그래서 저는 당신이 그에게 얼마나 값진 존재인지를 느꼈습니다."

"화요일에 저는 갈색 잉크를 샀습니다. 그것으로 그가 좀 더 행복한 기분을 느끼도록 해 주기 위해서였지요. 하지만 그는 이미 아주 창백하고 힘없이 이불에 누워 있어서 저는 한 마디 말도 입에 올릴 수 없었습니다. 저는 정말 놀랐습니다. 그러나 제 두 눈은 모든 것을 실토했나 봅니다. 그는 제 손을 잡고는 제게 다시 와 달라고 부탁했습니다. 저는 다음날 곧장 가지는 않았습니다. 저는 그에게 금요일에 가겠다고 약속했습니다. 저는 그 동안에 그가 푹 쉬면서 기력을 찾기를 바랬기 때문이지요."

"금요일 오전에 저는 학교에 가지 않았습니다. 저는 아침 내내 숲에서 보냈지요. 아주 멋졌습니다. 저는 토끼, 다람쥐, 청딱다구리, 얼룩딱다구리, 거미와 철 지난 나비까지도 보았어요. 저는 이런 저런 생각들을 자유분방하게 펼쳤는데 그것들은 자주 볼프강에게로 돌진해 갔습니다. 저는 몇 장의 댕댕이덩쿨 잎과 작은 개암나무 가지 한 개를 꺾어 아침 내내 가지고 다녔습니다. 그것으로 볼프강에게 쓸쓸한 병실을 조그만 숲으로 변화시켜 주기 위해서였지요. 그리고 저는 그에게 사랑한다는 말을 하려고 했습니다. 저는 시간을 다투며 그에게 갔으나 그는 이미 죽어 있었습니다."

"이제 저는 이전처럼 다시 외로움을 느낍니다. 아직 부모님이 계시고 많은 친구들이 있으므로 삶에서 느끼는 외로움이 아니라 사고와 감정에서의 외로움 말입니다. 우리는 살아가면서 이러한 외로움으로부터 벗어나게 도와줄 수 있는 얼마 되지 않는 사람들만을 사랑할 수 있습니다.", "이전처럼 외롭다고 했던가요, 이전처럼? 전적으로 그런 것은 아닙니다. 당신의 아들 볼프강으로 인하여 조금 더 성숙해지고 무엇보다도 더 풍요로워졌으니까요.", "저는 그에게 〈왕국으로 가는 열쇠〉라는 책을 읽어 보도록 가져다주었습니다. 그는 그 책에 만족했으며 그것을 읽고 나서 마음이 좀 더 편안해졌습니다. 오늘 저는 제가 그에게 책이 아니라 열쇠를 가져다주었다는 생각이 듭니다. 또한 운명이 제게 이 과제만을 남겨 주고는 가혹하게도 저를 내버려 두었다는 느낌이 듭니다."

보르헤르트가 멀리에서 작별을 고하는 동안 함부르크의 광고탑들은 그의 이름을 외쳐대고 있었다. 실내극단이 볼프강 리베나이어의 연출로 그의 작품 ≪문 밖에서≫의 초연을 알렸던 것이다.

초연 하루 전에 바젤로부터 마지막 전보가 왔다. 볼프강 보르헤르트는 영원히 우리 곁을 떠났던 것이다.

그러나 그의 목소리는 다음날 저녁 전혀 약화되지 않은 채 강렬하게 실내극단에서 우리와 마주했다. 함부르크의 극단이 그 같은 초연을 경험하기는 드믄 일이었다. 이날 저녁은 초연 이상의 의미를 띠고 있었는데, 그것은 파괴된 나라에서의 버림받은 젊은 이를 위한 장송곡이었다. 그 앞에서 모든 형식을 따지는 비평은 침묵했다. 자신들의 고통이 보르헤르트에 의해 끌어내어 외쳐진 젊은이들은 그들에게서 스물여섯 살 젊은이의 죽음이 무엇을 앗 아갔는지를 느꼈다.

"사람들은 우리 세대에게 아무것도 남겨 주려고 하지 않는 것 같습니다." 볼프강 보르헤르트가 했던 이 말로 베를린의 한 젊은 이는 죽은 보르헤르트의 어머니에게 보내는 편지의 서두를 열었 다. "그렇습니다. 그가 옳았습니다. 우리에게 남겨진 것은 아무것 도 없습니다. 그의 죽음과 함께 우리를 에워 싼 공허는 더욱 끝없 게 되었습니다. 한 순간 어둠 속을 뚫고 비췄던 가느다란 한 줄기 빛이 사라졌습니다. 다시 밤입니다. 전보다 더 깊은 밤…"

"저는 아버지와 어머니를 잃었습니다. 전쟁 때문이었지요. 그 리고 저는 군인이었습니다. 제가 돌아왔을 때 부모님은 돌아가시 고 안 계셨습니다. 낯선 사람들에 의해 땅에 묻히셨지요. 저는 울 지 않았습니다. 저는 그것을 한 번도 고통으로 느껴 보지 않았습 니다. 바로 그랬습니다. 모든 것이 죽고, 파괴되고, 고향을 잃었습 니다. 아직도 아픔을 느끼기에는 우리는 너무 많은 고통을 당했 습니다. 우리들, 이별 없는 세대 말입니다. 오, 저는 이 이별 없는 세대라는 말을 얼마나 좋아하는지 모릅니다. 이 말과 함께 볼프 강은 저의 형제가 되었습니다."

"그의 죽음은 저의 인생에서 저를 감동시킨 최초의 죽음입니 다. 깊이, 아주 깊이 감동시켰지요. 갑자기 저에게서 한 부분이 부 숴져 나갔습니다. 달아나 버렸지요. 저로부터 멀리 흔들리며 달아 나 버렸습니다. 그것을 붙들기에는 제 두 손이 너무 작았습니다.

우리는 그런 것을 글로 쓰지 못합니다. 우리는 그것을 써서는 안 되지요. 그러나 저는 그 모든 것을 더 이상 혼자서 감당해 낼 수 없습니다. 저는 어떤 한 사람과 얘기를 나누어야 합니다. 제가 잃어버린 것을 잃어버린 어떤 한 사람과 말입니다."

"우리는 서로 본 적이 없습니다. 편지 한 통, 엽서 한 장, 작은 산문집 한 권. 그것이 전부입니다. 아마도 볼프강은 당신에게 저에 대해 언급하지 않았겠지요. 저는 잘 모르겠습니다. 그러나 그건 필요한 일이 아니었지요. 저는 그의 글을 읽을 수 있다는 것으로 만족합니다. 제가 어느 날 갑자기 깜짝 놀라며 알았던 것은 '너는 혼자가 아니야. 저기에 한 사람이 있어. 너와 똑같이 이야기하는 한 사람. 그는 너와 똑같이 생각하고 있지. 그는 너와 똑같이 괴로워하고 있지. 한 사람이 말이야.'라는 사실이었습니다. 그것이 저를 기쁘게 했지요. 그것이 제게 힘을 주었습니다."

"저는 감상적이지 않았습니다. 우리 세대는 그렇게 되기에는 지나치게 거칠게 다뤄져 왔습니다. 우리는 이별하는 법을 배워 왔습니다. 모든 것과 영원히 이별하는 법을. 운명이 우리를 습격하더라도 우리는 울지 않습니다. 우리는 결코 울지 않았습니다. 어렸을 때도 울지 않았지요. 우리는 어린이였던 적이 없습니다. 우리는 젊음 없는 젊은이지요. 우리는 마음속으로 저주하고, 외치고, 피를 흘립니다. 그러나 우리는 울지 않습니다. 아무도 우리가 우는 것을 본 적이 없습니다. 아무도. 그러나 우리는 불쌍한 세대입니다. 우리는 눈물이 무언지 전혀 알지 못하거든요….."

"하지만 그와 이별한다는 건 힘든 일입니다. 그의 조그만 책이 저의 책상 위에 놓여 있습니다. 저는 그걸 펼치지 않습니다. 펼칠 수가 없습니다. 책을 펼치면 주체할 수 없는 눈물에 막혀 질식할 것 같아 두렵기 때문입니다. 그래요, 저는 그저 그 책을 바라 볼

뿐입니다. 무엇 때문에 제가 그 책을 읽겠습니까? 그는 내 마음속에 있는걸요. 그의 심장의 고동이 저의 그것과 똑같이 뛰고 있습니다. 무슨 말이 필요하겠습니까? 저는 이별이 두렵습니다."

1948년 2월 17일 이른 오후 그의 양친과 함부르크의 친구들은 보르헤르트의 유골을 올스도르프 공동묘지에 옮겨 묻었다. 꼭대기에는 또 다른 작가인 프리츠 슈타벤하겐이 묻혀 있는 작은 언덕 기슭의 부드럽게 드리워진 배나무 가지들 아래에서 고향의 땅은 그를 받아들였다. 땅 속에 묻히는 그의 유골 앞에서 서정시인 카알 알베르트 랑에가 하는 마지막 고별사 속으로 근처 철길을 구르는 둔탁한 열차바퀴 소리가 울려 들어왔다. 보르헤르트가 그토록 좋아했던 구르는 바퀴소리와 기관차의 외침소리는 영원한 인간의 여정, 영원한 이별, 영원한 도착에 대한 상징음이었다.

Ⅲ

그는 일찍부터 운문의 울림을 좋아했다. 릴케는 열여덟 살 된 그에게 표본이며 척도였다. 헬라스, 삽포, 노프레테테는 그를 매혹시켰다. 그의 펜은 젊음으로 달아올라 종이 위를 날아 다녔다. 세계는 격렬하게 그에게 밀려들었고 그는 느낀 것, 생각한 것, 체험한 것을 격렬하게 자신에게로 끌어당겼다. 그는 극단적으로 볼프 마리아 보르헤르트라는 이름으로 서명을 했다. 끊임없이 추구하며, 감사히 받아들이고, 격렬히 불타오르는 자로서 보르헤르트의 시들 속에서는 황홀경과 현실이 독특하게 뒤섞였다. 초기에 섬세한 탐닉적 화음과 함께 했던 그는 나중에 현실이 자신의 많은 꿈들을 파괴했을 때는 희극적이며 반어적인 불협화음을 즐겨 사용했다. 많은 시들은 우리가 꽃을 사랑하듯 그가 사랑했던 소녀들과 여자들에게 주는 선물이었다.

귀향 후에 그는 이 시들에 대해 기껏해야 개인적 회상물들로서밖에는 거의 가치를 두지 않았다. 1940년에 만들어 전후에는 종이상자 속에 정리한 시 묶음철 위에 그는 '허락받지 않은, 부분적으로 실패한, 조악하고 중도에 포기된 시들'이라고 썼다. 또한 표지의 한 귀퉁이에 그는 '나는 해방되었다!'라는 안도의 한숨을 새겨 넣었다. 그는 자신의 작품에 대해 비판을 아끼지 않았으며 스스로를 비꼴 정도로 충분한 해학을 지니고 있었다.

그의 서정시는 창작의 전 단계였다. 작은 시집 ≪가로등, 밤 그리고 별≫(함부르크 서적출판사, 1946) 또한 그의 삶에 있어 본질적인 창작인 산문을 위한 서곡 정도로밖에 평가되지 않는다. 이 시집에 담긴 14편의 시는 가벼운 필치로 그린 인상들로서 주로 스케치적인 윤곽만을 나타내고 있다. 그러나 이 시들에는 한 가지 부인할 수 없는 독특한 점이 있는데, 그것은 바로 시적 표현의 직접성이다. 이 시들은 다른 것들을 따라 느낀 것도 아니고 전형들을 모사한 것도 아닌, 보르헤르트 고유의 것이다. 이 시들의 몇몇 시행들 뒤에서는 나중에 그의 산문에서 무시무시하게 터져 나오는 어두운 바탕들을 감지할 수 있지만 아직 불안스럽게 하는 요소들은 나타나지 않는다. 민요풍의 우수와 카바레풍의 활기가 밝음과 어둠 사이에 있는 이 감각세계의 경계를 특징짓고 있다.

이 작은 시집 외에 또 다른 책 한 권이 1946년 크리스마스의 식탁 위에 놓였는데, 그것은 작품집 ≪함부르크, 강변의 고향≫(함부르크 서적출판사)이었다. 세 세기에 걸친 작품들을 한데 모아 놓은 이 책의 처음 부분을 보르헤르트가 차지했다. 그는 한 편의 산문으로 처음으로 책 속에 등장한 것이다. 가장 나이 어린 보르헤르트가 창작활동의 서곡을 올린 것이다. 그것은 얼마나 새로운 울림이었던가! 북독일적인 신중하고 온화한 기질 아래에서의 얼마나 색다른 성향이었던가! 함부르크라는 도시가 갑자기 하나의 세계, 목가적인 지방의 영역이 아닌 거대한 전체의 일부가 되었다. 그것은 결코 낭만적인 향토문학이 아니었으며, 사랑하는 도시의 지붕을 뛰어 넘고 바다와 대륙을 뛰어 넘는 현존의 외침이었다. 여기에서 보수적인 협소함과 안주성에서 벗어나 세계를 향한 새로운 향토문학이 나타났다.

이 서곡과 같은 작품은 영향을 미쳤다. 거의 모든 독자들이 주목했다. 보르헤르트는 기대를 일깨웠다. 이 함부르크 찬가가 그의 첫 산문은 아니었다. 그는 1945/1946년 겨울 병원에서 쓴 산문 ≪민들레꽃≫으로 산문창작을 시작했었다. 그가 우리에게 이 작품을 읽어 보라고 넘겨 줄 때 그는 자신의 작품에 대해 전혀 확신을 갖지 못했다. 주저하며 그는 평가와 조언을 청했다. 그렇지만 조언은 본래 필요치 않았을지 모른다. 그는 글을 써야만 했던 것이기에! 그래서 쓰는 것이고 달리 아무것도 아니었다. 이 산문은 그에게 쓰지 않으면 안 되는 필연적인 것이었으며 그는 자신의 목소리를 들려 줄 권리가 있었다. 소재와 형상화의 측면에서 볼 때 비록 이따금 멀리서 토마스 볼프 소설의 조악한 속삭임이 그의 귓전에 울려 왔을지 모르지만 그것은 그의 산문이었다. 그는 아직 자신의 형상화 능력을 올바로 인식하지 못했지만 그의 길은 자신 앞에 이미 제시되어 있었다. 그 길은 많은 사람들이 주저하며 따르거나 아무도 전혀 따를 수 없는 넓고 깊은 곳으로의 고독한 길이었다. 그로부터 비판적 견해를 요구받은 친구들은 단 한 가지 결론만을 고수했는데, 그것은 그에게 흔들림 없이 이 길을 걷도록 한다는 것이었다. 왜냐하면 보르헤르트의 창작욕 속에는 속박되지 않고 조종될 수 없는 격정이 지배하고 있음이 너무도 빨리 드러났기 때문이다. 그의 확신은 커져 갔고, 아울러 그를 억압했던 모든 것과 자신 및 세계에 빚을 지고 있다고 믿은 모든 것을 말하고자 하는 욕망 또한 커져 갔다. 그리하여 놀랄 만큼 짧은 시간 안에 산문집 ≪민들레꽃≫을 채운 산문들이 이루어졌다. 이 산문들은 '읽을거리'가 아니라 고발이며 절규이자 폭동이었다. 보르헤르트는 가차 없는 표명과 자주 강압적인 효과를 내는 문체로 온갖 관습과 전통으로부터 벗어났다. 그는 오랜 전래적 속박을 깨뜨렸고 꾸며대는 것을 타파했다. 그는 단순한 문학적 참여 이상을 요구했으며, 결단과 입장확립을 강요했다. 그것이 그를 불편하게 만들었다. 그는 많은 사람들을 위협했으나 자기 자신에게 더 많은 상처를 입혔다. 그의 작품들이 자신이 기대했던 것보다 더 강한 반향을 일으키자 그는 자신의 작품으로부터 모든 타협을 영원히 배제하기로 굳게 결심했다.

물론 그의 창작활동은 거저 이루어지지 않았다. 펜놀림 하나하나, 어휘 하나하나를 그는 병든 육신과 싸우면서 이루어내야 했다. 그리하여 그는 통증, 열, 불면, 불안과 같은 비싼 대가를 치러야 했다. 그러나 그는 타오르는 열정 속에서 자기 자신을 아무 생각 없이 불태웠다.

그의 창작은 강력한 외침이었으며 쾌락, 고통, 행복, 절망의 절규였다. 한 젊은이의 삶 속에 있을 수 있는 모든 것이 이 외침 속에 있었다. 그는 두려움도, 왜곡도, 비겁함도 알지 못했으며 진실의 고백과 허위의 폭로를 향해 돌진했다. 가차 없이! 자기 자신과 다른 사람들에 맞서서.

그의 작품들은 거의 언제나 완벽했다. 그는 손으로 쓴 원고를 아버지가 타자기로 옮겨 놓은 다음에는 거의 아무것도 고치지 않았는데, 그 만큼 그의 문체의지는 확고하고 두드러졌다. 그러나 아무리 단호하고 확신에 차 있었더라도 이따금 그는 확인을 필요로 했다. 무엇보다도 가까운 주변의 확인. 그는 자신의 많은 단편들을 부모와 친구들에게 낭독해 주었는데, 이때도 역시 허약해진 장기가 오랫동안 말하는 것을 감당할 수 없었기에 자신과의 가차 없는 대항을 해야 되었다. 그에게는 이러한 낭독이 필요하다고 여겨진 또 다른 이유가 있었는데, 그는 쓰인 어휘만으로는 만족하지 못했고 화음의 마력을 원했기 때문이다.

보르헤르트 산문과의 이 첫 만남에서는 이미 그의 산문이 넘치는 역동성과 탁월한 생동감으로 '말해지기' 시작했음이 드러났다. 보르헤르트에게 특징적인 반복, 어휘 중첩, 문장 변형은 많은 독자에게 이따금 어려움을 주거나 과장되고 부자연스럽게 여겨지기도 하지만 그것들이 음조가 되면, 즉 언어의 근원적인 결정체로 되돌아가면 리드미컬한 음악성의 표현으로서의 궁극적인 독특한 섬세함을 드러낸다. 무의식적이지만 논리적인 대위법이 이어휘 중첩과 반복 속에 담겨 있다. 보르헤르트의 산문들을 효과만을 노리는 매너리즘으로 특징짓는다면 보르헤르트를 잘못 평가하는 것이 될 것이다. 보르헤르트는 화음들, 화음들의 연결, 화음들의 도약, 깨어진 화음, 날카로운 불협화음을 만들어 썼으며 그것들은 전체적으로 조화롭고 완결된 형식을 이룬다.

1946년 사자위령일에 보르헤르트의 산문은 처음으로 그의 방 밖으로 뛰쳐나갔다. '저지독일 함부르크연합회'(나중에 '함부르크협회'가 됨)와 '함부르크 서적출판사'는 에펜도르프 구청사 대강당에서 보르헤르트의 밤 행사를 개최했다. 나온 지 몇 달 밖에 되지 않은 잘 알려지지 않은 작품 한 편에 대해 정식으로 문학의 밤을 여는 것에 대해 매우 무모하다고 느끼는 회의적인 사람들이 많았다. 보르헤르트 자신도 비슷한 생각을 표명했다. 그러나 그의 작품에 대한 신뢰는 완전하게 이룩되었다. 시 모음집 ≪가로등, 밤 그리고 별≫과 ≪민들레꽃≫ 및 다른 단편들이 연속적으로 낭독된 이 문학의 밤이 끝나자 수백 명의 사람들이 보르헤르트의 이름을 외치며 감격하여 시내로 나갔고, 신문들은 그를 귀 기울여야 하고 기대해야 할 새로운 인물이라고 소개했다. 젊은 작가가 그토록 빠르고 확실한 승리를 거두는 일은 드물었다.

1947년 여름 함부르크 서적출판사에서 산문집 ≪민들레꽃≫이 나왔는데, 이 책은 당시에는 펄프용지가 아닌 종이와 아마포 장정은 불가능한 것이어서 외양은 초라했지만 폭발적인 반향을 일으켰다. 사람들이 소리 높여 불러 찾던 당시대의 젊은 작가가 여기에서 자신의 목소리를 높였다. 고통받고 기만당한 한 젊은이, 기만 위에 세워진 믿음이 붕괴되고 이제는 무력하게 내버려진 채 황량하고 차가운 무(無) 속으로 던져진 듯한 젊은이가 절규했다.

보르헤르트가 '어떤 극장도 공연하려 하지 않고 어떤 관객도 보려고 하지 않을' 작품이라는 부제를 단 드라마 ≪문 밖에서≫는 더 큰 반향을 일으켰다. 방송국의 울려 퍼지는 트럼펫 소리에 수백만의 독일인 어머니, 신부, 과부, 아버지, 귀향자, 버려진 자, 부상자, 절망자들이 전율했다.

보르헤르트는 이 작품을 꼭 1주일 만에 썼다. 이 작품의 소재는 그가 자신의 몸 상태를 고려하는 것을 잊을 정도로 그를 압도했다. 그는 마지막 한 글자를 끝낼 때까지 쉬지 않았다. 그는 얼굴들과 형상들에 의해 부추겨져서 형식의 문제를 생각할 시간과 인내를 가질 수 없었다. 따라서 보르헤르트가 얼마나 드라마적 규칙을 충족시키고자 했는지 아닌지를 분석하고 고찰하는 것은 부질없는 일이다. 그는 이 작품을 썼을 때 언젠가 무대 위에서 이것을 볼 수 있으리라는 기대는 감히 하지 않았다. 그는 또한 통상적 의미에서의 연극을 염두에 두지도 않았다. 그는 작품을 형상화하는 데 있어서 모든 전래적인 관념으로부터 영향받지 않았으며, 연극과 관련하여 의식적인 혁명적 의도를 갖고 있지도 않았다. 그는 형식을 위해 노력하지 않았는데, 형식은 연극 속에 저절로 주어진 것으로서 존재했기에 그에게 형식은 어떤 미학적 논쟁도 필요로 하지 않았다.

이 작품은 현세의 연옥의 화염 속에서 불타올랐으며, 그것은 문학적 사안 이상의 것으로 그 안에서는 수백만의 죽은 자와 산 자, 그제와 어제와 오늘과 내일의 사람들의 목소리가 고발과 경고로 응축되었다. 이 수백만 명의 고통은 절규가 된다. 절규! 이것이 바로 보르헤르트의 작품이다. 그의 작품은 오직 절규로서 파악되고 평가될 수 있을 뿐이다.

보르헤르트는 이 작품을 쓰느라 건강이 쇠약해졌는데, 그래도 그는 방해받지 않고 작품이 타자기에 의해 옮겨지자 곧장 그것을 우리에게 읽어 주었다. 그는 세 시간 동안을 읽었다. 읽는 그 자신까지도 흥분시키는 세 시간에 걸친 이 독회가 그의 병든 육신에 미칠 예기치 않은 부작용이 우려되기도 했지만 우리는 감히 그를 중단시킬 수 없었다. 왜냐하면 그는 해석자로서 그 작품에 대해 적정한 거리를 유지할 수 없을 정도였기 때문이다. 베크만의 마지막 절규인 "도대체 아무도, 아무도 대답을 하지 않는단 말인가???"가 울려 퍼지자 우리는 침묵했다. 이 절규는 너무도 전율스러웠다. 우리는 곧장 그 동안 해 오던 통상적인 토론으로 들어갈 수가 없었다.

누가 감히 이 작품을 관객에게 던져 줄 용기를 낼 수 있을 것인가? 보르헤르트가 붙인 신랄한 부제 '어떤 극장도 공연하려 하지 않고 어떤 관객도 보려고 하지 않을 작품'이 이미 이 작품의 운명에 대한 예측이 아니었을까? 관객은 지나간 일을 가능하면 빨리 잊으려 하지 않았겠는가? 기분을 전환해 줄 오락물과 편안하게 마음을 풀어 주는 작품을 선호하는 관객의 성향 속에서 과연 과거와의 철저한 청산이 가능했을 것인가? 모든 것을 체험하고 고통받은 관객들이 어렵게 견뎌 낸 참상들을 다시 불러내는 일을 참을 수 있었겠는가?

우리는 모두 하나 되어 확신했다. 한 작가의 이 절규가 관객들에게 들려지지 않고 사라져 버려서는 아니 된다는 것을! 우리는 이 작품을 위해 모든 것을 할 준비가 되어 있었다. 우리의 목표는 무대였다. 그 때 엄청나게 놀라운 일이 일어났다. 함부르크 방송국이 ≪문 밖에서≫를 방송극으로 내보내기로 했던 것이다. 우리는 그런 일을 전혀 기대하지 않았었다. 방송국의 이 같은 과감한 결정에 대한 감사의 많은 부분은 당시 드라마부서의 수석감독이었던 에른스트 슈나벨에게 돌려야 한다. 최초의 방송은 1947년 2월 13일에 나갔다. 보르헤르트는 이 방송을 들을 수 없었는데, 그의 거주구역이 석탄 부족으로 인한 순번제 단전 구역에 해당되었기 때문이다. 그는 병으로 거동이 어려웠으므로 자동차로 전기가 공급되는 다른 구역의 친구에게로 옮겨질 수도 없었다. 가물거리는 촛불 곁에서 그는 자신의 목소리로 가득 찬 겨울밤의 어둠 속에 귀를 기울였다.

보르헤르트의 절규는 황폐화되고 굶주리는 독일에서 수많은 사람들의 목소리를 이끌어 냈다. 청취자들은 흥분하고, 고통을 느끼고, 경악하고, 속이 시원해지고, 분노하고, 전율하고, 방어하고, 감사하면서 외쳤다. 새로운 친구들에게서 온 것이든 새로운 적대자들에게서 온 것이든 간에 보르헤르트에게 온 모든 편지들 속에서 우리는 이 절규가 귓전을 스쳐 지나가지는 않았다는 것, 아무도 그것을 흘려들을 수는 없었다는 것을 느꼈다. "당신과 동년배인 우리들, 스탈린그라드와 데미얀스크, 스몰렌스크와 브야스마의 젊은 하사관들이었던 우리들은 숨 막히는 긴장 속에 스피커 옆에 앉았으며 당신의 목소리를 듣고 - 이해했습니다! 그리고 우리는 며칠간 이 체험과 함께 하며 몰두한 끝에 우리의 마음속 가장 깊고 사적인 곳에서 요구받고 있음을 알고는 이제 - 물론 우선은 좁은 영역에서지만 - 그것에 대해 토론을 하기 시작했습니다. 우리는 완고하고 반동적이라고 여기는 무언가가 우리의 마음속에서 풀렸음을 느낍니다. 우리 자신의 대열로부터 한 사람이 처음으로 말할 용기를 찾아냈던 것입니다. 낯설게 되어 버린 고향에 대한 우리의 가장 효과적인 방어 수단인 냉담한 침묵의 굴레가 어느 한 부분에서 끊어져 버린 것입니다! 우리 모두는 아직도 변색된 군복을 입고 뛰어 다니며, 방독면을 쓰고, 폐허를 치우고, 춤추러 가고, 길모퉁이에서 토론하고, 담배꽁초를 피웁니다. 우리는 날마다 죽이고 죽음을 당하며, 밤이면 잠자리 옆에 죽은 동료들이 웅크리고 앉아 감긴 눈길로 우리를 괴롭힙니다. 어디서나 우리는 방해가 되고 옆에 내박쳐져 있습니다. 그런 우리가 다시 우리 자신의 목소리를, 우리들 중 한 사람이 말로 형상화한 목소리를 들은 것입니다."

"그리하여 당신에게 부탁합니다. 아무도 당신의 목소리를 들으려 하지 않고, 어떤 극장도 당신의 작품을 공연하려 하지 않으며, 어떤 관객도 박수를 보내지 않을지라도 당신이 일단 걸어가기 시작한 길을 흔들림 없이 가십시오. 당신의 동료인 우리를 위해서 쓰십시오. 수천 명의 '베크만'을 위해서, 고립되고 버림받은 사람들을 위해서, 고향 아닌 고향으로 귀향한 사람들을 위해서, 절망한 사람들과 스스로를 불필요하다고 믿는 사람들을 위해서, 문 밖에 서 있는 모든 사람들을 위해서 말입니다. 그리고 포기하지 말고 당신의 손가락에서 피가 나도록 써 주십시오."

이렇게 보르헤르트 세대의 한 사람은 답해 왔다.

또 다른 사람은 다음과 같이 고백했다. "오늘, 하필이면 오늘, 제가 1년 전 완전히 누더기가 된 채 건강을 잃고 상이병으로서 러시아의 포로상태에서 풀려나 고향 엣센에 도착한 바로 그날 당신은 방송극 ≪문 밖에서≫를 내보내시는군요. 아직은 당신의 방송극이 저의 마음속을 심하게 휘저어 놓지는 않았는데도 저로 하여금 몇 줄이나마 입장을 표명하게 하는군요. 저는 이 문제의 모든 점에 대해 인정합니다! 가끔 무도장과 그 밖의 유흥장에서는 다른 모습을 띠고 있지만 당시 상황 속의 젊은이의 모습은 그렇게 보입니다. 이 모든 행동은 배후에 전율을 숨기고 있는 가면일 뿐이며 자신을 속이고 마비시키려는 병적인 욕구입니다. 오늘날 우리가 미래를 생각한다면, 그것은 방송극이 묘사하는 그대로인 것 같습니다." 보르헤르트에게 편지를 쓴 이 젊은이는 보르헤르트와 마찬가지로 거짓을 증오했고 진실을 추구했다. 그는 '행복한 망각' 속으로 도피하거나 '50년 후에는 모든 것이 사라져 버린다!'는 값싼 말로 스스로를 위로하려고 하지 않았다. "50년 후에 모든 것이 사라져 버리지는 않습니다. 50년 후에도 오늘 및 어제와 똑같은 모습의 현실이 있습니다. 현실을 뛰어 넘어 우리를 기만하지 마십시오. 현실은 우리가 그것을 망각하기 위해 있는 것이 아닙니다. 인간에게 있어서 현실을 극복하는 데 가장 나쁜 것은 망각입니다."

당시 수많은 베크만들로서 고향도, 재산도, 이웃도 없이 '밖에'서 있었던 이 '이별 없는 세대'의 젊은이들은 절망하고, 무력하고, 도전적이고, 분노하고, 버려져 있지만은 않았다. 그들은 무언가를 하고자 했고, 책임의식을 갖고 있었으며, 무감각하지도 않았고, 귀머거리도 아니었으며, 무관심하지도 않았다. 그들은 삶에서 아직 패배하지 않았다. 이 젊은이들에게 필요한 것은 그들에게 절망을 강요한 마비된 침묵을 깨뜨릴 수 있을 만큼 강하고 순수한 외침뿐이었다.

보르헤르트는 이 젊은이들에게 그들의 목소리를 되돌려 주었으며, 자신이 그들과 함께 공동의 운명 속에 있음을 발견했고, 이 운명에 대처해 나가도록 그들을 도왔다. 그 당시 이 같은 봉사는 좀 더 마음에 드는 문학적인 업적보다 더 큰 비중을 차지했다.

방송극의 성공은 폭넓게 확산되었다. 함부르크 실내극단은 이 작품의 초연권을 얻고자 노력했다. 로볼트는 이 작품을 자신의 연극 관련 출판사에서 발간하기로 했다. 독일 신문의 모든 문예

란은 보르헤르트의 단편들에 지면을 할애했다. 외국에서는 번역 제의가 왔다. 저명인이든 무명인이든 많은 사람들이 조용한 방안에 있는 그를 찾았다.

병든 보르헤르트는 이 새로운 사태들이 밀려드는 데 대해 약간 어리둥절해했다. 무엇보다도 그를 놀라게 한 것은 그의 작품에 대한 높은 평가였다. 그는 우선 '하나의 역을 맡는 데'에 익숙해져야만 했다. 그는 자신이 그토록 예기치 않게 급격히 부상되는 데에 감동하고 행복해했다. 그에게 있어서 이 성공은 대가이자 자극이었다. 그는 쉬지 않았다. 그는 계속해서 글을 썼으며, 많은 것을 더 말하고자 했다. 그는 건강회복을 위한 창작의 중단은 참을 수 없었다. 그같은 중단이 그에게 회복을 가져다주지 못할 것이기 때문이었다. 이 점은 그 자신이 느끼고 있었다. 회복에 대한 기대 – 그것은 부모와 친구들이 포기할 수 없는 환상이었는데 – 보다는 그가 삶에서 얻어낼 수 있는 것을 작품을 통해 얻어내고자 하는 의지가 그를 몇 달 더 버텨 내도록 했을지도 모른다. 그는 쓰고 또 쓰고 온갖 힘을 다 바쳤다. 새로운 단편집이 될 만큼 작품들이 늘어났다. 함부르크를 소재로 한 긴 장편소설 ≪페르질은 페르질이다≫의 구상이 매듭져 갔다. (그것은 구상에 그쳤다. 보르헤르트가 죽은 후 바젤에서 손으로 쓴 짧은 초고만이 발견되었다.) 독일의 도처에서 편지가 왔는데, 고마워하고 감격해하는 편지가 대부분이었고 거부감과 적대감을 나타내는 편지는 드물었다. 보르헤르트는 이 수많은 미지의 목소리들이 시끄럽게 울리는 합창 속에서 자주 조금은 무기력함을 느꼈다. 왜냐하면 그를 부르는 대부분의 목소리들은 답변을 희망하고, 위안의 말을 기대했기 때문이다. 보르헤르트는 건강상태 때문에 그 많은 편지들을 모두 응대할 수는 없었으나 그것들을 무시하고 침묵하지는 않았다. 많은 편지들에 그는 답장을 써서 고마움을 표하고, 도와주고, 위로하고, 새로운 용기를 일깨워 주었다. 밤의 문턱에서 궁극적인 죽음을 맞은 그가.

몹시도 무더운 여름이 지나고 나서 그는 마침내 여행을 떠날 수 있었다. 두 번째 산문집인 ≪이번 화요일에≫와 ≪문 밖에서≫가 조판 중에 있었다. 실내극단의 초연을 위하여 준비가 진행되고 있었다. 보르헤르트는 완성된 책들을 보지 못했고, 초연의 반향도 듣지 못했다. 그는 말없이 먼 곳으로 떠나간 것이다. 죽은 그를 애도하는 가운데 한 주 한 주가 지날수록 더해 가는 성공소식이 들려 왔고, 이따금 성공에 대한 논란도 일었다. 30개의 독일 극단이 그의 작품을 공연할 계획을 세웠다. 서적 판매상들은 그의 책들을 순식간에 팔아 치웠다. 추도문, 논문, 에세이, 토론들은 모든 독일인에게 그의 이름을 알렸다. 그는 하룻밤 사이에 유명하게 되었다. 그는 불멸의 뷔히너와 나란히 일컬어지게 되었다.

IV

도취하라! 도취되어서만
이 삶은 살아갈 수 있으니 -
정신과 피와 포도넝쿨에 도취하고
빛과 어둠에 도취하여!
삶을 들이켜라 -
삶 그 자체가 포도주이니!
볼프강 보르헤르트

이 작가를 평가함에 있어 자주 '허무주의자' 보르헤르트가 입에
오르는데, 이것은 사람과 작품을 총체적으로 특징지을 경우 좀
성급하고 피상적인 판단이다. 만일 보르헤르트가 그의 생애에서
존재하고 싶지 않다고 원했다면 그는 허무주의자이다. 그런데 그
가 자신의 소망과 기대에 반해 활짝 피어 오른, 도취된 젊음으로
가득 채워졌어야 할 생의 말년에 저주스럽게도 어둠의 폭력 및
악의 씨앗과 투쟁을 벌여야 했음은 그의 운명의 비극적 파괴이다.
그의 문장들은 자주 쓰디쓰고, 딱딱하고, 황량하게 울리지만 온갖
고발과 절규와 저주 뒤에는 존재에 대한 사랑이 꺼지지 않고 빛
나고 있다.

어둠에서 나오는 악마들에 대한 보르헤르트의 증오는 끊임없
이 새롭게 불타올랐다. 그것들은 삶의 아름다움을 끝없이 위협했
고 조롱하며 파괴할 준비가 되어 있었기 때문이다. 그는 신의 면
전에까지 폭풍처럼 밀고 들어갔다. "사랑하는 하느님! … 당신은
스탈린그라드가 마음에 드셨나요? 사랑하는 하느님, 당신은 그곳

이 마음에 드셨습니까? 얼마나요? 그래요? 도대체 정녕 당신이
마음에 든 것은 언제였나요?"

이러한 분노에 찬 증오 속에는 많은 주관적 느낌이 들어 있을
수도 있다. 어둠에서 나온 보르헤르트가 뒤쪽을 좋아하고 자신이
다음과 같이 표현하듯 삶의 최고의 것을 기만당했기 때문이다.

"악령과 피와 포도넝쿨에 도취하고
빛과 어둠에 도취하여!"

그러나 그에게 해당된 것은 수십만, 수백만 명의 사람들에게
해당되었다. 그는 또한 그들을 위해 고통을 당했다. 그리고 그들
을 위해 그는 싸웠다. 그렇게 그에게 있어서 모든 것은 개인적인
것으로부터 보편적인 것으로 커갔다. 우리가 보르헤르트를 그의
부정적인 발언들 속에서 옳게 인식하려면 우선 삶에 대한 사랑
속에서 그를 파악해야만 한다. 그는 전적으로 이 세상의 사람이
었다.

"사랑?
우리는 웃고 운다."

그는 언젠가 그렇게 썼다. 그의 감각은 열정적으로 몰입하여
모든 것을 파악했다. 그는 얼마나 많은 애정을 가지고 꽃 한 송이,
나무 한 그루, 구름 한 조각, 햇살 한 줄기, 고양이 한 마리, 그림
한 점, 조각품 한 점, 여인 한 명을 관찰했던가! 나는 언젠가 병원
에서 그를 데리고 나와 몇 시간 동안 바람을 쐬어 주었는데, 내
자동차 차창 밖으로 토이펠다리 옆을 흐르던 엘베강과 떠가는 배

들을 바라보던 그의 눈길을 결코 잊을 수가 없다. 그에게서는 어떤 것도 쓸모없이 버려지지 않았다. 그는 모든 것을 샅샅이 맛보았다. 그리고 그는 잃어버릴 수 없는 어떤 것과도 같이 기억을 소중히 간직했다. 보크의 미술관에서 강렬한 색채로 된 에밀 놀데의 그림들과 에른스트 바를라하의 조각품들 사이에서 의지 하나만으로 힘겹게 버티던 그의 고통스러워하던 모습 또한 내게 잊히지 않고 남아 있다. 지금은 성 카타리넨에서 뤼벡을 내려다보고 있는 바를라하의 "거지" 앞에서 그는 눈물을 글썽였다. 이 돌로 된 입상은 그에게 자신과 수백만 명의 사람들이 겪어야 했던 인간운명의 상징이 되었다. 바를라하의 거지와 보르헤르트의 베크만은 형제였다. 보르헤르트는 항상 함께 고난을 겪는 자였다. 그리고 그는 바른 사람들보다는 죄인들을 더 사랑했다. 그는 타인의 고통받는 가슴 속에서 그 가슴을 위해 자신을 소모했으며, 그래서 그는 끝없이 다정다감할 수 있었다. 그러나 그는 강하고 진한 향락, 순수한 야성, 격정, 난폭함 등 흥건한 도취를 찬미할 줄 아는 인간이자 남자였다. 삶을 올곧게 즐기는 자! 바로 그런 사람이었다. 모험과 사치가 없는 금욕은 그와는 거리가 멀었다.

그는 태양을 좋아했다. 그리고 그는 밤을 좋아했다. 또한 밤에 항구의 바닷가에서 외롭게 빛을 내는 가로등들을 좋아했고, 어두운 골목에서 빛을 밝히는 창문들을 좋아했다. 그는 이 가로등 아래와 창문 뒤의 여인들을 좋아했으며, 가벼운 치마, 붉은 입술, 부드럽고 달콤하며 격렬한 포옹을 좋아했다. 또한 그는 어머니들을 좋아했다. 그에게 여자들은 위대한, 온통 마음을 사로잡는, 성스러운 삶의 은총의 상징이었다. 그것은 환희에 찬 사람들과 절망에 빠진 사람들을 위한 아늑한 보금자리였다.

그는 인간이 얼마나 가혹하게 자주 '밖'으로 쫓겨날 수 있는지를 알고 있었음에도 불구하고 이 유혹하는 '밖'을 좋아했다. '밖' 은 그에게 있어서 삶의 모험이 아니었던가! 그래서 바로 그 자신이 감옥과 병원에서 갇혀 지냈다. 그리고 그는 구금된 자로서 또 다른, 더욱 가혹한 '밖'으로 쫓겨났는데 그곳은 삶과 사랑의 저 건너편 '밖'으로 더 이상 함께 할 수 없는 배제된 자의 고립된 땅이었다. 그리하여 '밖'은 그에게 운명의 단어가 되었다.

고향의 부모 집에 누워 있을 때 그는 '밖'으로부터 무언가를 안으로 들여오려고 했는데 그것은 꽃, 동물, 사진, 그림, 조각품들이었다. 또한 배들이었다. 범선, 증기선, 예인선, 거룻배의 작은 모형들과 유리로 된 세계 속의 매혹적인 꿈의 범선 등. 그에게 배는 광활함과 자유를 의미했으며, 그것은 '영원한 파도의 세계'에서 솟아올랐다 가라앉았다. 배는 출발과 약속이었다. 그리하여 그는 엘베강 또한 그토록 사랑했고, 서풍과 갈매기들을 사랑했다.

"나는 이 멋지고 뜨겁고 무의미하고 미쳐 있는 이해할 수 없는 삶을 몽땅 숟가락으로 떠먹고, 들이마시고, 핥아먹고, 맛보고, 으깨먹으련다! 내가 이런 일을 놓칠 수 있는가? 내가?" 이렇게 보르헤르트는 이미 병들어 좌절된 상태에서 썼다. 유감스럽게도 그는 많은 것을, 대부분의 것을 놓칠 수밖에 없었다. 그러나 그에게 숨이 붙어 있는 한 그는 포기할 수 없었다. 그는 삶을 너무도 사랑했기에 자신을 포기할 준비를 하기가 어려웠다. "나는 더 이상 한 줄도 쓸 수 없을 것 같다. 내가 다시 한 번 길을 건너가서, 전차를 타고, 엘베강으로 갈 수 있다면, 다시 한 번만 엘베강으로 갈 수만 있다면 좋으련만!" 이렇게 그는 죽기 몇 달 전에 속삭인 적이 있다. 그렇다. 그는 정녕 허무주의자는 아니었다.

그는 결코 삶을 부정할 수 없었을 것이다. 그는 삶에 대해 열렬한 동경과 깊은 외경심을 가졌다. 그러나 그도 역시 자주 이 삶에 대해 두려움을 느꼈다. 그는 삶이 깨어지기 쉬운 연약성 속에서 언제 어디서나 위협받고 있음을 느꼈기 때문이다. 삶은 인간의 저 편에 있는 알 수 없는 어떤 것으로부터 위협받기도 하고, 인간이 인간에 대해 신뢰할 수 없기에 인간 스스로에 의해 위협받기도 한다는 것을 그는 느꼈다. 인간은 자주 인간의 가장 큰 적인 듯이 여겨진다. 이러한 인식과 불안으로부터 보르헤르트는 죽기 며칠 전 다시 한 번 목소리를 높여 마지막 날카로운 경고를 외쳤다. 히로시마를 눈앞에 떠올리며 그는 세계의 양심에 다음과 같이 호소했다.

"그대. 공장 안 기계 옆에 앉아 있는 사람이여. 그들이 내일 그대에게 더 이상 수도관과 냄비를 만들지 말고 철모와 기관총을 만들라고 명령을 내리면, 선택은 오직 한 가지. 아니오! 라고 말하라.

그대. 실험실의 연구자여. 그들이 내일 그대에게 늙은 삶에 대하여 새로운 죽음을 발명해 내라고 명령을 내리면, 선택은 오직 한 가지. 아니오! 라고 말하라.

그대. 강단에 선 목사여. 그들이 내일 그대에게 살인을 축복하고 전쟁을 성스럽게 미화하라고 명령을 내리면, 선택은 오직 한 가지. 아니오! 라고 말하라.

그대. 노르망디의 어머니와 우크라이나의 어머니, 프리스코와 런던의 어머니, 황하와 미시시피강가의 어머니, 나폴리와 함부르크와 카이로와 오슬로의 어머니 - 지구상 모든 곳의 어머니들, 이 세상의 어머니들이여. 그들이 내일 그대들에게 아이들을 낳으라고, 야전병원에서 일

할 간호사들과 새로운 전투에 필요한 새로운 군인들을 낳으라고 명령을 내리면, 세상의 어머니들이여, 선택은 오직 한 가지. 아니오! 라고 말하라. 어머니들이여, 아니오! 라고 말하라.

그대들이 아니오라고 말하지 않으면, 그대들이 아니라고 말하지 않으면, 어머니들이여, 그러면…"

그러면 인간은 저절로 파괴되고 지구의 모습은 황폐화될 것이다. 보르헤르트가 예견한 무시무시한 환영은 최후의 절멸의 모습, 요한 묵시록에 나오는 지옥으로의 추락의 모습이다.

"그러면 파열된 내장과 페스트에 걸린 폐를 지닌 마지막 인간은 독을 뿜어내며 이글거리는 태양과 비틀거리는 별들 아래에서 대답 없이 쓸쓸하게 이리저리 방황하게 될 것이다. 마지막 인간은 끝없이 펼쳐진 넓은 무덤들과 거대한 시멘트기둥과도 같은 황폐한 도시들의 차가운 우상들 사이에서 깡마른 채, 광기를 부리며, 헐뜯고, 비탄에 울부짖으면서, 쓸쓸하게 방황할 것이다. 그리고 '왜?'라는 처절한 한탄은 아무도 들어 보지 못한 채 황야로 흘러 들어가 갈라진 폐허 사이를 뚫고 나부낄 것이며, 무너진 교회의 잔해 속에서 말라 없어지고, 높은 벙커에 부딪쳐 소리를 내면서 피의 웃음 속으로 떨어질 것이다. 아무도 들어 보지 못한 채, 대답 없이, 마지막 동물로서의 인간의 마지막 동물의 절규가. 이 모든 것은 내일, 아마도 내일, 아니 오늘 밤에라도 당장, 아마도 오늘 밤에 일어날지 모른다. 만약, 만약 그대들이 아니오라고 말하지 않는다면 말이다."

이것이 보르헤르트가 생전에 글로 썼던 마지막 말이었다. 이 말을 쓰는 데 그는 마지막 힘을 다 쏟았다. 이 '아니오!'를 쓰고 나서 그는 마침내 최후의 휴식 속에 주저앉을 수 있었다. 그는 할 수 있는 모든 것을 행했다. 그리고 그것은 많은 다른 사람들이 행했던 것보다 훨씬, 훨씬 더 많은 것이었다. 보르헤르트가 '아니오'를 외치는 곳에서 다른 사람들은 침묵했다. 그리고 오늘도 여전히 침묵하고 있다.

그로부터 10년이 흘렀다. 보르헤르트의 목소리는 이 기간 동안에 침묵하지 않았다. 그것은 독일의 국경을 훨씬 멀리 뛰어 넘어 유럽 국가들로, 동쪽으로는 일본에까지, 서쪽으로는 대서양을 건너 미국으로까지 밀려들어갔다. 그의 작품은 많은 낯선 혀들을 통해 세상에 말해졌다. 다른 어떤 독일 전후작가도 대양의 이쪽과 저쪽에서 이처럼 강한 반향을 일으킨 적은 없었다. 그렇지만 우리는 지난 10년간의 세계적인 사건들 앞에서 변하지 않은 쓰디쓴 사실을 다시금 고백하지 않을 수 없다. '이 작가의 말은 세계의 양심에 별로 먹혀들지 못하고 있다!'고 말이다.

"우리는 이미 오래 전부터 다시 가장 탄탄한 문명생활을 해오고 있지!" 흥겹게 살아가는 카바레 지배인이 절망한 채 진실과 책임을 규명하기 위해 싸우는 귀향병 베크만에게 내뱉은 이 배부른 말은 전후의 삶이 낳은 가장 충격적인 결과의 일면을 지니고 있다. 과거의 참상과 미래의 위협을 도외시한 채 환상적인 복지상태에 의해 안락하게 꾸며진 이 '탄탄한 문명생활'은 저 끔찍한 과학적 논리와 함께 개발된 슈퍼폭탄보다 더 위험스러워 보인다. 왜냐하면 그것은 이 폭탄들을 사용하기 위한 전제조건들을 마련해 주거나 적어도 그 전제조건들을 없애버리지는 않기 때문이다. '아니오! 라고 말하라'는 보르헤르트의 절규는 태연한 순간환상들을 지닌 '탄탄한 문명생활' 속에서 우선은 질식해 버렸다. 이 '아

니오! 라고 말하라'가 언젠가 이 세계에서 보편화되리라는 희망
은 아주 미미하다. 그리고 그러한 희망이 인간의 이성 위에, 사랑
위에 세워지지 않고 오로지 공포에 찬 피조물의 불안 위에만 세
워질 수 있다는 것은 너무나도 부끄러운 일이다. 그러나 보르헤르
트의 절규가 여전히 공허하게 사라져 버리든 말든, 아직 책임을
지고 있으며, 삶에 외경심을 보내는 사람이라면 누구나 쉬지 않고,
가차 없이, 늘 새롭게 그의 절규를 계속하여 외쳐야 할 것이다.
"아니오! 라고 말하라."

1957년 4월, 함부르크에서

베른하르트 마이어-마비츠

볼프강 보르헤르트 연보

1921년	• 5월 20일 함부르크에서 태어남.
1928년	• 초등학교 입학.
1932년	• 실업고등학교 입학.
1936년	• 서정시를 쓰기 시작함.
1938년	• 최초로 시 ≪기사의 노래≫가 〈함부르거 안차이거〉신문에 실림.
1939년	• 실업고등학교 졸업 후 서점 견습사원으로 일하면서 연극수업을 받음.
1940년	• 스승 그멜린에게 드라마 습작 ≪그란벨라≫를 바침.

| 1941년 | • 3월 21일 극단 입단시험을 거쳐 오스트-하노 버와 뤼네부르크의 주립극단 단원이 됨. |
| | • 여름에 소집명령을 받고 전차대 통신병으로 바이마르에 배치된 후 동부전선에서 겨울 전투에 참가. |

1942년	• 왼손가락을 부상당하고 황달에 걸려 슈바바하의 하이마트병원에 입원.
	• 5월에 체포되어 뉘른베르크 교도소에 구금 중 자해행위를 이유로 형을 선고받았으나 10월에 조국수호를 위한 전선근무를 조건으로 석방됨.
	• 자알펠트와 예나의 수비대에서 혹한 속의 겨울 전투 참가.

1943년	• 간질환으로 스몰렌스크 야전병원에 입원.
	• 하르쯔 지방의 엘렌트병원에서 회복되어 여름부터 다시 예나의 수비대에 배치됨.
	• 함부르크에서 휴가 중 11월 30일 제국 공보장관 괴벨스를 조롱했다는 이유로 고발되어 다시 미결수로 구금됨.

| 1944년 | • 9개월간 베를린-모아비트 교도소에서 구금생활. |
| | • 8월 21일 재판에서 조국수호를 위한 형집행 유예를 선고받고 9월에 다시 예나의 수비대로 돌아감. |

1945년

- 프랑크푸르트(마인강변)에서 연합군에 붙잡혀 포로가 된 후 석방되어 긴 행군 끝에 기진맥진 상태로 5월에 고향 함부르크에 도착.
- 카바레와 연극무대에서 일하고자 했으나 간질환이 심해져 죽음이 닥쳐 옴.

1946년

- 부모의 돌봄을 받으며 병원에서 성숙된 산문을 쓰기 시작함.
- 늦가을에 드라마 《문 밖에서》, 12월에 서정시 《가로등, 밤 그리고 별》 완성.

1947년

- 2월 13일 《문 밖에서》 방송극으로 첫 방송.
- 산문집 《민들레꽃》 발간.
- 9월 스위스 바젤의 클라라병원으로 이송되어 입원.
- 11월 20일 영면하여 11월 24일 회른리 묘지에 묻힘.
- 11월 21일 《문 밖에서》 함부르크에서 초연.
- 산문집 《이번 화요일에》 발간.

1948년

- 2월 17일 유골이 스위스에서 함부르크-올스도르프 묘지에 옮겨져 안장됨.

이관우

공주사범대학 독어교육과와 고려대학교대학원 독어독문학과를 졸업하고 독일 마인츠대학교에서 독문학을 연구했으며, 독일 뮌헨대학교 객원교수로 활동했다. 공주대학교 독어독문학과 학과장, 신문방송사 주간, 언어교육원장, 평생교육원장 등을 역임하고 현재 공주대학교 독어독문학과 교수로 재직 중이다.

저서로는 『독일 단화의 이론과 실제』, 『독일문화의 이해』, 『볼프강 보르헤르트의 삶과 문학』, 『ARD 방송독일어』, 『독일의 역사와 문화』, 『시사독일어』, 『문학 속의 삶』, 번역서로는 『인류사를 이끈 운명의 순간들』(슈테판 츠바이크), 『붉은 고양이』(루이제 린저 외), 『괴테 자서전』(괴테), 『압록강은 흐른다』(이미륵), 『윤무』(아르투어 슈니츨러), 『톨레도의 유대여인』(프란츠 그릴파르처) 등이 있다.